读唐诗

学做人

姜正成◎编著

应急管理出版社

· 北京 ·

图书在版编目（CIP）数据

读唐诗　学做人/姜正成编著. －－北京：应急管
理出版社，2020

ISBN 978－7－5020－8313－7

Ⅰ.①读…　Ⅱ.①姜…　Ⅲ.①唐诗—鉴赏　Ⅳ.
①I207.227.42

中国版本图书馆 CIP 数据核字（2020）第 180559 号

读唐诗　学做人

编　　著　姜正成
责任编辑　郭浩亮
封面设计　李　玉

出版发行　应急管理出版社（北京市朝阳区芍药居 35 号　100029）
电　　话　010－84657898（总编室）　010－84657880（读者服务部）
网　　址　www.cciph.com.cn
印　　刷　北京市通州大中印刷厂
经　　销　全国新华书店

开　　本　710mm×1000mm$^1/_{16}$　印张　17$^1/_4$　字数　218 千字
版　　次　2021 年 1 月第 1 版　2021 年 1 月第 1 次印刷
社内编号　20200894　　　　　　定价　58.00 元

诗人艾青说：诗，如一般所说，是文学的峰顶，是文学的最高样式。是的，一首诗，就是一篇文章，甚至是一本书，散发出一种难以抗拒的魅力。

诗词如歌，在平平仄仄中婉转悠扬，在抑扬顿挫里低回不尽，让人忘忧，使人开颜；诗词如画，在虫鱼鸟兽中描摹自然，在小桥流水中展现乾坤，为我们描绘出或凄美，或壮阔，或静谧，或热烈的绝美意境；诗词又像一位哲人，在历经千年后，向我们娓娓道来人生的真谛，激励我们走向生活，面对挑战。

唐诗是我国古代诗歌的最高峰，五言诗、七言诗、杂言诗，如同春天盛开的百花，争奇斗艳，特别是格律诗，更是光彩夺目。

唐朝诗人辈出，"初唐四杰"的王勃、杨炯、卢照邻、骆宾王，以边塞诗著称的岑参、高适、王之涣，以风景诗著称的孟浩然，加上诗仙李白、诗圣杜甫、新乐府运动的倡导者白居易等人，真可谓群星灿烂，光照千秋。

每一首诗的背后都有一个或缠绵，或悱恻，或快乐，或悲伤的故事。有怀才不遇的李白、杜甫；有聪敏机智、心机深沉的上官婉儿；有鬼才之称却很短命的李贺；也有魄力十足，镇得住朝臣，处事果敢坚决，毫不犹豫的武则天……他们共同开创了唐朝诗歌发展欣欣向荣的盛世，共同把唐朝诗文化推向了巅峰！

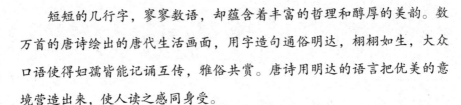

　　短短的几行字，寥寥数语，却蕴含着丰富的哲理和醇厚的美韵。数万首的唐诗绘出的唐代生活画面，用字造句通俗明达，栩栩如生，大众口语使得妇孺皆能记诵互传，雅俗共赏。唐诗用明达的语言把优美的意境营造出来，使人读之感同身受。

　　古人讲"粗缯大布裹生涯，腹有诗书气自华"，也就是说，即使是穿着粗布或土布的平民百姓，也会因为他饱读诗书而显得气度不凡。这既表达中国传统文人对丰厚学识的自信，又说明华美诗文对人格修养的重要意义。

　　唐诗是先人留给我们的宝贵文化遗产和精神财富，它不仅有优美的文字、丰富的想象和真挚的情感，而且饱含深刻的哲理。深入挖掘唐诗中的深刻哲理，可以让我们得到情的感染、理的启迪和美的享受，从而固化其民族文化的基因、厚实其民族文化的根底，帮助我们成为具有健康趣味、美好情感、深邃思想、优雅品性的现代中国人。

　　这本《读唐诗 学做人》精选唐诗中哲理丰富的名言佳句，分别介绍了诗的作者、出处及译文，并通过对诗的详细解读总结出其中所蕴含的做人道理，使内容更加通俗易懂，简单易学。

　　唐诗，就像茶一样，初入口只觉苦涩，但却有绵长的回味，其中蕴含了无数做人的道理，需要仔细品读，这大概就是唐诗的魅力吧！

编　者

2020年8月

目 录

第二章　读唐诗，学勤学苦练

第三章　读唐诗，学求取功名

第四章　读唐诗，学自强不自

第五章　读唐诗，学处世交友

第六章　读唐诗，学人脉沟通

目录

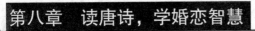

第九章　读唐诗，学治家教子

第十章　读唐诗，学家国情怀

第一章

读唐诗，学人格修养

金钱名利不能看得太重

——名利最为浮世重，古今能有几人抛

【出处】

廖匡图《和人赠沈彬》

【原文】

冥鸿迹在烟霞上，燕雀休夸大厦巢。

名利最为浮世重，古今能有几人抛。

逼真但使心无著，混俗何妨手强抄。

深喜卜居连岳色，水边竹下得论交。

【译文】

遥远高飞的鸿鹄，它们的踪迹在云烟彩霞之上，燕雀就不要夸耀自己在高大屋子下的窝巢了。名和利最为世上的人所看重，从古到今有几个人能抛开呢？想接近纯真（境界），只要使心里不为物所牵系就行了，混迹世俗间，勉强抄着手（淡看一切）又有何妨？特别喜欢住的地方挨着洞庭湖的湖光山色，不论水边还是竹下，都能够和人谈论交流。

【做人智慧】

金钱名利不能看得太重

作者在这首诗中阐发了自己超然的处世哲学，"名利最为浮世重，古今能有几人抛"提出世道人心无不重视名利，言外之意是能淡泊名利、超然物外很不容易。

造物主在把那么多美德赋予了人类的同时，也把名利、是非、金钱得失同时嵌入了人的身体。于是这些固有的心病便成了桎梏与羁绊，成了悬崖与深渊，它们将许许多多的人挡在了幸福的大门之外。

人的一生常被名利所束缚。名利对于人，实用的少，更多的是一种心理上的安慰，一种对自己的价值的确认。因此，名利只不过是一个人所挣得的自己的身价而已，人总是通过名利来标明自己价值的高低。没有了名利，人常常也会对自己的价值产生怀疑，对自己在世上的价值失去信心。因此，为追求名利，很多人都不惜终身求索，使名利的绳索最后变成了人生的绞索，断送了人生所有的快乐与欢笑。

《菜根谭》中说："富贵名誉，自道德来者，如山林中花，自是舒徐繁衍；自功业来者，如盆槛中花，便有迁徙兴废；若以权力得者，如瓶钵中花，其根不植，其萎可立而待矣。"这些话的意思是：一个人的荣华富贵，如果是因为施行仁义道德而得来的，就会像生长在大自然中的花一样，不断繁衍生息，没有绝期；如果是从建立的功业中得来的，就会像栽在花盆中的花一样，因移动或环境变化而凋谢；若是靠权力霸占或谋私所得，那这富贵荣华就会像插在花瓶中的花，因为缺乏生长的土壤，马上就会枯萎。这就告诉我们，没有道德修养，仅靠功名、机遇或者是非法手段求得的福，千万要警惕，它们不是不能长久，转瞬即逝，就是意味着灾难，伴随着毁灭。只有那些德行高尚的人，才能领悟个中道理，保一生平安。

唐朝郭子仪爵封汾阳王，王府建在首都长安。汾阳王府自落成后，每天都是府门大开，任凭人们自由进进出出，郭子仪不允许其府中的人对此加以干涉。有一天，郭子仪帐下的一名将官要调到外地任职，来王府辞行。他知道郭子仪府中自无禁忌，就一直走进了内宅。恰巧，他看蹴郭子仪的夫人和爱女正在梳妆打扮，而王爷郭子仪正在一旁侍奉她们，她们一会儿要王爷递手巾，一会儿要他去端水，使唤王爷就好像使唤奴仆一样。这名将官当时不敢讥笑郭子仪，回家后，他禁不住讲给他的家人听，于是一传十，十传百，没几天，整个京城的人都把这件事当成笑话来谈论。郭子仪听了觉得没有什么，他的几个儿子听了倒觉得大丢王爷的面子了。于是他们决定对自己的父亲提出建议。他们相约一齐来找父亲，要他下令，像别的王府一样，关起大门，不让闲杂人等出入。郭子仪听了只是哈哈一笑，几个儿子哭着跪下来求他，一个儿子说："父王您功业显赫，普天下的人都尊敬您，可是您自己却不尊重自己，不管什么人，您都让他们随意进入内宅。孩儿们认为，即使商朝的贤相伊尹、汉朝的大将霍光也无法做到像您这样。"

郭子仪听了这些话，收敛了笑容，对他的儿子们语重心长地说："我敞开府门，任人进出，不是为了追求浮名虚誉，而是为了自保，为了保全我们全家人的性命。"

儿子们感到十分惊讶，忙问这其中的道理。郭子仪叹了一口气，说道："你们光看到郭家显赫的声势，而没有看到这声势也有丧失的危险。我爵封汾阳王，往前走，再没有更大的富贵可求了。月盈而蚀，盛极而衰，这是必然的道理。所以，人们常说要急流勇退。可是眼下朝廷尚要用我，怎肯让我归隐；再说，即使归隐，也找不到一块儿能够容纳我郭府一千余口人的隐居地呀。可以说，我现在是进不得也退不得。在这种情况下，如果我们紧闭大门，不与外面来往，只要有一个人与我郭家结下仇怨，诬陷我们对朝廷怀有二心，就必然会有专门落井下石、妨害贤能的小人从中添油加醋，制造冤案，那时，我们郭家的九族老小都要死无葬身之地了。"郭子仪之所以让府门敞开，是因为他深知官场的险恶，正因为他既有很高的政治眼光，又有一定的德行修养，善于忍受各种复杂的政治环境，必要时牺牲掉局部利益，才确保了全家安乐。

淡泊名利、无求而自得才是一个人走向成功的起点。促使人追求进取的是金钱名利，阻碍人向前迈进的是金钱名利，使人坠入万丈深渊的也是金钱名利。所以，人生在世，千万不要把金钱名利看得太重，这样方能超然物外，活得轻松快乐。

不被外物所蒙蔽

——千秋万岁名，寂寞身后事

【出处】

杜甫《梦李白二首·其二》

【原文】

浮云终日行，游子久不至。

三夜频梦君，情亲见君意。

告归常局促，苦道来不易。

江湖多风波，舟楫恐失坠。

出门搔白首，若负平生志。

冠盖满京华，斯人独憔悴。

孰云网恢恢，将老身反累。

千秋万岁名，寂寞身后事。

【译文】

悠悠云朵终日飞来飘去，远方游子为何久久不至。一连几夜我频频梦见你，情亲意切可见对我厚谊。每次梦里你都匆匆辞去，还总说相会可真不容易。你说江湖风波多么险恶，担心船只失事葬身水里。出门时你总是搔着满头白发，好像是辜负了平生壮志。京都的官僚们冠盖相续，唯你不能显达却容颜憔悴。谁说天网宽疏，你已年高反被牵连受罪。千秋万代定有你的声名，那是寂寞身亡后的安慰。

【做人智慧】

不被外物所蒙蔽

生前潦倒失意，尽管死后盛名盖世又有什么用呢？名誉这个东西，得来不容易，失去却很容易。中国人偏偏是面子观念极重的族群，一个虚名甚至能以性命相拼。其实几十年过去，一切烟消云散，又何必争那个闲气呢？

通常，我们都羡慕在天空中自由自在飞翔的鸟儿。其实人也应该像鸟儿一样，欢呼于枝头，跳跃于林间，与清风嬉戏，与明月相伴，饮山泉，觅草虫，无拘无束，无羁无绊。然而，这世上终还有一些鸟儿，因为忍受不了饥饿、干渴、孤独乃至于"爱情"的诱惑，从而成为笼中鸟，永远地失去了自由，成为人类的玩物。与人类相比，鸟儿面对的诱惑要简单得多。而人类，却要面对来自红尘之中的种种诱惑，如金钱、名利、权势等。于是，人们往往在这些诱惑中迷失了自己，从而跌入了欲望的深渊，把自己装入了一个个打造精致的所谓"功名利禄"的金丝笼里。

春秋末年，范蠡为了谋取功名，到越国辅佐越王勾践，被封为大夫，后升至上将军。此时，越国与吴国结仇，吴王夫差日夜操练兵马准备攻越，越王勾践想先发制人去伐吴。范蠡就劝阻勾践说："大王不能这么做，我听说兵器是不吉利的东西，战争是违背道德的，争斗是各种事情中最末等的事，违背道德，好用凶器，干末等之事，老天爷也是不赞成的，所以无故起兵是不利的。"但是勾践不听劝告，于是吴越两军交战，结果越军大败，越王勾践被吴军包围。这时，勾践悔之莫及，就向范蠡请求救国之策。因此，范蠡就建议勾践派人去给吴王送厚礼，并向他们求和。于是，勾践就派文种去向吴王求和。

文种多次求见，吴王夫差才同意勾践的请求，撤兵回国，但要把勾践夫妇带回吴国做臣子并伺候自己。勾践把国家大事托给大夫文种，自己带上夫人和范蠡到吴国去做人质。到了吴国，夫差让他们住在先王坟墓旁的石头屋里，为吴王养马。吴王每次出去，都要勾践为其拉马。范蠡就更苦了，他在人前与勾践一起伺候吴王，在人后还要伺候勾践，还得不断活动，给人送礼，观察形势，勾践有时忍不住了，范蠡还得安抚他，以免前功尽弃。这样过了3年，吴王夫差认为勾践真的臣服自己了，于是就把他们放回了越国。

勾践回到越国后，为了能使自己牢记亡国的耻辱，他不让在卧室内铺放锦绣被褥，只铺上柴草，还在屋里挂一个苦胆，每次吃饭之前，他都要尝一尝胆的苦味。勾践觉得范蠡的才能和忠诚都可信任，就打算把国政交给他，范蠡却说："操练兵马、行军打仗，文种不如我；治理国家、安抚百姓，我不如文种。"于是勾践就把国家政事交给文种，让范蠡负责操练兵马。

后来范蠡在苎萝山上找到一个名叫西施的美女，说服她为国舍身。范蠡亲自把西施送往吴国，夫差一见马上就被她迷住，日夜与西施在姑苏台上作乐。西施牢记范蠡的嘱托，总在夫差面前说越国好话，于是夫差就放松了对勾践的警惕。从此，越王勾践礼贤下士，在范蠡、文种两人的齐心辅佐下，经过十年艰苦奋斗，使得越国实力逐渐强盛了，并做好了向吴国复仇的准备。

周敬王三十八年（公元前482年），越国出兵打败了吴国，从此不再向吴国称臣进贡。五年之后，即周敬王四十二年（公元前478年），越军攻到姑苏城下，围城三年，终于彻底打败吴军，夫差自杀。然后勾践率越军横行于江淮一带，成了霸主。

后来越王勾践论功行赏，范蠡作为一个从始至终辅佐勾践完成霸业的有功之臣，官超过计划上将军。然而他却不恋虚名，不图富贵。作为大臣，他辅佐主公完成了大业，圆满完成了自己一生的事业。

功德圆满之后，范蠡要开辟自己新的生活。于是，他给勾践留下了一封信，信中他告诉越王勾践："当年主公受辱于会稽山，主辱臣死。现在天下已定，请主公给臣下降罪处死。"之后，范蠡乘船不辞而别，永远地离开了越国。在走的时候，范蠡没有忘记老朋友文种，也给他留下一信，说明鸟尽弓藏的道理，并劝他也远走高飞。但是文种并没有听从范蠡的劝告，终于被勾践逼得自杀了。

范蠡泛海北上来到齐国，更名换姓为鸱夷子皮。他带领儿子们不问政事，只经营生产，没有多久，家产多达千万。齐国国王听说他有如此才能，叫他当宰相。他叹息道："居家则致千金，居官则致卿相，引布衣之极也。久受尊名，不祥。"于是他又交还相印，散发资财，只带亲属和少量珠宝，离开了齐都，躲到陶这块地方，从此改名为陶朱公。

范蠡在陶居住了十九年，曾经"三致千金"，就是散了又挣、挣了又散三次，成为天下首富。后来他又离开了陶，只带着西施浪迹太湖，过着无拘无束的生活。

名利财货，声色犬马，这一切令人心醉神迷、永无止境地追逐，结果使人身体精神两受疲累。范蠡助越灭吴后，他的个人成就已臻至顶峰，此时抽身引退，弃政从商。之后又千金散尽，隐居江湖，不被外物所蒙蔽，实在生活得惬意自如。

知足才能常乐

——物苦不知足，得陇又望蜀

【出处】

李白《古风·秋露白如玉》

【原文】

秋露白如玉，团团下庭绿。

我行忽见之，寒早悲岁促。

人生鸟过目，胡乃自结束。

景公一何愚，牛山泪相续。

物苦不知足，得陇又望蜀。

人心若波澜，世路有屈曲。

三万六千日，夜夜当秉烛。

【译文】

秋天的白露如同玉石一般，把庭院里的花草团团凝结，玉虽然美，而花草则不再生机盎然。

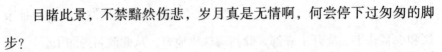

目睹此景，不禁黯然伤悲，岁月真是无情啊，何尝停下过匆匆的脚步？

人生苦短，如飞鸟过目、白驹过隙，一瞬间就是百年啊，何必太为难自己？

齐景公多么愚蠢：登牛山见美景，不知道好好欣赏，却号啕大哭，感叹人无永年。

人心不知足，常常是得陇望蜀，就像波浪不平，山路曲折。

百年三万六千日，聪明的人要知道抓住时间，享受快乐。

【做人智慧】

知足才能常乐

这首诗抒发了作者对人生短促的深深感叹，"物苦不知足，得陇又望蜀。"是对世人贪心不足的告诫。

有这样一个故事。国王为了感谢多年来服侍他的忠心耿耿的仆人，说："你尽管向前跑，只要在日落之前绕一圈回来，围到的土地全部送给你。"

仆人欣喜万分，不停地往前跑，简直像一头发了疯的野兽。就在太阳西沉的一刹那，他终于绕完一大圈返回原地，不过，他也因此而累死了。

国王悲伤地将他埋了，其实他真正获得的土地，也只有葬身在那里的七尺罢了。

人们总想多得一些，结果往往不知不觉地连自己也失掉了。

林语堂告诉我们：知足常乐的秘诀是懂得如何享用你所拥有的，并割舍不实际的欲念。可多数人却是拥有了却不知珍惜，反而想要更多。

很小的时候就听过这样一个寓言故事。一天，一个老头儿在森林里砍柴，他抡起斧子正准备砍一棵树，突然从树上飞出一只金嘴巴的小鸟。

小鸟对老头儿说："你为什么要砍倒这棵树呀？"

"家里没柴烧。"

"你不要砍倒它。回家去吧，明天你家里会有许多柴的。"说完，小鸟就飞走了。

老头儿空手回到家，他对老伴儿说："上床睡觉吧，明天家里会有许多柴的。"

第二天，老伴儿发现院子里堆了一大堆柴，就叫老头儿："快来看，快来看，谁在我家院子里堆了这么一大堆柴。"

老头儿把遇到了金嘴巴鸟的经过告诉了老伴儿，老伴儿说："柴是有了，可是我们却没有吃的。你去找金嘴巴鸟，让它给我们点吃的。"

老头儿又回到森林里的那棵树下。这时，金嘴巴鸟飞来了，它问："你想要什么呀？"

老头儿回答说："我的老伴儿让我来对你说，我们家没有吃的了。"

"回去吧，明天你们会有许多吃的东西的。"金嘴巴鸟说完又飞走了。

老头儿回到家，对老伴儿说："上床睡觉吧，明天家里会有许多食物的。"

第二天，他们果真发现家里出现了许多肉、鱼、甜食、水果、葡萄酒和他们想要的其他食物。他们饱餐了一顿后，老伴儿对老头儿说："快去找金嘴巴鸟，让它送我们一个商店，商店里要有许许多多的东西，这样，往后我们的日子就舒服了。"

老头儿又来到森林里的那棵树下。金嘴巴鸟飞来问他："你还想要什么？"

"我的老伴儿让我来找你，她请你送给我们一个商店，商店里的东西要应有尽有。她说，这样我们就可以舒舒服服地过日子了。"

"回去吧，明天你们会有一个商店的。"金嘴巴鸟说。

老头儿回到家把经过告诉了老伴儿。

第二天他们醒来后，简直都不敢相信自己的眼睛了。家里到处都是好东西：布匹、纽扣、锅、戒指、镜子……真是应有尽有。老伴儿仔细地清理了这些东西以后，又对老头儿说："再去找金嘴巴，让它把我变成王后，把你变成国王。"

老头儿回到森林里，他找到了金嘴巴鸟，对它说："我的老伴儿让我来找你，让你把她变成王后，把我变成国王。"

金嘴巴鸟冷漠地望了一眼老头，说："回去吧，明天早上你会变成国王，你的老伴儿会变成王后的。"

老头儿回到家，把金嘴巴鸟的话告诉了老伴儿。

第二天早上醒来，他们发现自己穿的是绫罗绸缎，吃的也是山珍海味，周围还有一大帮的侍臣奴仆。

可是，老伴儿对此仍不满足，她对老头儿说："去，找金嘴巴鸟去，让它把魔力给我，让它来宫殿，每天早上为我跳舞唱歌。"

老头儿只好又去森林找金嘴巴鸟，他找了许多时候，最后总算找到了它，老头儿说："金嘴巴鸟，我的老伴儿想让你把魔力给她，她还让你每天早上去为她跳舞唱歌。"金嘴边鸟愤怒地盯着老头儿，说："回去等着吧！"

老头儿回到家，他们等待着。

第二天起床后，他们发现自己被变成了两个又丑又小的矮人。

人有想拥有的念头不为错，但这世间美好的东西实在是太多了，我们总希望让尽可能多的东西为自己所拥有，殊不知在你贪婪地占有之时，你的心灵也被腐蚀掉了。其实，我们能拥有生命和快乐已是最大的拥有，又何必贪求太多呢？贪婪的结果只能是一无所有。

欲望越多，痛苦也越多。人心不足蛇吞象，想想蛇吞象的样子，会是一种什么感受咽不进，吐不出，要多别扭有多别扭。什么都想要，最后可能什么也得不到，反而一辈子将自身置于忙忙碌碌、钩心斗角之中。这样活着，未免太累！《论语》中孔子说颜回："一箪食，一瓢饮，在陋巷，人不堪其忧，回也不改其乐。"如果少一些欲望，是不是也会少一些痛苦呢？

人生如白驹过隙一样短暂，生命在拥有和失去之间悄悄地流逝了。如果失去了太阳，你还有星光；失去了金钱，你会得到亲情；当生命也离开你的时候，你还会拥有大地的亲吻。

拥有时加倍珍惜，失去了，就权当是接受生命真知的考验，权当是坎坷人生的奋斗诺言。拥有诚实就会丢弃虚伪，拥有充实就会丢弃无聊，拥有踏实就会丢弃虚浮。

节俭是生活的智慧
——历览前贤国与家，成由勤俭破由奢

【出处】

李商隐《咏史二首·其二》

【原文】

历览前贤国与家，成由勤俭破由奢。

何须琥珀方为枕，岂得真珠始是车。

远去不逢青海马，力穷难拔蜀山蛇。

几人曾预南薰曲，终古苍梧哭翠华。

【译文】

纵览历史，凡是贤明的国家，成功源于勤俭，衰败起于奢华。

为什么非要琥珀才能作枕头，为什么非要镶有珍珠才是好车？

想要远行，却没遇见千里马，力单势孤，难以拔动蜀山的猛蛇。

有几人曾经亲耳听过舜帝的《南风歌》？天长地久，只有在苍梧对着翠绿的华盖哭泣的份儿。

【做人智慧】

节俭是生活的智慧

这首诗，诗人根据历史兴亡的史实，概括为"历览前贤国与家，成由勤俭破由奢"。这种以古鉴今的态度，包含着深刻的用意，指出了俭成奢败的道理。

节俭并不是对生活的一种苛求，而是对自己所拥有的资源进行合理配置，它不仅能使我们的财富更多一些，而且能使我们的生活更有情趣，更具有挑战性。

如果你是一个百万富翁的话，你会穿一件二手衣服或者开一辆二手车吗？白手起家的百万富翁克拉克·霍华德是会这么做的。

少花一点儿，多存一点儿，这是今天财富社会里成功者的经验之谈。"不管是贫穷，还是富有，"霍华德说，"一定要记住，不能今天把钱花得一个不剩，而不考虑明天该怎么办；另外，一生中都要有节俭、存钱的习惯。"

这位亚特兰大百万富翁说，他是在19岁的时候懂得这个道理的，当时，他爸爸在一家公司工作了29年后，失业了。

"他和妈妈从来不知道节俭，无论是穿衣、吃饭，还是住房，他们从来都很讲究。"46岁的霍华德说。小时候，在他居住的街区，他是非常有名的，因为他总是乐于帮助朋友。

现在，霍华德正在向那些愿意听他建议的人们提出忠告，包括400万收听他的广播节目的人：少花一点儿，多存一点儿。

为什么要花不该花的钱呢？

大学毕业后，霍华德的祖父给了他1.7万美元，他没有用这笔钱买汽车或者去度假，而是把这笔钱用来购买股票和房地产。20世纪80年代，他成功地投资创办了一家大型的连锁旅行社。后来，他把这家旅行社卖了，赚了一大笔钱。这也是他赚得的第一笔钱。

在31岁的时候，霍华德退出了商业战场，获得了大约200万美元的净收入。接着，他在一家广播电台主持节目，给听众出主意，指导人们如何理财，他的这次尝试获得了巨大成功。后来，他自己成立了一家广播电台，通过广播向听众发布信息，霍华德每年挣得200万美元的收入。

尽管他拥有多处出租产业，有几辆汽车，在佛罗里达度假海滩有一座公寓大厦，在一个高档住宅区有一栋住宅，他仍然是一个远近有名的"吝啬鬼"。对于别人给他的这个绰号，他不仅一点都不介意，反而引以为荣。"吝啬是好事，"他说，"我并不认为吝啬不好，相反，我认为这是大家对我的夸奖。"

霍华德几乎不逛商店，需要逛商店的时候，他从来不到零售商店去。事实上，他从来都没有到商场去购物过，他经常到批发物品俱乐部去采购，因为那里的东西要比商场里的便宜一些。

他在购物的时候还讨价还价、斤斤计较，在外人眼里，这样做对像他这么有钱的富人来说是完全没有必要的。但霍华德认为："为什么要花不该花的钱呢？"

尽管霍华德在为自己采购的时候总是恨不得把一分钱掰成两半用，但是在捐款的时候他可是非常慷慨大方。他经常拿出几万、甚至几十万美元捐给慈善机构。他解释说："我有捐给慈善机构的钱，我有足够的钱保证我下半辈子的生活费用，我有自由，我有一个正常的人拥有的一切。这就是有钱给我的力量。"

尽管在买东西的时候讨价还价并不能让你变富，但那是一个开始。至于如何才能致富，霍华德道出了他的致富经：

在领了薪水之后，至少要把薪水的十分之一存起来；

不要过分铺张浪费，能买二手车，就不要租或者买一辆新车；

不要到大商场去购物，不要购买名牌服装；

把节省下来的钱投到有回报的地方，如购买股票、有价证券或者房地产。

美国亚特兰大市场研究所所长思坦勒在对近20年中涌现的百万富翁

做了专门研究后，意味深长地说："他们中靠运气和靠遗产致富的人已不多见，绝大多数人的发家致富完全建立于进取、发奋创新、严于律己和勤俭节约的基础上。"

不懂得"俭"字的人，不知道如何成功，任何成功的事业都在于点滴的积累；不懂得"俭"字的人，只会丧失成功，过分的骄奢多败人品质。"俭以养德"，为人做事之良训。

坦率地承认错误

——难将一人手，掩得天下目

【出处】

曹邺《读李斯传》

【原文】

一车致三毂，本图行地速。

不知驾驭难，举足成颠覆。

欺暗尚不然，欺明当自戮。

难将一人手，掩得天下目。

不见三尺坟，云阳草空绿。

【译文】

一辆车装上三个车轮，本打算能走得快点。但不知道驾驭的困难，起步就摔跤。欺骗昏庸的人尚且不能得逞，欺骗圣明的人就应该自己了断性命。用一个人的手，难以遮盖天下人的眼睛。应看到李斯三尺高的坟墓，云阳的青草空自嫩绿。

【做人智慧】

坦率地承认错误

"难将一人手，掩得天下目"的意思是想用一个人的手，遮掩天下人的耳目是很难的。比喻想凭一个人的势力，掩盖事情的真相，欺瞒广大群众是做不到的。同时提醒我们错就是错，文过饰非是荒唐可笑的。

如果错了，就大胆而真诚地承认它吧。人非圣贤，孰能无过？犯了错不要紧，关键在于要勇于承认，努力改正。这样，至少可以保证以后不再犯同样的错误，而且还能挽回一些损失。何乐而不为呢？

良好人际关系的基础在于坦诚，坦率地承认错误就是通往好人缘、好关系的钥匙。在业务上，因自己的事情没有做到位，此时，就应勇敢地承认错误，往往还能得到顾客的原谅，将不利转化为有利。

卞先生是上海某电器公司的业务代表。前不久，他所在公司与某传媒公司签订了一份买卖空调的合同，货到付款，但必须送货上门。交货期已经过了，这家传媒公司打电话催促送空调事宜。但由于卞先生的公司出现了差错，仍然还没有送货。

传媒公司的负责人未能在预定时间收到空调，非常生气，表示以后再也不跟卞先生公司做生意了，并要告卞先生的公司违约，要求卞先生公司支付违约金。卞先生发现，自己已处在一种很糟糕的境况中。

为处理此事，卞先生代表公司，向对方公司负责人做出说明："您是我们最好的顾客。我知道，我们确实不应该延迟交货，这完全是我们的错。我们做错了，就应该尽量去改正。我马上去租一辆卡车，亲自到公司去，然后立刻把空调给贵公司送去，好吗？"

此时，那位负责人已冷静下来，他告诉卞先生不必专程来送货了，他会做他们公司的工作，也不会让卞先生公司受到违约金处罚。

试想，如果卞先生不懂得及时认错，反而，也跟对方发脾气，或者把错误干脆推到送货员身上，或者对那位负责人说话时的态度表示不满，那样做，定会给公司带来损失。但由于他坦诚地承认了错误，不但避免了公司的损失，还保住了这位顾客。

有的人错了，却不愿意承认错误。在他眼中，自己无意识犯了一个错误，压根就不值得一提，甚至觉得承认错误是弱者的表现，有伤自尊和面子。所以，他若犯了错，不是找借口就是推卸责任，还常常怪罪于人。别人如果犯了错，既不承认也不道歉，他往往大发雷霆。

其实，与人相处，如果他人不慎犯了错误，应私下巧妙地予以暗示，这样对方会感激你，并接受你的指正；另外，自己犯了错误就要积极主动地承认，这样，对方才能从根本上谅解你。

一个人敢于坦诚面对自己的错误，不仅可以消除对方的怒气，自己也可以获得某种程度的满足感，这有助于营造好人脉关系。

坦诚直言赢得信赖，信赖是人与人交往的珍贵纽带，是对别人人格的一种尊重。一个追求事业成功的人，当为人真诚，充分信赖他人。没有信赖，就会失去相互交往的前提，就会失去携手合作的基础。做到坦诚直言，无疑能加强友谊，增进感情，聚焦同心，凝成合力。

善良是一种可贵的美德

——但知行好事，莫要问前程

【出处】

冯道《天道》

【原文】

穷达皆由命，何劳发叹声。

但知行好事，莫要问前程。

冬去冰须泮，春来草自生。

请君观此理，天道甚分明。

【译文】

贫穷富贵都是天意，不需要长吁短叹。

只要把握现在，做好当下的事情，不要管将来会怎样。

冬天过去了，冰雪就会消融；春天来了，花草就会生长。

你要是能参悟这个道理，就能把世间万事万物都看透彻了。

【做人智慧】

善良是一种可贵的美德

这首诗说明人生和大自然自有其运动规律，"但知行好事，莫要问前程"是劝诫世人多行善事，帮助那些需要帮助的人。

善良是种可贵的美德，有时你的举手之劳，有可能会改变你或他人的一生。法国作家雨果曾经说过：最高的圣德就是为旁人着想，它不需要回报，但自会有回报。

苏格兰农夫弗莱明家里特别穷，一天，当他在田里工作时，听到附近的泥沼里传来阵阵小孩的呼救声。于是他立刻放下农具，跑到泥沼边，把小孩救了起来。

第二天，一辆崭新的马车停在弗莱明家，从马车里走出来一位优雅的绅士，他自我介绍说是那个被弗莱明所救的小孩的父亲。绅士说："我要好好地报答你，是你救了我的儿子。"弗莱明说："我不是因为想要你的报答才救你的儿子，所以我也不能因为救了孩子而接受你的报答。"

就在这时，弗莱明的儿子从屋外走进来。绅士问道："这是你的儿子吗？"弗莱明骄傲地回答："是的。"绅士说："那好，既然你不接受我的报答，那我们就来签一个协议吧！我带走你儿子，并让他接受好的教育。假如他像你一样，将来就一定会成为一位令你骄傲的人。"

弗莱明想了想，答应了绅士的要求。后来，弗莱明的儿子从圣玛利亚医学院毕业，成为举世闻名的弗莱明·亚历山大爵士，也就是盘尼西林（青霉素）的发明者。他在1944年受封骑士爵位，且获得诺贝尔奖。

数年后，绅士的儿子染上了肺炎，是盘尼西林救活了他的性命。而那位绅士便是上议院议员丘吉尔，他的儿子是英国政治家丘吉尔爵士。

谁也没有想到，弗莱明一个小小的善良举动，竟然给世界带来了如此重大的变化。

人一旦拥有一颗善良的心，就会变得善解人意，具有丰富的感情。一滴水珠的回报是一根绿油油的小草，一粒泥土的回报是一朵色彩绚丽的花或一枚甜在心头的果实。善良如同珍珠，你把它串起来，带在身上，便会闪光。

光明磊落，坦荡做人
——洛阳亲友如相问，一片冰心在玉壶

【出处】

王昌龄《芙蓉楼送辛渐》

【原文】

寒雨连江夜入吴，平明送客楚山孤。

洛阳亲友如相问，一片冰心在玉壶。

【译文】

迷蒙的烟雨，连夜洒遍吴地江天；清晨送走你，孤对楚山离愁无限！

朋友啊，洛阳亲友若是问起我来，就说我依然冰心玉壶，坚守信念！

【做人智慧】

光明磊落，坦荡做人

"洛阳亲友如相问，一片冰心在玉壶。"诗人从清澈无瑕、澄空见底的玉壶中捧出一颗晶亮纯洁的冰心以告慰友人，给人以冰清玉洁之感。人们交往中最担心的就是对自己的好朋友知人知面不知心，朋友之间的冲突往往是由不够坦诚、相互猜忌所引起的。

与人交往最重要的一点是要坦诚相待。孔子曾说过这样一句话："君

子坦荡荡，小人长戚戚。"想来稍有文墨的人都很喜欢、推崇这句话。

我们周围确有不少坦荡者。

一次，著名语言学家张志公先生参加一个学术会议，因故迟到片刻，台上已有一位同志在发言。对照名单后，张先生却不认识发言者的名字（想来此公名字极为冷僻，不然是很难难倒这位语言学界泰斗的）。张先生便悄悄地向身边的一位与会者讨教，在得到答案并道谢后，他好一阵欣喜："今天又认识了一个字！"

我们猜想，若是换成别人遇到此事，或许会顾及颜面（怕别人看低、嘲讽），私下去查字典。但张志公先生不懂就问，毫无藏藏掖掖，此乃坦荡也。

提起著名旅美画家陈逸飞的大名，恐怕无人不知无人不晓（他的画在香港拍卖时标价已达天价）。然而却有一位音乐人士著文指出，陈的几幅表现演奏长笛、古箫的画中，乐手的指法有明显错误，并毫不客气地指出：这些错误皆因画家本人缺乏演奏常识所致。陈逸飞得知后，立即向有关媒体、人士公开道歉，坦承自己对器乐演奏的无知和创作上的疏忽，并向那位音乐人士深表谢意。

一代画坛名家如此虚怀若谷、知错就改，何等坦荡！何等洒脱！其人品，其胸怀，足以令我们每个人肃然起敬！

面对自己的无知和失误，张志公、陈逸飞两位老师给我们上了一堂课——一堂有关人品的课，一堂怎样去做谦谦君子而非市井小人的课。

面对自己的无知和失误，有的人能坦然面对，勇于承认和改正，有的人则藏藏掖掖，甚至推卸责任。完全是两种人生境界。

坦荡做人，就是要平素常怀一颗善心，真诚坦然，宽以待人，以一颗平和的心去看待周围，以真诚的态度去交朋识友。就算付出了真情，得到的是冷淡冷漠，也不必在乎。为朋友可以牺牲自我，不计较是否被黑夜里扬起的风沙吹打。尽管有时候被抽打得内心阵阵作痛，我们依然会一笑而过……

第二章

读唐诗，学勤学苦练

珍惜时间，不能浪费

——白日莫空过，青春不再来

【出处】

林宽《少年行》

【原文】

柳烟侵御道，门映夹城开。

白日莫空过，青春不再来。

报仇冲雪去，乘醉臂鹰回。

看取歌钟地，残阳满坏台。

【译文】

如烟的垂柳长满皇城大道的两边，大门正对着夹城敞开。大好的时光不要白白流过，青春年少不会再来。要报仇就冒雪而去，趁着醉意肩带猎鹰回来。看那歌舞过的地方，如今只有夕阳照着破损的阳台。

【做人智慧】

珍惜时间，不能浪费

这首诗借写眼前景物的古今盛衰变化，劝勉人们要珍惜时间，及时行事。"白日莫空过，青春不再来。"告诫人们要珍惜青春，不可虚度光阴。

时间是一条无始无终的河流，而人类不过是这时间河中的一朵浪花。在时间的河流中，个人的生命是短暂的，甚至你还没有醒过神儿来，生命就快要结束了。时间就是人的生命，人就是活在自己的时间里，属于自己的时间实在是太有限了。所以，你必须智慧地面对自己的时间。

时间河流中的生存智慧就是管好自己的时间，每天节约一点点，每天都要有一个合理的安排，不要让时间浪费掉，珍惜时间就是珍惜你的生命。

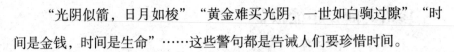
"光阴似箭，日月如梭" "黄金难买光阴，一世如白驹过隙" "时间是金钱，时间是生命" ……这些警句都是告诫人们要珍惜时间。

亚洲首富李嘉诚在接受一家媒体采访时说，他成功靠的就是不断地学习，给自己的学习分配大量的时间。

李嘉诚勤于学习的精神是显而易见的，几乎在任何情况下他都不忘记学习：在年轻的时候，他打工期间用高度的热情去学习自己对工作不懂的方面；创业期间坚持自学；当事业成功后开始经营自己的"商业王国"了，他依然孜孜不倦地坚持学习。

李嘉诚在每晚睡前都安排了看书的时间，而且早已形成了习惯。他特别喜欢看人物传记，不论是什么行业，对社会有所帮助的人都让他很佩服，都让他心存景仰。

他很早就开始执行学习英语的计划。为此他专门聘请了一位私人教师，每天早晨7点30分就开始上课，上课结束再去上班，一直如此。当年，在办塑料厂时，他还订阅了英文版的塑料行业杂志，这样一来既能提高他的英文水平，同时还了解了世界最新的塑料行业动态。

当时，在香港懂英文的华人都没有几个，学会了英文，李嘉诚就可以直接飞往英美去参加各种大型展销会。而且能直接与外籍顾问、银行的高层进行交流，这为他成功进入国际市场提供了很好的保障。

李嘉诚的成功，是因为他能将更多的时间用在学习上，不断安排时间学习，就会不断进步，所以他成功了。

要走向成功，就不要忽视花在学习上的时间，这是非常重要的。只有给自己的学习分配了足够的时间，才可能让我们与时俱进，不断提高。

倘若等到我们年龄渐渐增长了，头发由黑变白时才后悔自己当初没有趁早学习，没有将该学的都学会，没有将该做的都做了，就为时已晚，因为过去的时间是无法再找回来的。

古人云：一寸光阴一寸金。人的一生说长也长，说短也很短。对于碌碌无为混日子的人来说的确是长，因为他过的每一天似乎都没有意义。而对于拼搏向上的有志者来说，生命的每一分钟都是如此的宝贵。人的时间是有限的，要创造成功的人生，就要对自己的生命时间，从青少年到老年有一个整体的安排和规划，有步骤地实现人生的构想。

学习是终生的事业
——读书破万卷，下笔如有神

【出处】

杜甫《奉赠韦左丞丈二十二韵》

【原文】

纨绔不饿死，儒冠多误身。丈人试静听，贱子请具陈。

甫昔少年日，早充观国宾。读书破万卷，下笔如有神。

赋料扬雄敌，诗看子建亲。李邕求识面，王翰愿卜邻。

自谓颇挺出，立登要路津。致君尧舜上，再使风俗淳。

此意竟萧条，行歌非隐沦。骑驴十三载，旅食京华春。

朝扣富儿门，暮随肥马尘。残杯与冷炙，到处潜悲辛。

主上顷见征，欻然欲求伸。青冥却垂翅，蹭蹬无纵鳞。

甚愧丈人厚，甚知丈人真。每于百僚上，猥颂佳句新。

窃效贡公喜，难甘原宪贫。焉能心怏怏，只是走踆踆。

今欲东入海，即将西去秦。尚怜终南山，回首清渭滨。

常拟报一饭，况怀辞大臣。白鸥没浩荡，万里谁能驯？

【译文】

富家的子弟不会饿死，清寒的读书人大多贻误自身。

韦大人你可以静静地细听，我把自己的往事向你直陈。

我在少年时候，早就充当参观王都的来宾。

先后读熟万卷书籍，写起文章，下笔敏捷好像有神。

我的辞赋能与扬雄匹敌，我的篇可跟曹植相近。

李邕寻求机会要和我见面，王翰愿意与我结为近邻。

自以为是一个超异突出的人，一定很快地身居要津。

辅助君王使他在尧舜之上，要使社会风尚变得敦厚朴淳。

平生的抱负全部落空，忧愁歌吟，决不是想优游退隐。

骑驴行走了十三年，寄食长安度过不少的新春。

早上敲过豪富的门，晚上追随肥马沾满灰尘。

吃过别人的残汤剩饭，处处使人暗中感到艰辛。

不久被皇帝征召，忽然感到大志可得到展伸。

但自己像飞鸟折翅天空坠落，又像鲤鱼不能跃过龙门。

我很惭愧，你对我情意宽厚，我深知你待我一片情真。

把我的诗篇举荐给百官们，朗诵着佳句，夸奖格调清新。

想效法贡禹让别人提拔自己，却又难忍受像原宪一样的清贫。

我怎能这样使内心烦闷忧愤，老是且进且退地厮混。

我要向东奔入大海，即将离开古老的西秦。

我留恋巍峨的终南山，还要回首仰望清澈的渭水之滨。

想报答你的"一饭之恩"，想辞别关心我的许多大臣。

让我像白鸥出现在浩荡的烟波间，飘浮万里有谁能把我纵擒？

【做人智慧】

学习是终生的事业

"读书破万卷，下笔如有神。"是诗人博学聪颖的自信之词，从另一方面教育我们要多读书、多积累知识才能有更大的发展。其实，中国古代哲人荀子早就说过："学不可以已。"人如果停止学习，就会退步。

如果你停止学习，你就要落伍，就要被时代淘汰，你的生存就会受到威胁，就谈不上发展，更谈不上自我实现。

1994年，杨澜从一个学生成为《正大综艺》的节目主持人，把一个有着良好家教和较高文化素养的青春少女形象和富有女性细腻情感的职业女性的形象统一在一起，为我们创造了一种既高雅又本色，既轻松又令人回味的主持风格。

在完成了《正大综艺》200期制作之后，杨澜跨越太平洋去了美国，攻读哥伦比亚大学国际传媒硕士学位。

当时很多人都不理解，因为杨澜已经取得了成功，已经成为世界级的著名节目主持人，她完全可以在她的地位上享受她已经获得的荣誉。但是，越是有功底的人越能体会到功底和学识的重要，越能产生在功底和学识上进一步提升自己的渴望，所以杨澜离开了众人羡慕的主持人位置，去美国读书，又成了一名学生。

当杨澜再一次出现在媒体上时，她的形象发生了很大的变化。她的境界提升了，她在自己的人生道路上又上了一个台阶。

人的潜能是很大的，成功没有止境，学习也是没有止境的。不断地学习，就会不断地进步。

有些人浅尝辄止，满足于一时的成功。他们虽然值得庆贺，但不值得敬佩。只有那些不断进取、不断超越自己的人才值得我们敬仰。

俗话说：活到老，学到老。对于我们现代人来说，更不能停止学习，一个人一旦停止了学习，他就会成为社会的落伍者，他将在快速发展的社会里找不到自己的位置。

斯托·卫尔原来想做一个营造工程师，并且一直在这方面学习专业知识，武装自己。但在美国经济大恐慌时期，他找不到他的就业市场，也就是说，他所学的专业知识没有了用武之地，他无法实现原来的梦想。

他重新估量了自己的能力，决定改行学习法律。他又一次回到学校，去学将来可以当法人律师的特别课程，很快，他学完了必修课程，通过了法庭考试，很快就执业运营了。

斯托·卫尔回学校上课的时候，已经年逾不惑，并且成家立业。更令人感动的是，他不回避困难，而是仔细挑选了法律专业最强的多所院校去选修高度专业化的课程，一般法学系学生需要4年才能上完的课程，他只用了两年就读完了。

很多人会找借口说："我已经太老了，学不懂了。"或者说："我有一大家子人等着我去养活，哪有时间去学习？"这实际上只是一种借口罢了。这是一种得过且过、苟且偷安、贪图享受、安于现状、不思进取的心理在作怪，是在给自己找一个体面的借口。

其实，人生是一个本我、自我、超我的过程，只有不断地学习，才能达到最高的人生境界。

人的一生就是学习的一生。学习一生，你就会有收获的一生。学习一生，你就会有成功的一生。学会学习，你的一生就有了意义。只有学习才是人终生的事业。

一分耕耘一分收获

——春种一粒粟，秋收万颗子

【出处】

李绅《悯农二首》

【原文】

春种一粒粟，秋收万颗子。

四海无闲田，农夫犹饿死。

锄禾日当午，汗滴禾下土。

谁知盘中餐，粒粒皆辛苦？

【译文】

春天只要播下一粒种子，秋天就可收获很多粮食。

普天之下，没有荒废不种的田地，却仍有劳苦农民被饿死。

盛夏中午，烈日炎炎，农民还在劳作，汗珠滴入泥土。

有谁想到，我们碗中的米饭，粒粒饱含着农民的血汗？

【做人智慧】

一分耕耘一分收获

本诗暗指农民辛勤的劳动果实被统治阶级剥削去了，表达了对农民疾苦的深切同情。"春种一粒粟，秋收万颗子。"隐藏着劳动后就有所收获的含义。

俗语说："一分耕耘一分收获"，春种秋收，这是自然界的发展规律，也是做事、成就事业的一个不可更改的法则。凡事要成功，必须经过艰苦的奋斗，只有养成勤劳的习惯，一份耕耘才会有一份收获。

假使你不能成为高山上挺拔的苍松，那么就做山谷中最美好的百合花。成就不在于事业大小，而在于尽心尽力地去做。

如果我们是智者，要记住一句："成功是一分天才加九十九分的血汗。"如果我们是愚者，更要记住："勤能补拙，要付出更多的血汗。"

高尔基说："天才就是劳动。"歌德说："天才所要求的最先和最后的东西，都是对真理的热爱。"海涅说："人们在那儿高谈阔论着天才和灵感之类的东西，而我却像首饰匠打链那样精心地劳动着，把一个个小环非常合适地连接起来。"

显然，精心劳动、耐心、热爱真理、勤奋、对工作的坚持性，这些非智力因素都在实践中促进了一个人的智力发展。可见，在研究成功者的智能结构的时候，不能忽略其非智力因素。

非智力因素，又叫人格因素。俗话说："勤能补拙"。勤奋学习，坚持不懈，愚笨的人也可以变得聪明起来。有学者曾查阅过世界上53名学者（包括科学家、发明家、理论家）和47名艺术家（包括诗人、文学家、画家）的传记，发现他们除了本人聪慧以外，还有以下共同的人格品质：勤奋好学，不知疲倦地工作；为实现理想，勇于克服各种困难；坚信自己的事业一定会成功；争强好胜，有进取心；对工作有高度的责任感。可见，在文艺和科学上卓有成就的人，并非都是智力优越者。这与其本人主观上的艰苦奋斗、克服困难是分不开的。

丹麦童话作家安徒生家道贫寒。他曾想当演员，剧团经理嫌他太瘦；他又去拜访一位舞蹈家，结果被奚落一番轰了出来。他流浪街头，以顽强的毅力刻苦学习，终于成为世界著名的童话作家。

高尔基的童年也并未表现出某种天才的特质。一开始他想当演员，报考时未被看中；他偷偷地学习写诗，把写下的一大本诗稿送给作家柯洛连科审阅，这位作家看了他的诗稿说："我觉得你的诗很难懂。"高尔基伤心地把稿子烧了。在以后漫长的浪迹生活中，他发愤读书，不断积累社会阅历和人生经验，终于成为蜚声世界的文豪。

安徒生和高尔基成长的道路说明，艺术才能有极大的可塑性。人才成长的非智力因素较多，有的表现为社会责任感、理想和志向、顺应时代潮流；有的表现为个人心理和人格特征，如有志气、有恒心、有毅力、不自卑，在成绩面前永不止步；还有的表现为人生道路上的机遇。

研究名人的成长道路，可以说几乎没有一个是一帆风顺的。

史蒂芬·霍金出生于英国的牛津，他年轻时就身患绝症，然而他坚持不懈，战胜了病痛的折磨，成为举世瞩目的科学家。

霍金在牛津大学毕业后即到剑桥大学读研究生，这时他被诊断患了"卢伽雷病"，不久就完全瘫痪了。1985年，霍金又因肺炎进行了穿气管手术。此后他完全不能说话，依靠安装在轮椅上的一个小对讲机和语言合成器与人进行交谈；他看书必须依赖一种翻书页的机器，读文献时需要请人将每一页都摊在大桌子上，然后，他驱动轮椅如蚕吃桑叶般地逐页阅读……

但霍金并没有因病痛折磨而放弃对学习的渴望，他正是在这种一般人难以置信的艰难中，成为世界公认的引力物理科学巨人。霍金在剑桥大学任牛顿曾担任过的卢卡逊数学讲座教授之职，他的黑洞蒸发理论和量子宇宙论不仅轰动了自然科学界，并且对哲学和宗教也有深远影响。

霍金还在1988年4月出版了《时间简史》，此书已用33种文字发行了550万册，如今在西方，自称受过良好教育的人若没有读过这本书，会被人看不起。

人的才能不是天生的，是靠坚持不懈的努力、靠勤奋换来的。大思想家孔子为了取悦母亲，挑灯夜读，经过一遍又一遍的练习才学会了母亲教给他的生字。他的继承人孟子也不是一个天生就有学问的人。孟子幼年的时候非常贪玩，不喜欢读书，孟母为了教育儿子，三次搬家，还剪断布匹开导他，使孟子明白了要想成才，必须努力勤奋的道理。

即使有一定的天分，如果后天不努力，到头来也会变成一个碌碌无为之人。我们还记得王安石的《伤仲永》吧，天分极高的仲永因为后天不努力，最终才华白白浪费，落得个和一般人没有什么区别的下场。

所以，要想成才，必须努力！在成才道路中，重要的是对自己的学识、才能、特点等有清醒的自我认识，努力争取主客观默然契合。实践告诉我们，成功永远光顾的是那些为理想付出了心血的实干家。

勤奋是通向成功的最短路径

——少年辛苦终身事，莫向光阴惰寸功

【出处】

杜荀鹤《题弟侄书堂》

【原文】

何事居穷道不穷，乱时还与静时同。

家山虽在干戈地，弟侄常修礼乐风。

窗竹影摇书案上，野泉声入砚池中。

少年辛苦终身事，莫向光阴惰寸功。

【译文】

虽然住的屋子简陋但知识却没有变少，我还是与往常一样，尽管外面已经战乱纷纷。故乡虽然在打仗，可是弟侄还在接受儒家思想的教化。窗外竹子的影子还在书桌上摇摆，砚台中的墨汁好像发出了野外泉水的叮咚声。年轻时候的努力是有益终身的大事，对着匆匆逝去的光阴，丝毫不要放松自己的努力。

【做人智慧】

勤奋是通向成功的最短路径

诗人在作品中告诫弟侄应当珍惜光阴，勤奋读书。诗的最后两句勉励他们努力向上，不要浪费时光，殷切希望之情跃然纸上。

勤奋是通向成功的最短路径，也是实现梦想的最好工具，无论是在富裕的，还是贫困的环境中，只要你肯勤快做事，付出你的努力，就一定会有收获，因为天道酬勤。

台湾电脑专家兼诗人范光陵先生，在美国获得斯顿豪大学的企业管理硕士和犹他州立大学的哲学博士，后来又专攻电脑，很早写出一本《电脑和你》的通俗读物，畅销于台湾和东南亚。他又在国际上奔走呼号，推动成立电脑协会，举办电脑讲座，召开电脑国际会议，到处发表关于电脑的演讲。由于他在这方面的贡献，泰国国王亲自向他颁发电脑成就奖，英国皇家学院授予他国际杰出成就奖。

就是这样一个天才的人物，刚毕业到美国时也是靠打工过日子的。

开始时，他在一家叫汤姆·陈的餐馆，做一份打杂的活。每天工作11个小时，一周工作6天，餐馆中最脏最累的活全得干，月薪为280美元。

倒垃圾、刷厕所、洗碗盘、切洋葱、剥冻鸡皮……每天像个陀螺一样忙得团团转。餐馆里的人大大小小全是他的上司：大厨、二厨，连资深杂工全都是上司，谁都可以对他指手画脚，动辄训斥或随意作弄。

"笨蛋！这么笨的脑子，还是什么留学生！"

虎落平阳被犬欺，龙游浅滩遭虾戏！范先生不但能吃得起大苦，而且还受得起侮辱，这就不光是有毅力的事了，而且还与他胸揣事业雄心分不开。

他在两年里打过各种各样的工——洗碗盘、收碗盘、做茶房、端茶送水、卖咖啡、做小工、做收银员、售货员……

他曾穷到口袋里没有1分钱，整天只喝清水，咽面包屑，但心揣雄心的他仍然不停地思索着，摸索着，想找一条出路来。

后来，他挣了钱，上大学，念研究生，获得了企管硕士、哲学博士学位，成为电脑专家和诗人，他圆了自己的梦，实现了他的理想。

世界上的事，从来是一分耕耘一分收获，怕吃苦，图安逸，成不了大事。请想想，哪位杰出人物不是吃得人间许多苦方才奋斗出来的？

据说苏联的著名诗人马雅可夫斯基也睡过圆木枕头。估计马雅可夫斯基不会知道司马光睡"警枕"，不是有意模仿别人，但英雄所见略同，为了警策自己，想到一块儿去了。

为了早起，司马光、马雅可夫斯基用圆木枕头警醒自己。要成就大事业，总得有激情盎然的雄心，总要付出比别人多几倍的努力。许多既不缺乏情商又不缺乏智商的优秀的人就因为缺少勤奋，缺少坚韧的毅力而不能成就事业，这不是社会的责任，不是环境的错，不是命运的错，而是自己对自己的一种不负责任、一种自我放弃的错。

科幻大师凡尔纳，一生写了几十部科幻小说，有《海底两万里》《地心游记》《格兰特船长的儿女》《神秘岛》《气球上的五星期》《八十天环游地球》等。这些小说被翻译成多种文字，介绍到世界各国，他本人也成为科幻小说的开山祖师。但在很长一段时间里，他写的科幻小说送到巴黎的好几个出版社都被退稿，一封又一封的退稿信曾经使他精神崩溃，气得他拿起书稿扔到火炉里去。坐在一旁的妻子眼疾手快，从火炉里捡出书稿，和颜悦色地劝丈夫不要泄气，自会有识宝的人。好在凡尔纳确是一匹千里马，又有从善如流的性格。果然，再投一家出版社，那里的编辑看好，答应出版。出版之后，大受读者欢迎和好评。这家出版社又向他要稿子，他便把堆在屋里的书稿一部部送去，都一一出版了。

这段文坛佳话道出了笔耕的艰难，道出了毅力的重要，道出了有壮志雄心者即使遭受一而再、再而三的挫折也切不可气馁，胜利就在坚持之中！

如果我们把生活比作一局牌，那么在牌桌前，我们最宝贵的是底牌，其次是勇气和坚持到最后的毅力，在牌桌上永远不要轻易摊牌。

珍惜时间就是珍惜生命
——年年岁岁花相似，岁岁年年人不同

【出处】

刘希夷《代悲白头翁》

【原文】

洛阳城东桃李花，飞来飞去落谁家？

洛阳女儿惜颜色，坐见落花长叹息。

今年花落颜色改，明年花开复谁在？

已见松柏摧为薪，更闻桑田变成海。

古人无复洛城东，今人还对落花风。

年年岁岁花相似，岁岁年年人不同。

寄言全盛红颜子，应怜半死白头翁。

此翁白头真可怜，伊昔红颜美少年。

公子王孙芳树下，清歌妙舞落花前。

光禄池台文锦绣，将军楼阁画神仙。

一朝卧病无相识，三春行乐在谁边？

宛转蛾眉能几时？须臾鹤发乱如丝。

但看古来歌舞地，唯有黄昏鸟雀悲。

【译文】

洛阳城东的桃花李花随风飘转，飞来飞去，不知落入了谁家？

洛阳女子有着娇艳的容颜，独坐院中，看着零落的桃李花而长声叹息。

今年我在这里看着桃花李花因凋零而颜色衰减，明年花开时节不知又有谁还能看见那繁花似锦的盛况？

已经看见了俊秀挺拔的松柏被摧残砍伐作为柴薪，又听说那桑田变成了汪洋大海。

故人现在已经不再悲叹洛阳城东凋零的桃李花了，而今人却依旧对着随风飘零的落花而伤怀。

年年岁岁繁花依旧，岁岁年年看花之人却不相同。

转告那些正值青春年华的红颜少年，应该怜悯这位已是半死之人的白头老翁。

如今他白发苍苍，真是可怜，然而他从前亦是一位风流倜傥的红颜美少年。

这白头老翁当年曾与公子王孙寻欢作乐于芳树之下，吟赏清歌妙舞于落花之前。

亦曾像东汉光禄勋马防那样以锦绣装饰池台，又如贵戚梁冀在府第楼阁中到处涂画云气神仙。

白头老翁如今一朝卧病在床，便无人理睬，往昔的三春行乐、清歌妙舞如今又到哪里去了呢？

而美人的青春娇颜同样又能保持几时？须臾之间，已是鹤发蓬乱，雪白如丝了。

只见那古往今来的歌舞之地，剩下的只有黄昏的鸟雀在空自悲啼。

珍惜时间就是珍惜生命

这首诗前半段写洛阳女儿的伤春愁绪，后半段以"白头翁"的遭遇说明人生变化无常，整首诗充满对美好年华的痛惜之情。"光阴似箭日月如梭""黄金难买光阴，一世如白驹过隙""时间是金钱，时间是生命"……这些警句都是在告诫人们要珍惜时间。

法国思想家伏尔泰曾经出了一个有趣的谜语："世界上哪样东西是最长的又是最短的，最快的又是最慢的，最能分割的又是最广大的，最不受重视的又是最受惋惜的；没有它，什么事情都做不成；它使一切渺小的东西归于消灭，使一切伟大的东西生命不绝？"

这是什么呢？这就是时间。高尔基的回答同样充满辩证法："世界上最快而又最慢，最长而又最短，最平凡而又最珍贵，最容易被忽视而又最令人后悔的就是时间。"

时间有长短、快慢、平凡与珍贵的区分吗？

有，也没有。

说有，是因为，对个人生命时间来说，时间是有区别的。

说没有，是因为，时间是不变的，无始无终，是没有区别的。

我们每个人都生活在自己的时间里，区别就在于人们使用时间的方法不同，因而价值和意义就不同。所以，每个人都想在自己有限的时间里实现人生无限的梦想。

汉代有一首题目为《长歌行》的乐府诗，这样写道：

百川东到海，

何时复西归？

少壮不努力，

老大徒伤悲。

可见，古代人对生命时间就有清醒的认识。其实，人一生下来，就应该对生命时间做出安排。在他少不更事的时候，这种安排要由家长来进行，一旦他长大成人，就要对自己负责，就要安排自己的生命时间，以保证实现自己的人生目的。

一旦安排好自己的时间，就要按照时间的安排去实践，去实现人生的价值。

时间就是在实践过程中一点一点失去的，在你的生活中，时间就像布袋子里的水，存不住的，不知不觉就漏光了。管好自己的时间，就是不要让时间漏掉。

面对看不见、摸不着、触不到的匆匆时光，我们已经习以为常。当我们不经意地、若无其事地经历生活时，时光却在我们洗手时、吃饭时、沉默时义无反顾地从水盆里、饭碗里、双眼前溜走。当我们企图挽留它时，它却轻悄地、伶俐地过去，没有半点儿的踪迹，没有丝毫的留恋，没有丁点儿的不舍。原来，我们竟然就这样束手无策地被时光遗弃了！

古往今来，人人都知道时间是宝贵的。有了时间就可以学习、工作，就可以增长知识，创造财富。但"在逃去如飞的日子里"，我们最终的归宿都只能是"赤裸裸来到这世界，转眼间也将赤裸裸地回去"，到底在这期间能"留着些什么痕迹"，难道真的要"白白走这一遭"吗？这是每个人在生命的尽头蓦然回首时都情不自禁会思索的问题。但匆匆人生，没有预演，也没有重演。我们不可能有机会算计好我们整个生命的历程，我们无法预知未来的一刻会发生什么事情。

时间老人给每个人的时间都是一样的，而每个人安排时间的方法却是截然不同的。有的人顾此失彼地活着，一直在停步不前地哀悼无所建树的昨天，结果只能蹉跎岁月；有的人东拼西凑地活着，做一天和尚撞一天钟；有的人大智若愚地活着，总结好昨天，做好今天，把握好明天……正确安排时间的人必将生活得充实幸福，浪费时间的人则会碌碌无为、后悔莫及。

过去的让它过去，消失的让它消失，只是从现在开始，不能再让灵魂在匆匆的时光河流里作虚无的徘徊。把握好生命的每一分钟，只要不空虚，永远不后悔，任何珍惜时间的事情都可以让生命之花绽放出夺目的色彩，并散发出令人眩晕的芬芳。珍惜时间就是珍惜生命。

胜利就在坚持之中
——十年磨一剑，霜刃未曾试

【出处】

贾岛《剑客／述剑》

【原文】

十年磨一剑，霜刃未曾试。

今日把示君，谁有不平事？

【译文】

十年辛苦劳作，磨出一把利剑，剑刃寒光闪烁，只是未试锋芒。

如今取出，给您一看，谁有不平之事，不妨如实告我。

【做人智慧】

胜利就在坚持之中

"十年磨一剑"形容多年的苦练、潜心修养的人一旦有所成就，便期盼能有发挥才能的表现机会。从另一方面说明很多事情都不是一朝一夕完成的，需要长年累月地坚持。

"坚持"二字说起来容易，做起来则没那么简单。对于这一点，马尔有精辟的解读："别人放弃，自己还在坚持，他人后退，自己照样前进，看不到光明和希望依然努力奋斗，这种精神是一切科学家、发明家取得巨大成功的原因。"

迪斯尼在上学的时候，就对绘画和描写冒险生涯的小说特别入迷，并很快就读完了马克·吐温的《汤姆·索亚历险记》等探险小说。一次，老师布置了绘画作业，小迪斯尼就充分发挥自己的想象力，把一盆的花朵都画成了人脸，把叶子画成人手，并且每朵花都以不同的表情来表现自己的个性。按说这对孩子来说应该是一件非常值得肯定的事，然而，无知的老师根本就不理解孩子心灵中的那个美妙的世界，竟然认为小迪斯尼这是在胡闹，说："花儿就是花儿，怎么会有人形？不会画画，就不要乱画了！"并当众把他的作品撕得粉碎。小迪斯尼辩解说："在我的心里，这些花儿确实是有生命的啊，有时我能听到风中的花朵在向我问好。"老师感到非常气愤，就把小迪斯尼拎到讲台上狠狠地毒打一顿，并告诫他："以后再乱画，比这打得还要狠。"

值得庆幸的是，老师的这顿毒打并没有改变他"乱画的毛病"，小迪斯尼一直在努力地追求着成为一个漫画家的梦想。

第一次世界大战美国参战后，迪斯尼不顾父母的反对，报名当了一名志愿兵，在军中做了一名汽车驾驶员。闲暇的时候，他就创作一些漫画作品寄给国内的一些幽默杂志，他的作品竟然无一例外地被退了回来，理由就是作品太平庸，作者缺乏才气和灵性。

战争结束后，迪斯尼拒绝了父亲要他到自己有些股份的冷冻厂工作的要求，他要去实现他童年时就立誓实现的画家梦。他来到堪萨斯市，拿着自己的作品四处求职，经过一次又一次的碰壁之后，终于在一家广告公司找到了一份工作。然而，他只干了一个月就被辞退了，理由仍是缺乏绘画能力。

1923年10月，迪斯尼终于和哥哥罗伊在好莱坞一家房地产公司后院的一个废弃仓库里，正式成立了属于自己的迪斯尼兄弟公司，不久，公司就更名为"沃尔特·迪斯尼公司"。

虽然历尽了坎坷，但他创造的米老鼠和唐老鸭几年后便享誉全世界，并为他获得了27项奥斯卡金像奖，使他成为世界上获得该奖最多的人。他死后，《纽约时报》刊登的讣告这样写道：

"沃尔特·迪斯尼开始时几乎一无所有，仅有的就是一点绘画才能，与所有人的想象不相吻合的天赋想象力，以及百折不挠、一定要成功的决心，最后他成了好莱坞最优秀的创业者和全世界最成功的漫画大师……"

失败并不可怕，可怕的是面对失败时的态度。沃尔特·迪斯尼面对失败，面对别人的批评，他没有否定自我，没有放弃，而是坚强地走了下去。

也许，无论我们怎样奋斗，都不会有迪斯尼那样的辉煌成就，可是，如果你没有迪斯尼那不怕失败、百折不挠的精神，那你注定不会成功。

坚持就是胜利，执着走向成功。还有一则故事值得一读。

1977年，美国一家园艺所在报上公布，要重金求购白色金盏菊，一位老人看到这条信息后，第一个反应就是要让金盏菊改变它原来的颜色，这实在令人难以置信。然而仔细一琢磨，又觉得或许真有这种可能，于是她想试一试。

子女们得知母亲要培育白色金盏菊，都觉得她是异想天开。一个孩子泼冷水说："这事连专家都无能为力，你不懂种子遗传学，又这么大年纪了，怎么可能呢？"子女们都不愿做无效劳动，老人没有找到帮手，只好一个人做起来。

金盏菊有淡黄和橘黄两种颜色，老人选择了淡黄色的进行培育。经过精心的照料，金盏菊一株株拱出地表，一朵朵应时绽开。老人从中选出颜色最浅的做上标记，待其枯萎后选用这棵金盏菊的种子。用这种方式遴选含色素少的花，年复一年地培育，终于使金盏菊的颜色一年年泛白。

其间女儿远嫁他乡，丈夫撒手人寰，生活发生了许多变故，都未能动摇老人让鲜花变色的信念。终于有一天，老人所培育的金盏菊已不染一丝杂色，呈现出一片圣洁的雪白。蓦然回首，已送走了20个春秋。老人抑制不住成功的喜悦，欣然将花种寄给悬赏的那家园艺所。

等待了将近一年，也就是种子育出芳姿的时候，老人接到园艺所长打来的电话："我们见识了你培育的金盏菊，花朵的颜色确实洁白如雪。不过由于时间太久,过去许诺的奖金已无从兑现,你还有什么别的要求吗?"老人兴致不减地说:"我只想问一下,你们要不要黑色的金盏菊?如果要的话,我也能把它种出来。"

有人说,执着和痴情是创造奇迹的一斧一凿,有了这两样东西,世上就没有什么不可能的事;也有人说,锲而不舍是成功的要素,只要门敲得够响、够久,总会有人被你唤醒。

乐观是我们心中的太阳

——莫道桑榆晚,为霞尚满天

【出处】

刘禹锡《酬乐天咏老见示》

【原文】

人谁不顾老,老去有谁怜。

身瘦带频减,发稀冠自偏。

废书缘惜眼,多灸为随年。

经事还谙事,阅人如阅川。

细思皆幸矣,下此便翛然。

莫道桑榆晚,为霞尚满天。

【译文】

人谁不顾虑要衰老,老了又有谁来对他表示爱怜?

身体渐瘦衣带越来越要收紧,头发稀少戴正了的帽子也会自己偏斜到一边。

书卷搁置起来不再看是为了爱惜眼睛,经常用艾灸是因为年迈力衰诸病多缠。

经历过的世事见多识也就广,接触了解的人越多观察起来更加一目了然。

细细想来老了也有好的一面，克服了对老的忧虑就会心情畅快无挂也无牵。

不要说太阳到达桑榆之间已近傍晚，它的霞光余晖照样可以映红满天。

【做人智慧】

乐观是我们心中的太阳

全诗以积极乐观的态度，表现了坚韧豁达的老年心态。乐观是我们心中的太阳。面对苦难和挫折，你要抬起头来，笑对它，相信"这一切都会过去，今后会好起来的"。希望是不幸者的第二灵魂。向往美好的未来，在困难时是最好的自我安慰。在多难而漫长的人生路上，我们需要一颗健康乐观的心，需要绚烂的笑容。苦难是一所没人愿意上的大学，但从那里走出来的，都是强者。

在我们的人生旅途中，难免会遇到各种各样的问题，总会遇到一些不称心的人，不如意的事，我们应该以什么样的心态面对这一切呢？此时，如果你有快乐而又自信的好心态，那么结果往往是出人意料的。

杰里是个饭店经理，他的心情总是很好。当有人问他近况如何时，他问答："我快乐无比。"

如果哪位同事心情不好，他就会告诉对方怎样看事物的正面。他说："每天早上，我一醒来就对自己说，杰里，你今天有两种选择，你可以选择心情愉快，也可以选择心情不好。我选择心情愉快。每次有坏事情发生，我可以选择成为一个受害者，也可以选择从中学些东西。我选择后者。人生就是选择，你选择如何去面对各种环境。归根结底，你得自己选择如何面对人生。"

有一天，他忘记了关后门，被三个持枪的歹徒拦住了，歹徒朝他开了枪。

幸运的是，事情发现得较早，杰里被送进了急诊室，经过18个小时的抢救和几个星期的精心治疗，杰里出院了，只是仍有小部分弹片留在他体内。

6个月后，有位朋友见到了他，并问他近况如何，他说："我快乐无比，想不想看看我的伤疤？"那位朋友看了看他的伤疤，然后问当时他想了些什么。杰里答道："当我躺在地上时，我对自己说有两个选择：一是死，一是活，我选择了活。医护人员都很好，他们认为我会好的。但在他们把我推进急诊室后，我从他们的眼中看到了'他是个死人'。我知道我需要采取一些行动。"

"你采取了什么行动？"

杰里说："有个护士大声问我有没有对什么东西过敏。我马上回答，有的。这时，所有的医生、护士都停下来等我说下去。我深深吸了一口气，然后大声吼道：'子弹！'在一片大笑声中，我又说道：'请把我当活人来医，而不是死人。'杰里就这样活下来了。

拿破仑·希尔曾说过，人的身上有一个看不见的法宝，这个法宝的一边装着四个字：积极心态，它是获得财富、成功、幸福和健康的力量。另一边装着四个字：消极心态。它剥夺一切使你生活有意义的东西。

人生充满了选择，而生活的态度就是一切。你用什么样的态度对待你的人生，生活就会以什么样的态度来对待你。你消极，生活就会暗淡；你积极向上，生活就会给你许多快乐，你就能摆脱困境。

怎样才能使自己变成一个真正快乐的人？这可真是一门高深复杂的学问。单单叫你快乐，叫你微笑，以及大笑是没有用的。假使你是一个很不幸的人，假使你看不见自己的前途，你对人类的善良和美好失去信心，你就会觉得自己很萎靡、卑微、无聊而又堕落。你可能笑，然而你笑出来的不是快乐，至少你的笑不能使人快乐。

只有正确地对待生活，保持积极乐观的心态才能克服困难，从而快乐地生活。

要拥有正确乐观的心态，还要对自己的未来负责，给自己些压力，以求发展。

生活本无什么非常手段，如果一个人有了强大的实力，那么他选择和发展的机会就会大大地增加，那样他的生活中就会少一份忧愁，多一份快乐。

面对当今越来越复杂、越来越纷乱的社会，在背负巨大心理压力的同时，我们经常还会碰到各种各样的困难和挫折，如失业下岗、家庭变故、婚姻失败、学业不顺、经济问题等诸多问题。当这一切突如其来并无法解决时，一切取决于我们内心是否强大。

是的，每个人的一生都会遇到诸多的不顺心，个性悲观消极的人在遇到困境时，看不到前途的光明，抱怨天地的不公，甚至破罐子破摔，在精神上倒下；而个性积极乐观的人在遇到困境时，能够泰然处之，认定活着就是一种幸福，无论是顺境还是逆境，都一样从容安静，积极寻找生活的快乐，不浪费生命的一分一秒，于黑暗之中向往光明，在精神上永远不倒。

真才实学是走向成功的敲门砖

——以色事他人，能得几时好

【出处】

李白《妾薄命》

【原文】

汉帝重阿娇，贮之黄金屋。

咳唾落九天，随风生珠玉。

宠极爱还歇，妒深情却疏。

长门一步地，不肯暂回车。

雨落不上天，水覆难再收。

君情与妾意，各自东西流。

昔日芙蓉花，今成断根草。

以色事他人，能得几时好。

【译文】

汉武帝曾经十分宠爱阿娇，为她筑造金屋让她居住。汉武帝对她娇宠万分，即使她的唾沫落下，也会被看作像珠玉那样珍贵。娇宠到了极点，恩爱也就停歇了，汉武帝对她的情意渐渐停歇淡薄。阿娇被贬长门后，即使与汉武帝的寝宫相距很近，汉武帝也不肯在阿娇那里暂时停留。雨落之后再不会飞上天空，覆水也难再收回。汉武帝与阿娇的情意，各自东西。往日美丽的芙蓉花，今日成为凄凉的断根之草。如果凭借姿色侍奉他人，相好的日子便会是十分短暂的。

【做人智慧】

真才实学是走向成功的敲门砖

"以色事他人，能得几时好。"这发人深省的诗句，对以色取人者进行了讽刺，同时对"以色事人"而暂时得宠者，也是一个警告。是的，光靠外貌不能维持感情的持久。没有真才实学，没有过人的技术和本领，依赖其他手段是不能兴旺的。

真才实学是走向成功的敲门砖，那种仅仅靠一张徒有虚名的文凭，只能是摆摆花架子罢了，是难以适应社会发展的。

高尔基曾说："社会是一所最好的大学"。社会这所大学很务实，能给你实用的知识，也能给你鲜活的资料，如果你真的需要，他什么都可以给你提供。

爱上这所学校吧，是你一生受用的学校。

渴求知识是一种积极心态，很多人在没有条件读书时就会说：就是这命。而有些人在没有条件读书时却能更发奋地学习，多年后却能与伟人为伍，被人们尊为成功者、强者，在古今其例繁多，举不胜举。这些成功都与他们的汲取社会知识的营养分不开。

在生活实践里学到的东西远比课本里的东西丰富得多，主要看你是否真的对学习有强烈的欲望，如果没有，即使将你放在一流学府里，你学到的东西也是很肤浅的。

学习的机会无所不在，学校教育仅仅提供学习机会的一部分，学习场所更不是只有学校而已。生活所处的家庭、邻里、社区、社团、企业等各种各样的环境与机构都是终身学习机会的一环。

在实践中和现实生活里都有学之不尽的东西，我们只要有一个积极的态度，就能够在任何情况下获得我们需要的知识和才能，更重要的是还应从生活里汲取知识的精华来补充自己的不足，从而走向人生成功。而这些是学校里无法学到的。

有这么两个人，他们是高中的同学，高考的成绩也不相上下，同时考入了华北某大学，但就在收到录取通知书的同时，其中一个名叫阿春的母亲突患急症而入院，确诊为脑溢血，因抢救及时而无生命危险，但却从此成了植物人。这无疑给那个本不宽裕的家庭造成了重创，望着白发愁眉的老父和躺在特护病房的老母，阿春决定放弃学业，以帮老父维持生计。为了偿还给母亲治病欠下的债，他决定去打工。

在建筑工地上，阿春起初是个苦力工，由于有些文化底子，经理有意要阿春到后勤去搞搞预算什么的，后勤是固定工资，收入虽稳定但不高，阿春就请经理给安排在一线赚钱多点的岗位。在工作期间，阿春边干边学，不耻下问，很勤快。对任何不懂的东西都向有关的师傅请教。在实践中虚心学习，一年多的时间里他就掌握了几种主要建筑工程必备的技术。但这只是实际操作经验，阿春又利用有限的休息时间，购置了建筑设计、识图、间架结构等有关书籍资料，在工棚里学习。

偶尔与另一位上了大学的同学通信，大学生就在信里给阿春描述大学的生活如何丰富多彩：可以和同学处对象，进舞厅到校外去聚餐、野游、喝酒。阿春说自己打工的条件很苦，劝他的同学要珍惜那里优越的学习机会和条件。这位同学回信却说在大学里学习一点都不紧张，只要别太差，一样会拿到毕业证的。

第二年，阿春基本掌握了基建的各种操作技术和原理，渐渐由技术员提升为副经理。由于阿春的好学肯干及扎实的功底，公司试着给阿春一些小项目让其去施工。由于措施得当和管理到位，阿春的每个项目都出色地完成了。在这期间，阿春仍没放弃学习，自修了哈佛管理学中的系列教程，还选学了一些和建筑有关的学科，准备参加自考，完善自我。

第三年，公司成立分公司，在竞选经理时，阿春以优秀的成绩竞选成功，阿春准备在这个行业中一展宏图、建功立业。

同年六月，那位上了大学的同学毕业了，由于平时学习不刻苦，有几科考得很不理想，勉强拿到毕业证。因此在很多用人单位选聘时都落选，只有一家小公司看中他，决定试用半年，由于刚毕业且在实习期，工资待遇不高，以及工作条件不理想，这位同学很恼火，且在工作中态度不端正，双方均不满意，只好握手言别，这位大学生失业了。

此时的阿春已是拥有近千人的工程公司的经理，但他仍在远程教育网上进修与业务相关的课程。大学生找到阿春想要给阿春来做个助手，"朋友嘛，总有个照顾。"

阿春说："来干可以，我这里同样也只问效益和贡献，没有朋友和照顾，要拿得出真才实学。光靠朋友照顾，那是对你及对我公司的失职，那永远是靠不住的。"

有人说：过去的时代是资本时代，由资本决定社会的发展；而现在则是知本时代，知识就是资本。知识经济时代，就需要我们改变观念，掌握知识，只有这样才能创造财富，走向成功。如果你学不到真正的知识，就等于失去了社会的生存竞争力。

实力的强弱并不能决定能力的高低和成功与否。学习中，资质平庸的人，只要用心、专一，假以时日，必有所成。相反，天资聪颖的人如果心浮气躁，用心不专，只会辜负上天的厚爱，一事无成。

毛泽东曾说过："实践出真知。"知识并不是全都要一本正经地坐学堂抱书执笔才能学到，在现实之中，每个社会环境里，只要你潜心俯首求知，那你终将得到真实的知识，并受益一生。

第三章

读唐诗，学求取功名

把目光盯在远方

——欲穷千里目，更上一层楼

【出处】

王之涣《登鹳雀楼》

【原文】

白日依山尽，黄河入海流。

欲穷千里目，更上一层楼。

【译文】

夕阳依傍着西山慢慢地沉没，滔滔黄河朝着东海汹涌奔流。

若想把千里的风光景物看够，那就要登上更高的一层城楼。

【做人智慧】

把目光盯在远方

"欲穷千里目"，写诗人一种无止境探求的愿望，还想看得更远，看到目力所能达到的地方，唯一的办法就是要站得更高些，"更上一层楼"中"千里""一层"都是虚数，是诗人想象中纵横两方面的空间。"欲穷""更上"包含了多少希望，多少憧憬。后来人们用其来形容高瞻远瞩的战略眼光。

要想成功，不能没有远见，要把目光盯在远处，用远大之志激发自己，并咬紧牙关、握紧拳头，顽强地朝着自己的人生方向走下去。没有这种品性的人，是绝对不可能成大事的，甚至连小事都做不成。

成功者均是具有远见的人，因为只有把目光盯在远处，才能有大志向、大决心和大行动。那么，远见是一种什么东西呢？

作家乔治·巴纳说："远见是在心中浮现的，将来的事物可能或者应该是什么样子的图画。"

一个农民的孩子，从小就跟着父亲下地种田。每次休息时，他就望着远方出神，父亲问他在想什么，他说："将来长大了我不要种田，也不要上班，坐在家里，就有人往家里寄钱。"

父亲笑着说："别做梦了。"后来他上了学，从课本上知道了金字塔，他就对父亲说："我长大了要去看金字塔。"父亲又笑着说："别做梦了。"十几年后，这个孩子写文章出书，当了作家，每天坐在家里写作，出版社、报社就往他们家寄钱，有了钱，他就去看金字塔。站在金字塔下，他默默地说："爸爸，人生没有什么不可能，就怕我们没有梦想。"

这个孩子就是台湾最受欢迎的作家林清玄，他是一个有远见的人。

没有远见的人只看到眼前的、摸得着的、手边的东西，而有远见的人心中装着整个世界。远见跟一个人的职业无关。世界上最穷的人并非身无分文者，而是没有远见的人。

远见不是天生的，它是一种可以培养出来的本领。这种本领也可能被压抑，并受到"过去的经历""当前的压力""种种问题""缺乏洞察力""当前的地位"五种情况的限制。

那么，我们如何使自己的远见变为现实呢？下面的指导原则对你或许会有帮助。

第一，要分析你的实际情况从而成就自己。

将远见变成现实不是一蹴而就的事，这是一个过程，跟一次旅行十分相似。你决定去旅行之后，首先要做的事情之一，就是决定出发点。没有这个出发点，你就不可能规划旅行路线和目的地。

考察当前生活的另一个目的是规划行程并估算此行的费用。一般来说，你离自己的远见越远，所花的时间就越多，代价就越大。

第二，要能确定你的努力方向。

这个观点简单到让人几乎不好意思提出来，但实现远见总得由确定这个远见开始。对有些人来说，这实在是太容易了。因为他们似乎生来就有一种远见卓识。而另有一些人则需要经过长时间的沉思、考虑才能获得这种本领。

如果你想成大事，就必须确定你人生的远见。你的远见不能由别人给你。如果那样就不是你自己的远见，你就不会有实现它的决心与冲动。远见必须以你的才能、梦想、希望与激情为基础。远见是了不起的东西，它还会对别人产生积极的影响——特别是当一个人的远见与他的命运不谋而合时。

第三，要能舍小利益取大目标。

所有梦想都是有代价的。为了实现你的远见，就要做出牺牲，其中必然涉及你其他的选择。你不可能一面追求着梦想，一面完整保留着你其他的种种选择。

多种选择是好事，可以提供机会，但对于想成功的人而言，有时必须放弃种种小选择来交换那个唯一的梦想。

这情形有点像一个人来到岔路口，他面临几种前进的选择。他可以选择一条能通往目的地的路，也可以哪一条都不走，可是这样就永远达不到目的地了。

第四，顶住各种压力，坚持自己的积极态度。

之所以必须保持积极态度，是因为你肯定会碰到反对的意见。那些没有梦想的人是不会理解你的梦想的，他们觉得你的梦想不可能实现。他们会对你说，你的梦想一文不值。或者即使他们认识到它的价值，他们也会说，这是可以实现的，但不会由你实现。碰到别人反对时你不必惊慌，而应有思想准备，抱着永不消沉的积极态度。

成功不是一件轻松的事，而是一件非常有挑战性的抉择。只要你为自己的人生目标而努力，你成功的可能性就越来越大。现在只需要你放弃一些蝇头小利，把目光盯在远方，迈动你的双脚。如果都准备好了，你就可以朝着自己的远见行进了。

若想出人头地，就要放弃短识，把目光盯在远方。

心有多大，人生的舞台就有多大

——大鹏一日同风起，扶摇直上九万里

【出处】

李白《上李邕》

【原文】

大鹏一日同风起，扶摇直上九万里。

假令风歇时下来，犹能簸却沧溟水。

世人见我恒殊调，闻余大言皆冷笑。

宣父犹能畏后生，丈夫未可轻年少。

【译文】

大鹏一日从风而起，扶摇直上九万里之高。如果在风歇时停下来，其力量之大犹能将沧海之水簸干。世人见我好发奇谈怪论，听了我的大言皆冷笑不已。孔圣人还说后生可畏，大丈夫可不能轻视年轻人啊。

【做人智慧】

心有多大，人生的舞台就有多大

李白年轻时胸怀大志，非常自负，又深受道家哲学的影响，心中充满了浪漫的幻想和宏伟的抱负。这只大鹏即使不借助风的力量，以它的翅膀一扇，也能将沧溟之水一簸而干，这里极力夸张大鹏的神力。作者以大鹏自喻，抒发了自己的凌云壮志。

拿破仑曾经靠着他自己的一句名言"不想当元帅的士兵，不是好士兵"，带领铁骑踏遍大半个欧洲。这句名言是对所谓"野心"的最好说明。成功就需要这样一种心态，世上成大事者都是因为他有了一颗"要想当元帅"的野心而最终如愿以偿。所谓野心即是雄心，也就是进取之心。

心有多大，人生的舞台就有多大。成大事者总是能激发自己的进取之心，并把这种野心贯彻到每一天、每一个行动中。从心理学的角

度来说，成绩有提升自我评价、增强自信心的作用，能以获得好成绩的诱惑来鞭策人们进取。

法国媒体大亨巴拉昂年轻时靠推销装饰肖像画起家，只用了不到10年的时间就迅速跻身于法国50大富翁之列，后因前列腺癌于1998年去世。

临终之时他写下遗嘱："我以一个穷人的身份来到人世，却以一个富人的身份走进天堂。在我走进天堂之前，我不想把我成为富人的秘诀一起带进去。我已经把我成功的秘诀写在了纸上，就锁在中央银行的一个保险箱内。谁若能通过回答穷人最缺少的是什么而猜中我的秘诀，他将能得到我的贺礼100万法郎。"

遗嘱在他死后不久被刊出，很多人寄来了这个问题的答案。一多半的人认为，穷人最缺少的是金钱；还有一部分人认为，穷人最缺少的是机会；也有人认为，穷人最缺少的是技能，或者是帮助和关爱……

转眼到了巴拉昂逝世的周年纪念日，代理人和律师打开那只保险箱，在46851封来信中，有一位叫蒂勒的9岁小姑娘猜对了巴拉昂的秘诀：穷人最缺少的是成为富人的野心。

巴拉昂的成功秘诀引起了欧美国家不小的震动，电台就此话题进行采访时，很多"富闲"大亨都毫不掩饰地承认：野心是永恒的特效药，是所有奇迹的萌发点；某些人之所以贫穷，大多是因为他们有一种无可救药的弱点，即缺乏进取之心。

二战期间，凯萨以造船速度和效率而享誉全世界，其成就着实引人注目，这是因为他所做的合拍于战争的需要。在他起家之前，他根本没有丝毫的造船经验，他之所以能够成就大业，是因为他个人奔放强劲的进取心起到了重要作用。

有一次他订购了整整一火车的钢料，这批钢料要求在既定日期在他的船坞交货，于是首先确保钢料生产链条不脱松，同时确定铁路运输安

第三章 读唐诗，学求取功名

全不拖时，并且他的员工对接受这批钢料准备得充分有余。

他派人到工厂熟悉生产第一线，探查并汇报生产进度，他亲自压货出航，以力求钢料在运输上不发生任何差错。正是凯萨对于细节的慎重，感染和教育了他的员工，使得员工行动上可以紧靠这一特质。他说若在途中发生任何差错，员工必须采取一切必要手段，来控制问题的蔓延，将在时间上的损失降到最低，并最大限度地弥补可弥补的一切。

凯萨坚强的个人进取心，已成为许多人日常生活的模范。

野心没有止境，进取之心是人类行为的推动力，人类通过"野心"，可以有力量攫取更多的资源。没有进取心的人，就没有追逐欲望的动力，就会安于现状，在激烈的竞争中碌碌无为地过一辈子，即便天赐良机，也未必会抓得住。

有了进取心也就有了成功的欲望，这样人生的方向和目标也就明确了，人们便会很好规划自己的未来，为了达到愿望而定下比较详尽的计划。然后，通过全力以赴的努力，更快地脱离"贫穷"的套索。

相信自己一定能成功

——仰天大笑出门去，我辈岂是蓬蒿人

【出处】

李白《南陵别儿童入京》

【原文】

白酒新熟山中归，黄鸡啄黍秋正肥。

呼童烹鸡酌白酒，儿女嬉笑牵人衣。

高歌取醉欲自慰，起舞落日争光辉。

游说万乘苦不早，著鞭跨马涉远道。

会稽愚妇轻买臣，余亦辞家西入秦。

仰天大笑出门去，我辈岂是蓬蒿人。

【译文】

白酒新酿出来的时候，（我）从山中归来。时值秋天，黄鸡啄食着黍子，长得很肥。吩咐家人煮鸡倒酒，孩子们嬉笑着扯着我的衣服。

我高歌痛饮，想（借以）自我安慰；起身舞剑，剑光闪闪敢与落日一争光辉。

进谏皇帝，一直苦于不能早被赏识，（今天终于）跨马扬鞭踏上了遥远的路程。会稽那个愚笨的妇人轻视朱买臣，我也辞别家人西去长安。仰天大笑着走出家门，像我这样的人怎么会是那些草野间无所作为的人呢。

【做人智慧】

相信自己一定能成功

这首诗写作者接到诏书回到南陵家中与家人告别时的喜悦心情和渴望建功立业的雄心壮志，最后两句淋漓尽致地表现了作者得意的神态和高度的自信心。

拿破仑·希尔说过这样的话："心存疑虑，就会失败；相信胜利，必定成功。相信自己能移山的人，会成就事业，认为自己无能的人，一辈子一事无成。"

相信自己就是自信，自信可以克服万难。自信可以让自己从内心真正地喜欢自己、欣赏自己，让自己活得自在。自信创造奇迹，自信是生命和力量的基石，自信是创立事业之本。

自信心如同能力的催化剂，它能将人的所有潜能都激发出来，将其推进到最佳状态。自信心是"我不行"这一毒素的解药，它是一种信念，一种意志。相信自己，你认为自己有多重要就有多重要。

自信，要以自己的实力为后盾。自信不是无根之木，不能是盲目自信。

我国当代著名学者、作家，被称为"文化昆仑"的钱钟书先生生前是以"狂"出名的，人称"狂人"钱钟书。当年钱钟书从清华大学毕业的时候，系里想招他为研究生，并派很多老教授去游说，结果，钱钟书一一驳回了，他说："没人配当我钱某人的导师。"真可谓狂到家了。但是钱钟书自己却觉得，他不是狂，是狷。正是因为对自己有充分的自信，他才会在文学的世界里自由地游走，写出了《围城》这样的经典小说。

当代世界著名的足球教练穆里尼奥，也是狂到家了。他曾自诩为上帝第二，可以说是非常自信。在他至今为止的教练生涯中，可谓荣誉无数。他所带领的球队夺得了包括欧冠冠军、联盟杯冠军、意甲联赛的冠军、英超联赛的冠军在内的多项荣誉。他虽在媒体或者公众场合时有狂妄举动，但是在教练工作中，他以自己严谨的教练思路、充足的赛前准备赢得了自己事业的高峰。这是自信满满的狂，是充满力量的狂，让人不由得震惊和佩服。这些狂人，让我们明白，张扬有时候也是一种美。有学问有道行的人，也可以用狂放的方式表达自己，或许这也正是他们的可爱之处。

我们要懂得，自信是建立在实力基础之上的。没有任何特长、盲目地狂放，最后的结局只能是失败。为此，我们就要不断地打磨自己，将自己锻造成一块璞玉，有着光润的内在，能长久地发光。我们要积极应对学习生活中的问题，在失败之后能爬起来坚定地自信着。

古往今来，自信的人，当别人对他蓄意、恶意批评时，他能够坦然面对，适时地调整得很好而不致受到太大的影响。

周星驰这个名字可谓家喻户晓了，不管是《千王之王》还是《喜剧之王》，周星驰那非逻辑性和带有神经质的演技，以及夸张诙谐的"无厘头"搞笑，令他在短暂的时间里全线飘红，成为影坛不可多得的顶级搞怪明星，一下子由"星仔"变成了"星爷"。但是他的一生就像一场喜剧，从跑龙套开始，便屡受挫折，遭受了无数的打击和失败，不过他始终坚信自己的一句话："我是一个专业的演员"。甚至他在被人呵斥

"连龙套都跑不好"的时候，也不忘这个信念。他每天去学习、去改正、去尝试、去表现，每天都阅读《演员的自我修养》。他自信自己就是一个专业的演员，当所有的失败都无法挫灭他内心的信念时，失败退却了。人生就是一场戏，只要你认真投入，相信自己，没有什么可以阻挡你。

人生短暂，多一份自信，你的人生路上就会洒满灿烂的阳光，你便与希望结伴同行，一步步地走向成功的峰顶。

2008年第13届北京残奥会上，盲人姑娘谢青打破世界纪录，夺得女子100米自由泳S11级金牌。她之所以能取得如此好的成绩，就是因为她始终都保持着一颗自信的心。

谢青自幼父母离异，由奶奶把她带大。因为先天遗传视神经萎缩，让她无缘见到世间的光明。她9岁时在盲校的活动中接触到游泳，第一次开始对这种从来没有见过的神奇物体产生了无限的向往。她身材有些瘦弱，左脚拉伤更是让她走路显得有些不便，之所以能够从业余的游泳爱好者成为北京游泳队的队员，再到今天残奥会上取得傲人的成绩，是因为她始终时时刻刻保持着自信的心态。自信让她忘记了生活中的种种磨难，自信让她一步步走向成功。

坚信自己的人，往往皆能在平凡的生活中做出不平凡的事情。相反，胆怯、意志不坚定者即使才华横溢、天赋优良、品质高尚，也难以获取巨大的成就。拿破仑几乎每次亲率军队作战时，战斗力都会大有所增。因为，一支队伍的战斗力，在很大程度上与士兵对统帅的敬仰和信心密切相关。如果统帅犹豫不决，全军就很容易混乱，成为一盘散沙。正是拿破仑那种绝对意义上的自信，才鼓舞和增加了他的军队，让他打出很多漂亮的战役。

可见，自信与金钱、势力、出身、亲友相比，无疑，自信是更具有力量的东西。自信是人们从事任何事业最强大的靠山，拥有自信的心，会最大限度地缩小难度，克服掉重重障碍，获得事业完美的成功。拥有自信心人，他们外表看上去开朗、活泼，给人一种阳光的气息，这种人内心往往也是最先感知自己的魅力并且相信自己能力的人。

自信不表现在名牌服饰、时髦发型，自信是心灵的体现，是不需要通过外在的东西来证明的。自信是对自我修炼的肯定，是对自我灵魂的正确评价。想要获得自信，就是要不断地充实自己，改变自己的弱点，不断地在社会中磨砺，并能在磨砺中成长起来，那样你就会拥有自信了。

人因为梦想而伟大

——腹中贮书一万卷，不肯低头在草莽

【出处】

李颀《送陈章甫》

【原文】

四月南风大麦黄，枣花未落桐阴长。

青山朝别暮还见，嘶马出门思旧乡。

陈侯立身何坦荡，虬须虎眉仍大颡。

腹中贮书一万卷，不肯低头在草莽。

东门酤酒饮我曹，心轻万事皆鸿毛。

醉卧不知白日暮，有时空望孤云高。

长河浪头连天黑，津口停舟渡不得。

郑国游人未及家，洛阳行子空叹息。

闻道故林相识多，罢官昨日今如何。

【译文】

四月南风吹大麦一片金黄，枣花未落梧桐叶子已抽长。

早晨辞别青山晚上又相见，出门闻马鸣令我想念故乡。

陈侯的立身处世襟怀坦荡，虬须虎眉前额宽仪表堂堂。

你胸藏诗书万卷学问深广，怎么能够低头埋没在草莽。

在城东门买酒同我们畅饮，心宽看万事都如鸿毛一样。

喝醉酒酣睡不知天已黄昏，有时独自将天上孤云眺望。

今日黄河波浪汹涌连天黑，行船在渡口停驻不敢过江。

你这郑国的游人不能返家，我这洛阳的行子空自叹息。

听说你在家乡旧相识很多，罢官回去他们如何看待你？

【做人智慧】

人因为梦想而伟大

这首送别诗描绘了陈章甫坦荡无羁、清高自重的思想性格，表现了诗人对其遭遇的同情。"腹中贮书一万卷，不肯低头在草莽。"是对陈章甫高尚志节操守的赞美，也是对他的希望。现在多用来比喻实力超群，抱负远大。

人的伟大不在于你在做什么，而在于你想做什么。

2008年3月24日，国际足联花巨资赞助拍摄的体育励志题材影片《一球成名》在中国公映。皇家马德里三位当家球星贝克汉姆、齐达内和劳尔集体参与了本片的演出。

这是一部关于成长和梦想的影片，影片的片头字幕是："人因为梦想而伟大。"这部影片给了在庸碌生活中的人们很多感动，它承载着很多人内心时不时蠢蠢欲动的英雄梦想。

《一球成名》主要讲述的是：出生在洛杉矶的墨西哥男孩桑蒂亚戈梦想成为一名伟大的足球运动员，在自己的努力和球探的发掘下，终于为自己赢得了一份签约英超著名俱乐部纽卡斯尔联队的合同，从此要面对完全不同的欧洲联赛舞台。

人生就是一次义无反顾的冒险，有了梦想之后，爱拼才会赢。桑蒂亚戈就是这类典型的成功人士，矢志不渝坚持儿时的足球梦想，即使试训狼狈不堪也不改初衷，最终一战成名。

《一球成名》讲的是足球故事，但真正让人为之激动、呐喊并为之流泪的不仅仅是足球，还有我们心中曾有的那个梦想。

人因梦想而伟大，这句话最早是著名影星英格丽·褒曼说的，她是一位被众多影迷深深热爱着的四十年代好莱坞的"第一夫人"，多次获得奥斯卡奖。

英格丽·褒曼18岁那年的梦想是在戏剧界成名，但她的监护人奥图叔叔却要她当一名售货员或者什么人的秘书。为此两人争执不下，奥图叔叔答应给她一次参加皇家戏剧学校考试的机会，如果考不上的话就必须服从他的安排。

为了能考上皇家戏剧学校，英格丽·褒曼颇费了一番心思。一方面，她为自己精心准备了一个小品，表演一个快乐的农家少女，逗弄一个农村小伙子。她反复认真地排练这个小品。另一方面，在考试的前几天，她给皇家剧院寄去一个棕色的信封，如果失败了，棕色信封就退回来，如果通过了，就给她寄来一个白色信封，告诉她下次考试的日期。

考试的时候，英格丽·褒曼跑两步在空中一跳就到了舞台的正中，欢乐地大笑，接着说出第一句台词。这时，她很快地瞥了评判员一眼，惊奇地发现评判员们正在聊天，相互大声谈论着，并且比画着。见此情景，英格丽·褒曼非常失望，连台词也忘掉了。她还听到裁判团主席对她说："停止吧！谢谢你……小姐，下一个，下一个请开始。"

英格丽·褒曼听到这话后彻底失望了，她好像什么人也看不见、什么也听不见了，在舞台上待了三十秒就匆匆下台。她感到自己的梦想破灭了，甚至想到了自杀。

第二天，有人给她送去了白信封。白信封？她有了白信封。她真的拿到了被录取的白信封。

多年后，已成为明星的英格丽·褒曼碰见了那位评判员。闲聊之际，便问道："请告诉我，为什么在初试时你们对我那么不好，就因为你们那么不喜欢我，我曾经想去自杀。"

"不喜欢你？"那位评判员瞪大眼睛望着她，"亲爱的姑娘，你真是疯了！就在你从舞台侧翼跳出来，一来到舞台上的那个瞬间，而且站在那儿向着我们笑，我们就转身彼此互相说着："好了，她被选中了，看看她是多么自信，看看她的台风，我们不需要再浪费一秒钟了，还有十几个人要测试呐，叫下一个吧！"

丘吉尔说："人的伟大不在于你在做什么，而在于你想做什么。"如果你期望自己成为什么样子，你就会很容易是什么样子。如果你总是期望那些更高、更好、更伟大的梦想，并且为之付出艰辛的努力，这种梦想就很容易变成现实。

梦想永远在前方，当你追求自己的梦想时，你会获得发展与成长。梦想在前方召唤你，促使你迎向挑战，引导你更上一层楼。如果你所选择的目标马上就可以做到，那么它或许是一种机会，但绝对不是你梦想。你的梦想中必须含有某种能激励自我拓展、自我要求的要素，而这些要素也会帮助你不断地成长、改变、进步。

一个真正的梦想必定充满了挑战，正因为它具有挑战性，又是你自己所选择的，所以你一定会积极地想完成它。你的梦想就是你的使命，不仅是一种挑战，同时也是激励你的原动力。

梦想会使你逃脱安逸的环境、迎接挑战。如果你一直安于现状，终会感到失望及不满。你没有成长，不追求挑战，怎么会真的感到满足呢？在你的内心深处，一定在呐喊着：我需要更多、更新、更好的事物，这种希望自己进步的渴求一定在你心中。

一个有梦想、勇敢前进的人，即使他目前未达到目标，或成就不大，但是他一定对自己的人生非常满意，因为他的人生有方向、有情感、有成长。这使他觉得满足而有收获，每一天都过得很有意义。

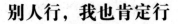

别人行，我也肯定行

——天生我材必有用，千金散尽还复来

【出处】

李白《将进酒》

【原文】

君不见，黄河之水天上来，奔流到海不复回。

君不见，高堂明镜悲白发，朝如青丝暮成雪。

人生得意须尽欢，莫使金樽空对月。

天生我材必有用，千金散尽还复来。

烹羊宰牛且为乐，会须一饮三百杯。

岑夫子，丹丘生，将进酒，杯莫停。

与君歌一曲，请君为我倾耳听。

钟鼓馔玉不足贵，但愿长醉不复醒。

古来圣贤皆寂寞，惟有饮者留其名。

陈王昔时宴平乐，斗酒十千恣欢谑。

主人何为言少钱，径须沽取对君酌。

五花马，千金裘，呼儿将出换美酒，与尔同销万古愁。

【译文】

你难道看不见那黄河之水从天上奔腾而来，波涛翻滚直奔东海，从不再往回流。

你难道看不见那年迈的父母，对着明镜悲叹自己的白发，早晨还是满头的黑发，怎么才到傍晚就变成了雪白一片。

（所以）人生得意之时就应当纵情欢乐，不要让这金杯无酒空对明月。

每个人的出生都一定有自己的价值和意义，黄金千两（就算）一挥而尽，它也还是能够再次得来。

我们烹羊宰牛姑且作乐，（今天）一次性痛快地饮三百杯也不为多！

岑夫子，丹丘生啊！快喝酒吧！不要停下来。

让我来为你们高歌一曲，请你们为我倾耳细听。

整天吃山珍海味的豪华生活有何珍贵，只希望醉生梦死而不愿清醒。

自古以来圣贤无不是冷落寂寞的，只有那会喝酒的人才能够留传美名。

陈王曹植当年宴设平乐观的事迹你可知道，斗酒万千也豪饮，让宾主尽情欢乐。

主人呀，你为何说钱不多？只管买酒来让我们一起痛饮。

什么名贵的五花良马，昂贵的千金狐裘，把你的小儿喊出来，让他都拿去换美酒来吧，让我们一起来消除这无穷无尽的万古长愁！

【做人智慧】

别人行，我也肯定行

"天生我材必有用，千金散尽还复来。"表现了作者相信自己才华终会得到施展的豪放精神，也流露出怀才不遇、渴望入世的复杂感情。现在用来比喻对自我价值的高度自信，相信自己是有用之才。

爱默生说："自信是成功的第一秘诀。"自信能够产生一种巨大的力量，能推动我们走向成功。自信是成大事者的心灯。

美国学者查尔斯12岁时，在一个细雨霏霏的星期天下午，他在纸上胡乱画，画了一只菲力猫，它是大家所喜欢的喜剧连环画上的角色。他把画拿给了父亲。当时这样做有点鲁莽，因为每到星期天下午，父亲就拿着一大堆阅读材料和一袋无花果独自躲到他们家所谓的客厅里，关上门去忙他的事，他不喜欢有人打扰。

但这个星期天下午，他却把报纸放到一边，仔细地看着这幅画。"棒极了，查克，这画是你徒手画的吗？""是的。"父亲认真打量着画，点着头表示赞赏，查尔斯在一边激动得全身发抖。父亲几乎从没说过表扬的话，很少鼓励他们五兄妹。他把画还给查尔斯，说："在绘画上你很有天赋，坚持下去。"从那天起，查尔斯看见什么就画什么，把练习本都画满了，对老师所教的东西毫不在乎。

父亲离家后，查尔斯只有自己想办法过日子，并时常给他寄去一些自认为能吸引他的素描画并眼巴巴地等着他的回信。父亲很少写信，但当他回信时，其中的任何表扬都让查尔斯兴奋几个星期，他相信自己将来一定会有所成就。

在美国经济大萧条那段最困难时期，父亲去世了，除了福利金，查尔斯没有别的经济收入，17岁的他只好离开学校。受到父亲生前话语的鼓励，他画了三幅画，画的都是多伦多枫乐曲棍球队里声名大噪的"少年队员"，其中有琼·普里穆、哈尔维、"二流球手"杰克逊和查克·康纳彻，并且在没有约定的情况下把画交给了当时多伦多《环球邮政报》的体育编辑迈克·洛登，第二天迈克·洛登便雇用了查尔斯。在以后的四年里，查尔斯每天都给《环球邮政报》体育版画一幅画。那是查尔斯的第一份工作。

查尔斯到了55岁时还没写过小说，也没打算过这样做。直到在向一个国际财团申请电缆电视网执照时，他才有了这样的想法。当时，一个在管理部门的朋友打电话来，说他的申请可能被拒绝，查尔斯突然面临着这样一个问题："我今后怎么办？"查阅了一些卷宗后，查尔斯用十几句潦草的字体，写下了一部电影的基本情节。他在办公室里静静地坐了一会儿，思索着是否该把这项工作继续下去，最后他拿起话筒，给他的朋友、小说家阿瑟·黑利挂了个电话。

"阿瑟，"查尔斯说，"我有一个自认为不寻常的想法，我准备把它写成电影。我怎样才能把它交到某个经纪人或制片商，或是任何能使它拍成电影的人手里？""查尔斯，这条路成功的机会几乎等于零。即使你找到某人采用你的想法并把它变为现实，我猜想你的这个故事梗概所得的报酬也不会很大。你确信那真是个不同寻常的想法吗？""是的。""那么，如果你确信，哦，提醒你，你一定要确信，为它押上一年时间的赌注。把它写成小说，如果你能做到这一点，你会从小说中得到收入，如果很成功，你就能把它卖给制片商，得到更多的钱，这是故事梗概远远不能做到的。"查尔斯放下话筒，开始问自己："我有写小说的天赋和耐心吗？"他沉思后，对自己越来越有信心。他开始自己进行调查、安排情节、描写人物……为它赌上了比一年还要多的时间。

一年零三个月后小说完成了，加拿大的麦克莱兰和斯图尔特公司，美国的西蒙公司、舒斯特和艾玛袖珍图书公司，意大利、荷兰、日本和阿根廷等国均出版了该图书。结果，它被拍成电影——《绑架总统》，由威廉·沙特纳、哈尔·霍尔布鲁克、阿瓦·加德纳和凡·约翰逊主演。此后，查尔斯又写了五部小说。

假如你有自信，你就会获得比你的梦想多得多的成功。

我们常会见到这样的人，他们总是对自己所在的环境不满意，并由此产生了苦恼。例如，一个学生没有考上理想的学校，觉得自己比不上别人，很自卑。于是书也念不下，一天天心不在焉地混日子。

有的人对自己的工作不满意，认为赚钱少、职位低，比不上别人，心里又是自卑，又是消沉，天天懒洋洋的，做什么也打不起精神来。于是工作常出错，上司不喜欢他，同事也认为他没出息。如此一来，他就越来越孤独，越来越被单位的人排挤，越来越远离快乐和成功。

其实，一个人如果对自己目前的环境不满意，唯一的办法就是让自己战胜这个环境。就拿走路来说，当你不得不走过一段狭窄艰险的路段时，你只能打起精神克服困难，战胜险阻，把这段路走过去，而绝不是停在途中抱怨，或索性坐在那里听天由命。

成功者均有一个显著特征，那就是他们无不对自己充满了极大的信心，无不相信自己的力量。而那些没有做出多少成绩的人，其显著特征则是缺乏信心。正是这种信心的丧失，使得他们卑微怯懦、唯唯诺诺。

坚定地相信自己，绝不容许任何东西动摇自己有朝一日必定事业成功的信念，这是所有取得伟大成就人士的基本品质。那些推进人类文明进程的人开始时都落魄潦倒，并经历了多年的黑暗岁月。在这些落魄潦倒的黑暗岁月里，看不到他们事业有成的任何希望。但是他们却毫不气馁，始终如一、兢兢业业地刻苦努力，他们相信终有一天会柳暗花明。

想一想这种充满希望和信心的心态，对世界上那些伟大的创造者的作用吧。在光明到来之前，他们在枯燥无味的苦苦求索中煎熬了多少年，要不是他们的信心、希望和锲而不舍的努力，成功的时刻也许永远不会到来。信心是一种心灵感应，是一种思想上的先见之明。

曾经担任过美国足联主席的戴伟克·杜根说过这样一段话："你认为自己被打倒了，那么你就是被打倒了；你认为自己屹立不倒，那你就屹立不倒；你想胜利，又认为自己不能，那你就不会胜利；你认为你会失败，你就会失败。因为，环顾这个世界成功的例子，我发现一切胜利，皆始于个人求胜的意志与信心。你认为自己比对手优越，你就是比他们优越；你认为比对手低劣，你就是比他们低劣。因此，你必须往好处想，你必须对自己有信心，才能获取胜利。在生活中，强者不一定是胜利者；但是，胜利迟早属于有信心的人。"

信心是使人走向成功的第一要素。换句话说，当你真正建立了自信，那么你就已开始步向事业的辉煌。

人首先要看得起自己，别人才会高看你。自卑的人最主要的特征是对自己的能力缺乏了解，因而缺乏信心。这种人老是谈自己的问题，抱怨命不好，总是把困难看得太重，于是垂头丧气，永远没有挑战的决心，这样的人终将一事无成。

在一个人的信念系统中，有非常重要的一点，那就是如何看待自我。如果一个人对自我没有一个清晰的认识，那也很难谈到客观地对待外部世界。

通过对机遇的研究，我们发现，成功者对自我都有一种积极的认识和评价，他们对自己表现出相当的自信。因为他们自信，所以才会相信自己的选择、相信自己的事业有成功的可能，所以才会坚持到底，直到达到自己的目标。

在现代社会里，一个人要想成就一番大业，凭单枪匹马的拼杀是不够的，它更需要众多人的支持和合作。这样，自信便显得尤为关键。一个人只有相信自己，才能说服别人来相信你；如果连自己都不自信，那么这就意味着他已失去在这个世界上最可依靠的力量。

凡是有自信心的人，都会有一种强烈的自我意识。这种自我意识使人充满了激情、意志和战斗力，没有什么困难可以压倒他们。他们的信条就是：我要赢！

扬长避短好发展

——大海从鱼跃，长空任鸟飞

【出处】

玄览《题竹》

【原文】

大海从鱼跃，长空任鸟飞。

欲知吾道廓，不与物情违。

【译文】

大海任从鱼儿跳跃，天空任凭鸟儿飞翔。想知道我佛门的大概道理，就不要违背事物的情理。

【做人智慧】

扬长避短好发展

"大海从鱼跃，长空任鸟飞。"常用来鼓励人们在广阔的天地里有所作为，尽量发挥自己的才能，施展自己的本领。

每个人都渴望做好自己的事，从而取得人生的成功。相反，好果做自己不适合做的事，则意味着痛苦。因此，我们有必要问问自己：我到底适合干什么？

人有所长也会有所短，人人都可以成功。成功之道在于最大限度地发挥优势，控制弱点，而不是把重点放在克服弱点上。

有人研究发现，人类有400多种优势。这些优势本身的数量并不重要，重要的是你应该知道自己的优势是什么，将你的生活、工作和事业发展都建立在你的优势之上，这样你就会成功。

成功需要扬长避短。传统上我们强调纠正缺点，弥补不足，并以此来定义进步。事实上，当人们把精力和时间都用于弥补不足时，就无暇顾及优势了，更何况人的欠缺都比优势多，大部分的欠缺是无法弥补的。

谚语说："骏马行千里，耕地不如牛；坚车能载重，渡河不如舟。"是兔子就去跑步，是鸭子就去游泳。每个人都有自己的强项，在选择事业的方向上，要遵循扬长避短这个原则。

20世纪30年代，爱因斯坦收到以色列的一封信，信中请他去当以色列总统。爱因斯坦是犹太人，若能当上总统，在一般人看来，自是荣幸之至了。但爱因斯坦拒绝了，他说："我整个一生都在同客观物质打交道，既缺乏天生的才智，又缺乏经验来处理行政事务及公正地对待别人。所以，本人不适合如此重任。"

人生的诀窍就是发现自己的优势，经营自己的长处，把自己安排在合适的位置上。你所做的不是你擅长的，成功就很困难。我们要将自己宝贵的青春与精力用在自己擅长的地方，选择自己最适合做的去发展。

马克·吐温早年做过一段时间的商人，投资开发打字机，最后赔了5万美元，一无所获；后来他看到出版商因为发行他的作品赚了大钱，心里很不服气，也想发这笔财，于是开办了一家出版公司。经商与写作毕竟风马牛不相及，马克·吐温很快陷入困境。这次短暂的商业经历以出版公司破产倒闭告终，他也陷入债务危机。

经过两次打击，马克·吐温终于认识到自己毫无商业才能，遂绝了经商的念头，开始在全国巡回演说。这回，风趣幽默、才思敏捷的马克·吐温完全没有了商场中的狼狈，重新找回了感觉。后来，马克·吐温还清了所有债务。

美国著名的演说家，职业顾问戴安·萨克尼克说："每个人都有自己的特点和定位，找准自己的位置做到最好就是成功。"你在规划自己的人生时，一定要选择有利于发挥自己优势的职业。

美国广告界巨擘乔安娜自小就喜爱文学，并阅读了大量的文学著作，而且她在很小的时候便立下了志向，要做一名出色的作家。高中毕业以后，她便报考了文学系。

大学毕业后，她没有像其他同学那样去找寻工作，而是开始埋首文学创作。她在一年之中写了两部长篇小说，但均未被采用。乔安娜并未灰心，她认为是自己的视野太狭窄所致，于是借了一笔钱到各地旅游，增长见闻。每次旅游后她都会写下散文和札记，但被报社采用的概率仍然不高。

由于她的长期入不敷出，亲友便开始反对她的追求，劝她将创作当成业余爱好，去找一份工作做。乔安娜知道艺术来源于生活，就同意了。她有很好的文字基础，很快就在报社找到了一份记者工作。但她对文学创作仍念念不忘，对记者工作极不用心，没多久就被解雇了。

一年中她数次失业，情绪也因此而低落，她的作品质量更是每况愈下。于是，她开始静下心来分析当作家所需的多种因素，终于她认识到，要成为作家除了努力以外，还要有机会、阅历、思想等许多条件，当然最重要的是要有天赋。

乔安娜决定放弃当作家的念头，开始从事广告文案创作。由于她的文学底子很强，很快就在广告界崭露头角，最后成为有名的广告策划人。

她曾对记者说："人都有擅长与不擅长的东西，看你如何去发挥自己的才能；而人能否有特别的专长则取决于个人的自觉，这就要靠你自己去发现并将它发展，只有这样，你才能成功。"

从她这句话中我们可以明白一个道理，那就是成功绝非仅靠拼命努力就能获得，它需要与专长结合起来，这至少让你少走弯路。

每一个人都是独特的优点。若是我们违背自己的本质，不尊重自己的独特性，那么不论我们怎样努力，也可能永远和成功绝缘。该做老师的人却去创业做老板，该做管理员的人却去做推销员，该做律师的人却去做医生。假如你不清楚自己的本质，不明白自己的特长，那么你很可能做出不适合自己发展的选择。

我们在选择自己要做的事情时，一定要认真、慎重地问自己："我到底能干什么？"想好自己适合干什么，不要盲目行事。

经营自己的长处，就会给生命增值。世界上的事业千万种，总能找到自己的发展天地。一个人能够认识自己，找准人生定位，发挥自己的优势，就能走向成功。

成功并非高不可攀
——他年我若为青帝，报与桃花一处开

【出处】

黄巢《题菊花》

【原文】

飒飒西风满院栽，蕊寒香冷蝶难来。

他年我若为青帝，报与桃花一处开。

【译文】

飒飒秋风卷地而来，满园菊花瑟瑟飘摇。花蕊花香充满寒意，蝴蝶蜜蜂难以到来。有朝一日，我要当了春神，我将安排菊花和桃花同在春

天盛开。

成功并非高不可攀

这首诗表现了农民起义领袖黄巢改天换地的豪情壮志，尤其是"他年我若为青帝，报与桃花一处开"两句，表现了作者超卓的志向，蕴含着一股藐视万物、主宰万物的伟大气魄。

每一个人都渴望成功，追求成功。在普通人看来，成功或许遥不可及。但实际上，成功的主动权就掌握在我们自己手中。

为什么成功只是每个人都想拥有却只有少数人最终拥有的光环？它真的只是距现实很遥远的仙女棒吗？不，对于大多数人来说，是我们自己跳过了成功。

1965年，一名韩国学生到剑桥大学主修心理学。在喝下午茶的时候，他常到学校的咖啡厅或茶座听一些成功人士聊天。这些成功人士包括诺贝尔奖获得者、某些领域的学术权威和一些创造了经济神话的人。这些人幽默风趣，举重若轻，把自己的成功都看得非常自然和顺理成章。

时间长了，他发现，在国内时，他被一些成功人士欺骗了。那些人为了让正在创业的人知难而退，普遍把自己的创业艰辛夸大了，也就是说，他们在用自己的成功经历吓唬那些还没有取得成功的人。作为心理系的学生，他认为很有必要对韩国成功人士的心态加以研究。

1970年，他把《成功并不像你想象的那么难》作为毕业论文，提交给现代经济心理学的创始人威尔布雷登教授。布雷登教授读后，大为惊喜，认为这是个新发现，这种现象虽然在东方甚至在世界各地普遍存在，但此前还没有一个人大胆地提出并加以研究。

惊喜之余，布雷登教授写信给他的剑桥校友——当时正坐在韩国政坛第一把交椅上的人——朴正熙。他在信中说："我不敢说这部著作对你有多大的帮助，但我敢肯定它比你的任何一个政令都能产生震动。"

后来这本书果然伴随着韩国的经济起飞了，这个青年也获得了成功，他成了韩国泛业汽车公司的总裁。

成功不是件容易的事，但也并非高不可攀，就看你以什么样的心态和怎样的决心去做事。只要你对某一事业感兴趣，相信能够成功，上天就会赋予你时间和智慧去圆满完成它。

只要我们相信自己，积极去做，成功是很有可能的一件事。给梦想一个位置，给自己一个位置，让自己充满斗志，战胜每一个挑战！这就是成功的秘诀。

美国妇女伊莎贝拉看到房产销售的情势大好，决定代理销售活动房屋。很多人都告诉她不要这样做，说她不可能做得好。她仅有3万美元的积蓄，而别人告诉她最低的资本投资额是她的积蓄的许多倍。

"你看竞争多么激烈呀！"她的顾问这样忠告她，"此外，你在销售活动房屋方面又有多少实际经验？更别提业务管理了。"

伊莎贝拉对自己充满信心，她承认自己缺少资金，竞争非常激烈，而且缺乏经验。"但是，我收集的资料显示，活动房屋这个行业正在扩展，我也彻底研究了可能遭到的竞争。我知道我在销售方面可以做得比镇上任何人都好，我也预料到会犯一些错误，但我会很快地赶上别人。"

于是，她毫不动摇地行动了。最后她那坚定不移的信心赢得了两位投资者的信任，也使她得到了几乎不可能的优惠，一家活动房屋制造商答应，在不需要现金的条件下，供应她很少量的一些存货。

就这样，伊莎贝拉大获成功。当年，她卖出了超过300万美元的活动房屋。这一切的成果都归因于她对自己的信心。

一个无法以积极心态来面对生活的人，是无法面对成功的。不要总以为自己与成功的距离不可衡量，再远也会有尽头。正是我们这些想当然的"以为"一次次拉远了我们与成功的距离。

很多人总是羡慕别人的成功，只是站在成功的山脚下观望，从不从自身寻找成功的方法。你怎样导演你的人生，你的人生就是什么样。与其羡慕别人的成功，不如静下心来，自导自演一个多姿多彩的自己。

人要有自知之明

——蚍蜉撼大树，可笑不自量

【出处】

韩愈《调张籍》

【原文】

李杜文章在，光焰万丈长。

不知群儿愚，那用故谤伤。

蚍蜉撼大树，可笑不自量。

伊我生其后，举颈遥相望。

夜梦多见之，昼思反微茫。

徒观斧凿痕，不瞩治水航。

想当施手时，巨刃磨天扬。

垠崖划崩豁，乾坤摆雷硠。

惟此两夫子，家居率荒凉。

帝欲长吟哦，故遣起且僵。

剪翎送笼中，使看百鸟翔。

平生千万篇，金薤垂琳琅。

仙官敕六丁，雷电下取将。

流落人间者，太山一毫芒。

我愿生两翅，捕逐出八荒。

精诚忽交通，百怪入我肠。

刺手拔鲸牙，举瓢酌天浆。

腾身跨汗漫，不著织女襄。

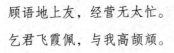

顾语地上友，经营无太忙。

乞君飞霞佩，与我高颉颃。

【译文】

李白、杜甫诗文并在，犹如万丈光芒照耀了诗坛。却不知轻薄文人愚昧无知，怎么能使用陈旧的诋毁之词去中伤他们？就像那蚂蚁企图去摇撼大树，可笑他们也不估量一下自己。虽然我生活在李、杜之后，但我常常追思仰慕着他们。晚上也常常梦见他们，醒来想着却又模糊不清。李白、杜甫的文章像大禹劈山治水一样立下了不朽的勋绩，但只留下了一些斧凿的痕迹。人们已经难以见到当时治水的运作过程了。遥想当年他们挥动着摩天巨斧，山崖峭壁一下子劈开了，被阻遏的洪水便倾泻出来，天地间回荡着山崩地裂的巨响。但就是这样的两位夫子，处境却大都冷落困顿，仿佛是天帝为了要他们作诗有所成就，就故意让他们崛起而又困顿。他们犹如被剪了羽毛被囚禁进了笼中的鸟儿一样，不得展翅翱翔，只能痛苦地看着外边百鸟自由自在地飞翔。他们一生写下了千万篇优美的诗歌，如金薤美玉一样美好贵重，但其中多数好像被天上的仙官派遣神兵收去了一样，流传在人间的，只不过是泰山的毫末之微而已。我恨不得生出两个翅膀，追求他们的境界，哪怕出于八方荒远之地。我终于能与前辈诗人精诚感通，于是，千奇百怪的诗境便进入心里：反手拔出大海中长鲸的利齿，高举大瓢，畅饮天宫中的仙酒，忽然腾身而起，遨游于广漠无穷的天宇中，自由自在，发天籁之音，甚至连织女所制的天衣也不屑去穿了。我回头对地上的你说，不要老是钻到书堆中寻章摘句，忙碌经营，还是和我一起向李、杜学习，在诗歌的广阔天地中高高飞翔吧。

【做人智慧】

人要有自知之明

作品热情赞美了李白和杜甫的诗文，"蚍蜉撼大树，可笑不自量"表达了对不自量力者的蔑视和嘲笑，比喻贴切，形象生动。

不自量力的人往往是因为缺少自知之明。一位伟人说过："痛苦常常属于那些没有自知之明的人。"如果我们低估或高估我们的力量，那么我们因决策失误所遭受伤害的程度就会增加。

什么是自知之明？了解你自己的最好的方法是站在一旁，像陌生人一样来评估自己。接着，要尽可能客观地进行自我检查、评估自己的能力并认识自己的缺点。能够做到自知之明，就能够预测自己的命运。

然而，我们中的一些人总认为自己比实际情况还要糟，他们缺乏自信，他们感到不适，他们逃避棘手的挑战，因为他们不想失败。结果，他们注定一生平平庸庸。可能有人认为这是一种毫无意义的行为，但我们都有自欺欺人的弱点，我们都会为自己的弱点寻找理由，为自己的失败找借口。我们中很多人都相信自己比实际情况要好得多。我们都认为自己在事业上没有做得更好的主要原因是我们没有运气。我们竭力回避这样的事实：像缺乏行动，或故意拖延，或不够注意，或逃避义务等。

很多人总有怀才不遇的感慨，老觉得自己空有一身好本领却无缘得人赏识，不是自怨自艾，就是到处求神问卜、企求时来运转。再不然，就是走起路来无精打采，说起话来畏畏缩缩。在别人的眼里，他只不过是个毫无自信的庸才而已。

机会是自己创造的。如果你不能在适当的时机表达适当的意见，那么别人又怎会瞧见你的存在？不要怕自己的意见流于空泛，和别人没什么两样，只管表达出来。因为你的智慧、经验绝不会跟别人一模一样，由此而来的逻辑思考就会不同，经过思考后的结论当然也不会和他人一样，会有你的独到之处。何必害怕别人的非难呢？可是有些人过于得意忘形，只顾强调自己取得了多么不得了的成就，反而忘记偶尔透露一下自己的缺点。

敢于承认缺点的人在别人心目中的评价都颇高，因为任何事不可能万无一失。承认自己的缺点也就更符合人性，更加诚实；只要是人，不论是百万富翁，还是人生刚起步的年轻人，没有永远只赢不输的。别怕告诉别人自己的失败经验与切身感受，坦白产生信任，而非猜忌。这样旁人才会相信你所言不虚！我们每个人都有获得成功的能力，然而能发挥多少，就全靠我们对自我是怎么看待的。如果你认定自己是一个有能力、有才华的人，那么就会发挥出符合你这样认定的一切天赋；不管你认定自己是个"窝囊废"或"疯子"，还是认定自己是个"家"或"风云人物"，这都会马上影响你的成功之旅。

一个充满期望的人，他决心去实现自己的目标，他会将自己的理想铭记于心，果断地消灭阻止他获得成功的敌人，摆脱懦弱与优柔寡断，为自己的理想而努力奋斗。

在我们的内心深处有一种神秘的力量，我们无法解释，但有时我们可以感到它的存在，它仿佛会化成一种命令驱使我们去完成预定的目标。

例如，你一直在想并告诫自己是一个微不足道的人、一条"可怜虫"，而且你不像别人那么好，那么不久你将会相信这一点，你的潜意识就会接受这一点。这时你的精神机器开动了，在你的思想里，它开始为你塑造一个小人物的模型。如果你还是一再表现出那种不自信、懦弱以及没有能力的想法，那么这个模型很自然地就会再现于你的现实生活中，那时你将不得不接受软弱、失败与贫穷。

相反，如果你勇敢坚定地相信自己是这个世界上所有美好事物的继承人，所有美好的东西都属于你，得到它们是你与生俱来的权利，并且你总是表现出一种王者的风范，确定你将实现自己这一生之中最伟大的理想，相信力量属于你，健康属于你，任何疾病、懦弱与混乱都将离你而去。如此积极地思想，将具有极强的创造力，为你带来的不是毁灭，而是所有你所期望的东西。

积极的、具有建设性的思维意味着健康与财富，我们将因此成为一个有能力的人；而消极的思维则意味着不幸、疾病及所有其他折磨。积极的思维是我们的保护神，保护我们免遭贫穷疾病的折磨。在失败者的大军中，绝大多数都是有着消极思维的人；而在胜利者的阵营中，则都是一些拥有积极向上、创造性、建设性思维的人。

　　从现在开始，做自己想做的人吧！而且，还要坚信你一定能成为那样的人。永远记得自己是个多么特别的人，从而走你想走的路，让别人可以清楚地看到你对自己充满了自信。展现这种自信的神情，请你一定要保持步履轻盈，不时来首轻松的歌，让全世界都知道你无时无刻都是快乐的，每天对你而言都很特别。俗话说的"相由心生"就是这个道理。心里这样思考，你就会对自己的命运了如指掌。不需要求卜问卦，你的命运已经在你自己心中下了定义。

第三章

读唐诗，学求取功名

第四章

读唐诗，学自强不息

信念就是人生的一盏明灯

——长风破浪会有时，直挂云帆济沧海

【出处】

李白《行路难·其一》

【原文】

金樽清酒斗十千，玉盘珍羞直万钱。

停杯投箸不能食，拔剑四顾心茫然。

欲渡黄河冰塞川，将登太行雪满山。

闲来垂钓碧溪上，忽复乘舟梦日边。

行路难！行路难！多歧路，今安在？

长风破浪会有时，直挂云帆济沧海。

【译文】

金杯中的美酒一斗价十千，玉盘里的菜肴珍贵值万钱。

心中郁闷，我放下杯筷不愿进餐；拔出宝剑环顾四周，心里一片茫然。

想渡黄河，冰雪却冻封了河川；想登太行山，莽莽风雪早已封山。

像吕尚垂钓溪，闲待东山再起；又像伊尹做梦，乘船经过日边。

人生道路多么艰难，多么艰难；歧路纷杂，如今又身在何处？

相信乘风破浪的时机总会到来，到时定要扬起风帆，横渡沧海。

【做人智慧】

信念就是人生的一盏明灯

作品表现了诗人远大的政治抱负和实现理想的信心。"长风破浪会有时，直挂云帆济沧海"表现了作者对人生前途乐观豪迈的气概。

人生可能平淡，可能暗淡，甚至可能遁入黑夜，所以心中不能缺少一盏灯。只有心中装盏灯，才能走到哪里都能感受到光明。信念就是人生的一盏明灯。

信念是一个人做事情与活下去的支撑力量，它可以帮助人们克服人生中的一切困难，到达胜利的彼岸。如果心中没有了信念，就等于自己给自己判了死刑。

公元前100年，苏武受汉武帝之命，以中郎将的身份为特使，拿着汉武帝亲手交给他的旄节，与副使张胜及助手常惠和百余名士兵，携带着送给单于的礼物，护送以前扣留下来的全部匈奴使者回匈奴去。

当苏武在匈奴完成任务准备返汉时，一件意外的事情发生了。前些时候投降匈奴的汉使卫律有个部下叫虞常，想要谋杀卫律归汉。这个虞常在汉朝时与张胜私交甚好，于是就把整个计划跟张胜说了，张胜赠送钱物以示支持，没想到虞常的计划还没实施就泄露了。苏武因张胜而受牵连。他怕公堂受审给汉朝丢脸，想拔刀自杀，被张胜、虞常制止。虞常受审，经受不住酷刑供出了张胜，因为张胜是苏武的副使，所以单于命令卫律去叫苏武来受审，苏武不愿受辱，又一次拔刀想自杀，被卫律抱住夺下刀来，但苏武已受重伤晕死过去。

苏武视死如归，单于很佩服他的勇气，便希望苏武能够投降为他效力，早晚派人来问候，企图软化苏武，但苏武不肯屈服。

苏武恢复健康后，单于命令卫律提审虞常和张胜，让苏武旁听，在审讯过程中，卫律当场杀死虞常以此威胁张胜。张胜跪下投降，卫律又威胁苏武并举起宝剑向苏武砍来，苏武面不改色地迎上前去，卫律看软化、威胁都不能使苏武屈服，就报告了单于。

单于听说苏武这样坚强，就更加希望苏武投降。他下令把苏武囚禁在一个大窖里，不给一点吃喝。这时天上正下着大雪，苏武就躺在那里，嚼着雪团和毡毛一起咽到肚里，几天以后，他仍顽强地活着。

单于一计不成，又命令人把苏武迁移到北海没有人烟的地方，让他独自放牧公羊，说是等公羊生子才让他归汉，在荒无人烟的北海，苏武白天拿着汉朝的旄节放羊，晚上握着它睡觉。没有口粮，他就挖掘野鼠洞里藏的草籽充饥。当单于又派人劝降，并告知他母亲已死，兄弟自杀，妻子改嫁，儿女下落不明、死活不知的消息，想以此达到动摇他信念的目的，但又一次被他斩钉截铁地拒绝了。

苏武在荒凉酷寒的北海边上，忍饥挨饿、受尽苦难，但仍以坚强的毅力，度过了漫长的、艰苦的岁月。

一直到公元前81年的春天，经几度交涉，苏武、常惠等9人才终于回到了久别的首都长安。

苏武出使的时候是个40岁左右的壮汉，他在匈奴过了19年非人的生活，归汉时已是个须发皆白的老人。

后来，苏武坚忍不屈、不怕磨难、永不失节的事迹轰动了朝野上下，被编成歌曲在民间广泛流传。

从自杀到顽强地活下来，苏武的所作所为都是在逆境中向敌人显示大汉朝人的一种尊严。

两次自杀是怕大堂受审给祖国丢脸，说明他根本就是个将生死置之度外的刚强汉子。后来又在极其恶劣的非人生活条件下坚持了19年之久，却是在向敌方示威——我虽无力反抗，但我决不投降。

他抱定了"我顽强地活给你看"和"不回汉朝，死不瞑目"的信念，克服所有的困难，承受着非人的折磨，终于坚持到返家归国。坚定的信念创造了奇迹。他在不可能的条件下生存了19年，实现了自己的夙愿。

摆脱厄运的办法是不向它低头。当你遭遇厄运的时候，坚强与懦弱是成败的分水岭。

一个生命能否战胜厄运、创造奇迹，取决于你是否赋予它一种信念力量。一个在信念力量驱动下的生命即可创造人间奇迹。

失败为成功筑巢

——不经一番寒彻骨，怎得梅花扑鼻香

【出处】

黄檗禅师《上堂开示颂》

【原文】

尘劳迥脱事非常，紧把绳头做一场。

不经一番寒彻骨，怎得梅花扑鼻香。

【译文】

摆脱尘劳事不寻常，须下力气大干一场。

不经过彻骨寒冷，哪有梅花扑鼻芳香。

【做人智慧】

失败为成功筑巢

这是两句借梅花傲雪迎霜、凌寒独放的性格，勉励人克服困难、立志成就事业的格言诗。作者是佛门禅宗的一代高僧，他借此诗偈，表达对坚志修行得成果的决心，说出了人对待一切困难所应采取的正确态度。

一个人要走向成功，就很难避免失败，只有善于从失败中汲取养分，才能使自己走得更快。

1940年，美国华盛顿州塔克马索桥建成，投入使用仅4个月就毁于每秒19米的狂风引起的自感应震动。正是从塔克马索桥的失败中吸取了教训，日本建造的明石海峡索桥才能经受住每秒80米的狂风。

失败转化为成功的关键，是必须正视失败，把失败中隐藏的教训发掘出来。第二次世界大战期间，美国解放号万吨运输船接连破损，经追查找到原因，原来钢在摄氏零度以下会失去伸缩性，或者说是冷脆现象造成的。这一失败促进了轧钢技术的发展，也为焊接技术的进步提供了动力。

1952年，英国哈维兰飞机公司造出彗星式喷气飞机，显示出世界一流的技术性能，令国外的同行惊诧不已。然而没过多久，彗星式飞机就连续坠毁。专家们查找事故的原因，才搞清楚是金属疲劳所致。美国波音公司从中获得启示，将这一知识应用到新型飞机的研发上，很快就又把竞争对手甩到后面。

一个人之所以不怕失败，是因为他确信还有未来。有这样一句话："一个在宏伟事业中从不使自己有所失的人，也无从获取登峰造极的人生经验。只有在有所失的时候，他才会重新认识自己，进而发现自己不曾意识到的极大潜力。"

保罗有个朋友在公司当老板，一次两人碰巧相遇，保罗问道："一切都不顺利吗？"朋友付之一笑说："不好，也可以说糟极了，我经营的那些公司，有一家被银行逼进死角，有一家已出现赤字，还有一家连偿还债务的钱都拿不出。"

遇到这么多的麻烦，朋友还能处之泰然，让保罗感到有些意外："看你的样子，好像并没有心慌意乱。"朋友回答说："老实告诉你，我一点也不担心。有好长时间了，公司的一切都过于顺利，也需要出点问题让我打起精神。偶尔遇到些挫折和麻烦，对生意人来说不是坏事，没有什么比处理偶发事件更好的了。"

对于被逼到死角的那家公司，朋友从开发新产品入手，建立一套富有创意的销售计划，反而将竞争对手置于困境。对于出现赤字的那家公司，他出台一套新的方案，着力降低成本和增加产量，使之很快实现扭亏为盈。对于还不起债的那家公司，他做出了必要的人事调动，使其走上正常运转的轨道，不仅还清了债务，还赚了一大笔钱。

只用了近半年的时间，朋友就把遇到的难题一一摆平。再见到保罗的时候，他兴高采烈地说："把这些事情都料理妥当，我还真花费了不少心血。尽管忙得不亦乐乎，心情却非常愉快，打赢一场困难的仗，比打赢一场容易的仗要有趣多了。"

打赢一场困难的仗，比打赢一场容易的仗要有趣得多，所以我们不要害怕困难与挫折。克服困难，转败为胜，这本身就是别人眼中的一道奇丽的风景。

不要被挫折打倒
——野火烧不尽，春风吹又生

【出处】

白居易《赋得古原草送别》

【原文】

离离原上草，一岁一枯荣。

野火烧不尽，春风吹又生。

远芳侵古道，晴翠接荒城。

又送王孙去，萋萋满别情。

【译文】

古原上的野草长得十分茂密，一年一度枯萎了又繁荣。野火不能把它烧尽，春风一吹又生长出来。远方的芳草蔓延到古老的驿道上，在阳光照耀下翠绿的野草连接着荒废的老城。又送游子去远行，茂密的野草也满怀惜别的深情。

【做人智慧】

不要被挫折打倒

这两句诗本来是描写小草坚韧刚强的生命力的，现在常用来比喻新生事物怎么也扑灭不了，即使暂时受到压抑，到一定时机，他们又会兴旺起来，表现出宽广的胸襟和顽强的境界。

在你的周围，如果留意，就会发现，当一个孩子摔倒以后，他并不马上张嘴大哭，而是看周围有没有人注意他，如果有人，他就会哭起来；假如没有人，他一般就会不声不响地爬起来，继续他的游戏。小孩子的这种把戏会让人觉得可爱，但如果是一个成年人会怎么做呢？

人在遭受挫折时，会变得非常脆弱，这也是人之常情，但问题不论多严重，请不要让别人同你分享这份伤感和痛苦。

对于每个人来说，一生不可能总是一帆风顺的，随时都可能遭遇各种各样的危机，这本身就是一件非常普通的事情。

高尔基从小跟着外祖父、外祖母一起生活，外祖母是一个非常慈祥的老人，她经常给高尔基讲故事，比如，圣母怎样救苦救难的故事，武士伊万的故事，埃及强盗妈妈的故事，等等。这些故事离奇古怪、生动有趣，高尔基常常听得呆呆的，入了迷。外祖母还会编许多有趣的诗歌，高尔基常常是听着外祖母的歌谣入睡的。小时候的高尔基，脑袋里装满了外祖母的诗歌。

1878年，高尔基到城郊的小学念书了，这是专门为城市贫民子弟办的一所学校，但即使是进这样的学校，对高尔基来讲也是相当艰难的。因为原先富有的外祖父破产了，家里一无所有。懂事的高尔基每天放学以后就背着一个破袋子，走遍郊区的街道捡破烂，骨头、破布、碎纸、铁钉，什么都要，然后卖给收废品的，换取一点点微薄的钱补贴家用。

家里的情况越来越糟糕，实在无法支付哪怕一丁点的学费，就在这一年的秋天，高尔基不得不离开学校到一间鞋店当学徒。日子过得真苦啊，除了要做好店里的工作，还得帮老板干各种家务活：洗衣服、拖地板、带小孩……每天都累得腰酸背痛，吃不好、睡不好。有一次做饭时，老板催着快点上菜，高尔基心里一急，拿着汤碗的手也不由得颤抖了起来，一不小心，刚煮沸的菜汤洒了一地，双手被严重烫伤，他被送进了医院，出院后，他被解雇了。

后来，高尔基去建筑工程制图师兼营造师谢尔盖耶夫那儿做学徒，说是学徒，其实根本学不到任何手艺，而是每天做婢女和洗碗工的活儿。店主只负责供给他一天三顿饭，此外没有工资也没有任何自由。但是为了给家里减轻一点负担，高尔基默默地接受了这个事实。他每天都要擦洗铜器、劈柴、生炉子、洗菜、带孩子、跟老板娘上市场当跑腿儿，逢周六还要擦洗全部房间的地板和两座楼梯。小小的高尔基，很早便尝到了人世的艰辛。

在这痛苦的现实面前，高尔基唯一的乐趣就是读书。但是在谢尔盖耶夫家里，读书被看成是不务正业，被逮到了难免一顿毒打。高尔基总是千方百计地去找书，然后冒着很大的风险，深夜爬到阁楼上，钻进棚子里，借着月光看书。高尔基读的书五花八门，龚古尔、福楼拜、斯丹达尔的作品让高尔基如痴如醉，俄罗斯美妙的古典文学让高尔基神魂颠倒，他贪婪地吮吸着知识的甘露。

16岁的时候，高尔基决心要去读书，上大学。他希望通过上大学为自己寻找光明的前途。于是高尔基来到了喀山，但对一个穷孩子来说，填饱肚子都得努力挣扎，上大学根本就是不切实际的幻想。于是他每天一早就出去找活儿干，跟流浪汉一起劈柴，搬运货物，晚上就住在城市的公园里、岸边的窑坑里，甚至树洞里、沟渠边。他不再对上大学抱什么期望了，他清楚地知道，社会就是自己的大学，在社会的大课堂里，他将学到许多书本上没有的知识。

后来，高尔基根据自己的经历，写出了他的"自传体三部曲"——《童年》《在人间》《我的大学》。这些作品成为世界文学史上不朽的经典。生活的贫苦磨炼了高尔基的意志，使得他在饱尝苦水后变得更加坚强。

每个人都有自己的烦恼，每个人都在"水深火热"中生活，完全没有必要把自己的不快强加到别人的头上。除非需要帮助，否则即使是最好的朋友，也不要拉着人家陪你一道悲伤，自我调节才是最好的良药。

人就是不断地在调节与受挫之间慢慢地度过的，对于人生的道路，时而顺利，时而曲折，这都是非常正常的，但真正能读懂人生并使人生精彩辉煌的只有你自己。

生命的天空总是异彩纷呈。面对不幸，面对潦倒，我们所要做的不是怨天尤人、自暴自弃，而应该不断捕捉生存智慧，学会勇敢和坚强。要知道，上帝永远是公平的。等到你真正将自己打磨成一块金子的那一天，任何人都掩不住你灿烂夺目的光辉。

百折不挠才能成功
——江东子弟多才俊，卷土重来未可知

【出处】

杜牧《题乌江亭》

【原文】

胜败兵家事不期，包羞忍耻是男儿。

江东子弟多才俊，卷土重来未可知。

【译文】

胜败乃是兵家常事，难以事前预料。能够忍辱负重，才是真正男儿。西楚霸王啊，江东子弟人才济济，若能重整旗鼓卷土杀回，楚汉相争，谁输谁赢还很难说。

【做人智慧】

百折不挠才能成功

这首诗感慨项羽乌江自刎的旧事，借题发挥，告诉人们应该有百折不挠的精神。人只有在奋斗的过程中吃尽了苦头，最后的笑声才是最甜的，最后的成功才是具有决定意义的成功，起初的成就和痛苦只不过都是为后来而设的奠基石。有时，所谓的失败只是一种假象，它会引领我们走向成功，将我们的人生从旧有的模式引向一个更新、更好、更理想的航程。

1864年9月3日这天，寂静的斯德哥尔摩市郊，突然爆发出一阵震耳欲聋的巨响，滚滚的浓烟霎时间冲上天空，一股股火花直往上蹿。仅仅几分钟时间，一场惨祸发生了。当惊恐的人们赶到出事现场时，只见原来屹立在这里的一座工厂已荡然无存，无情的大火吞没了一切。火场旁边，站着一个三十多岁的年轻人，突如其来的惨祸和过分的刺激，已使他面无血色，浑身不住地颤抖着……这个大难不死的青年，就是后来闻名于世的阿尔弗莱德·诺贝尔。

诺贝尔眼睁睁地看着自己所创建的硝化甘油炸药的实验工厂化为灰烬。人们从瓦砾中找出了五具尸体，其中一个是诺贝尔正在读大学的活泼开朗的小弟弟，另外四人是和他朝夕相处的亲密助手。五具烧得焦烂的尸体，令人惨不忍睹。诺贝尔的母亲得知小儿子惨死的噩耗，悲痛欲绝。年老的父亲因受刺激引起脑溢血，从此半身瘫痪。然而，诺贝尔在失败和巨大的痛苦面前却没有动摇。

惨案发生后，警察当局立即封锁了出事现场，并严禁诺贝尔恢复自己的工厂。人们像躲避瘟神一样避开他，再也没有人愿意出租土地让他进行如此危险的实验。困境并没有使诺贝尔退缩，几天以后，人们发现，在远离市区的马拉仑湖，出现了一只巨大的平底驳船，驳船上并没有装什么货物，而是摆满了各种设备，一个青年人正全神贯注地进行一项神秘的实验。他就是在大爆炸中死里逃生、被当地居民赶走了的诺贝尔。大无畏的勇气往往令死神也望而却步。在令人心惊胆战的实验中，诺贝尔没有连同他的驳船一起葬身鱼腹，而是碰上了意外的机遇——他发明了雷管。雷管的发明是爆炸学上的一项重大突破，随着当时许多欧洲国家工业化进程的加快，开矿山、修铁路、凿隧道、挖运河都需要炸药。于是，人们又开始亲近诺贝尔了。他把实验室从船上搬迁到斯德哥尔摩附近的温尔维特，正式建立了第一座硝化甘油工厂。接着，他又在德国的汉堡等地成立了炸药公司。一时间，诺贝尔生产的炸药成了抢手货，源源不断的订单从世界各地纷至沓来，诺贝尔的财富与日俱增。

然而，获得成功的诺贝尔并没有摆脱灾难。不幸的消息接连不断地传来：在旧金山，运载炸药的火车因震荡发生爆炸，火车被炸得七零八落；德国一家著名工厂因搬运硝化甘油时发生碰撞而爆炸，整个工厂和附近的民房变成了一片废墟；在巴拿马，一艘满载着硝化甘油的轮船，在大西洋的航行途中，因颠簸引起爆炸，整个轮船葬身大海……一连串骇人听闻的消息，再次使人们对诺贝尔望而生畏，甚至把他当成瘟神和灾星。如果说前次灾难让他受到的排挤还是小范围内的话，那么，这一次他所遭受的已经是世界性的诅咒和驱逐了。诺贝尔又一次被人们抛弃了，不，应该说是全世界的人都把自己应该承担的那份灾难给了他一个人。面对接踵而至的灾难和困境，诺贝尔没有一蹶不振，他身上所具有的毅力和恒心，使他对已选定的目标义无反顾，永不退缩。在奋斗的路上，他已习惯了与死神朝夕相伴。

难以驯服的炸药曾是那样不可一世，然而，大无畏的勇气和矢志不渝的恒心最终激发了他心中的潜能，最终征服了炸药，吓退了死神。诺贝尔赢得了巨大的成功，他一生共获专利发明权355项。他用自己的巨额财富创立的诺贝尔科学奖，被国际科学界视为一种崇高的荣誉。

不经历风雨就不会见到彩虹，任何一个人在走向成功的过程中，都不会是一帆风顺、平平坦坦的，都会走一些弯路，经历一些坎坷，只有在一次又一次地跌倒之后总结经验才能为成功找到出路和方向。

生活中，每个人都会面临失败的考验，考验他们的意志、他们的心态。不必否认，成功者也会失败，但他们之所以能够成功，就在于他们失败了以后，不是为失败而哭泣流泪，不是消极厌世，而是从失败中总结教训，并勇敢地站起来，抚平伤痕继续前行……

可是有许多失败者在失败之后，并不是积极地从失败中总结教训，而是一蹶不振，始终生活在失败的阴影里不能自拔，为失败而痛苦和流泪。他们也在总结，但他们的总结只限于曾经失败的事情，悔恨当初自己的所作所为，"假如当初我不那么做就好了"等种种借口，为自己的过错开脱。

　　成功的人，不一定是智商很高的人，关键在于他们犯了错误之后能认识自己的错误，并积极地站起来，去开拓属于自己的目标。成功和失败并不遥远，往往只有一纸之隔。如果你能正确地认识到自己的不足，并加以改正，那么最后的胜利非你莫属。

面对困难，需要的是勇气
——黄沙百战穿金甲，不破楼兰终不还

【出处】

王昌龄《从军行七首·其四》

【原文】

青海长云暗雪山，孤城遥望玉门关。

黄沙百战穿金甲，不破楼兰终不还。

【译文】

青海湖上乌云密布，连绵雪山一片黯淡。边塞古城，玉门雄关，远隔千里，遥遥相望。守边将士，身经百战，铠甲磨穿，壮志不灭，不打败进犯之敌，誓不返回家乡。

【做人智慧】

面对困难，需要的是勇气

　　作品抒发了西北戍边将士的豪情壮志。特别是"黄沙百战穿金甲，不破楼兰终不还"两句，歌颂了将士们不畏艰苦的顽强斗志和为国杀敌的决心。

　　常言说："两强相遇勇者胜。"面对困难是一种勇气，面对权势是一种勇气，面对金钱是一种勇气……勇气就是"富贵不能淫，威武不能屈"。那么我们的勇气又是从什么地方来的呢？是心态，只要你以正常

读唐诗学做人

心态、平常心态去面对一切，你就什么都不怕了。

　　能够取得成就的人，都有战胜困难的勇气，他们在生活中跌倒，能够爬起来；他们在生活中被困扰，能够找到解困之道。他们总是把自己过去的失败看作一种勇气的复得。

　　吴士宏曾是IBM（中国）公司的总经理。吴士宏现在已经成功了，但她原先只是一名护士，那么她又是怎样进入IBM公司的呢？

　　在多年以前，吴士宏决定要到IBM去应聘。当时，IBM的招聘地点在长城饭店，这是一个五星级的饭店。试想，当年的吴士宏，一个连温饱都还没有完全解决的护士，来到长城饭店这样的五星级饭店门口，心情会怎样？

　　在长城饭店门口，她足足徘徊了五分钟，呆呆地看着那些各种肤色的人如何从容地迈上台阶，如何一点也不生疏地走进门去，就这样简简单单地进入另一个世界。她之所以徘徊五分钟不敢进去，就是因为她的内心深处无法丈量自己与这道门之间的距离。

　　她凭着一台收音机，花一年半时间学完了许国璋英语三年的课程，就是凭着这个经历，自己也应该进去，不就是为了这一天吗？她鼓足了勇气，迈着稳健的步伐，穿过威严的旋转门，听从着内心的召唤，走进了世界最大的信息产业公司——IBM公司的北京办事处。她的确是个人才，她顺利地通过了两轮笔试和一轮口试，最后到了主考官面前，眼看就要大功告成了。

　　俗话说：阎王好见，小鬼难缠。现在已经见到了阎王，她好像什么也不怕了。主考官没有提什么难的问题，只是随口问："你会不会打字？"

　　她本来不会打字但是本能告诉她，到了这个地步，还有什么不会的呢？

　　她点点头，只说了一个字："会！""一分钟可以打多少个字？""您的要求是多少？""每分钟120字。"

　　她不经意地环视了一下四周，考场里没有发现一台打字机。她马上就回答："没问题！"主考官说："好，下次录取时再加试打字！"她就这样过五关斩六将，最后也顺利地通过了主考官的考验。

实际上，吴士宏从来没有摸过打字机。面试一结束，她就飞快地跑去找一个朋友借170元钱买了一台打字机，就这样没日没夜地练习一个星期，居然达到了专业打字员的水平。

她被录取了，IBM公司忘记考她的打字水平了，可是这170元钱，她好几个月才还清。她成了这家世界著名企业的一名普通员工，可是她做的不是白领，而是一个卑微的角色，主要工作是泡茶倒水，打扫卫生，用她自己的话说，"完全是脑袋以下的肢体劳动"。她为此感到很自卑，她把可以触摸传真机作为一种奢望，唯一的安慰就是自己能够在一个可以解决温饱问题而又安全的地方做事。可是作为一位服务人员，这种心理平衡很快就被打破了。

一天，吴士宏推着平板车买办公用品回来，门卫把她拦在大门口，故意要检查外企工作证。她没有外企工作证，于是她和门卫在大门口僵持了起来，进进出出的人就像看大街上要猴的那样，个个都投来一种异样的目光。作为一位女性，她的内心充满了屈辱，充满了无奈，可是她知道这份工作得到不容易，便没有发泄出来，可是她在内心咬着牙对自己说："我不能这样下去！"这是第一件事情，还有一件事情在她的内心深处留下很深的印象：

有个香港的女职员，资格很老，动不动就喜欢指使人给她办事，吴士宏就是她的主要指使对象。一天，这位女士叫着吴士宏的英语名字说："Juliet，如果你想喝咖啡就请告诉我。"

吴士宏丈二和尚摸不着头脑，不知这位自以为是的女士在说什么。

这个女人说："如果你喝我的咖啡，每次都请你把杯子的盖子盖好。"吴士宏本来是一个很会忍气吞声的人，这次女性的温柔全都不见了，因为她认为那女人把自己当成偷喝咖啡的小毛贼了，这是一种人格上的侮辱。她顿时浑身颤抖，就像一头愤怒的狮子，把埋在内心的满腔怒火全部发泄了出来……

吴士宏想：有朝一日，我要去管公司里的任何一个人，不管他是外国人还是香港人！

甘愿自卑，就只能沉沦下去，不肯自卑，就会产生无穷的推动力。吴士宏每天除了工作时间就是学习，她在寻找着自己的最佳出路。最终，与她一起进IBM的，她是第一个做了业务代表，第一批成为本土的经理，成为第一批赴美国本部进行战略研究的人，第一个成为IBM华南地区总经理，还登上了IBM（中国）公司总经理的宝座。

吴士宏为什么成功，我们不知道，我们只知道她从来没有真正害怕过什么东西，即使不会的东西也是这样，人就是应该有这样一种精神。俗话说，坚持数年，必有好处。一个人只要肯花时间，少的不说，经过十年的努力，一个智力平平的人可以精通一门学问；一个毫无知识的文盲，可以成为一个彬彬有礼的文化人。

成功人士的勇气并不是起起莽夫，而是大智大勇。只要你有正常心态，去拼搏，去努力，没有理由不成功。

成功需要勤奋和刻苦
——两句三年得，一吟双泪流

【出处】

贾岛《题诗后》

【原文】

两句三年得，一吟双泪流。

知音如不赏，归卧故山秋。

【译文】

这两句诗我琢磨三年才写出，一读起来禁不住两行热泪流出来。

了解我思想情感的好朋友如果不欣赏这两句诗，我只好回到以前住过的故乡（山中），在瑟瑟秋风中安稳地睡了。

【做人智慧】

成功需要勤奋和刻苦

此诗表现作者作诗时的用心之苦，也反映了他重视对诗文字句的雕琢和锤炼。"两句三年得，一吟双泪流"表达了写文章时的艰苦和执着，说明创作之艰辛。

如果说人世间有天才存在，那也只是因为他们比别人多了那份百分之一的灵感，而剩下的百分之九十九都是用来浇灌成功之花的汗水。无数事实证明，只有勤奋和刻苦才是通向成功的必经之路。

古时候有个叫王生的青年，是个大户人家的子弟，从小就爱道术，他听人说崂山上有很多得道的仙人，就前去学道。

王生在清幽静寂的庙宇中见一位老道正在蒲团上打坐，只见这位老道满头的白发垂挂到衣领处，精神清爽豪迈，气度不凡。王生连忙上前磕头行礼，并且和他交谈起来。交谈中，王生觉得老道讲的道理深奥奇妙，便一定要拜他为师。道士说："只怕你娇生惯养，性情懒惰，不能吃苦。"王生连忙说："我能吃苦。"老道便把他留在了庙中。第二天，王生在师父的吩咐下随众人上山砍柴。

这样过了一个多月，王生的手和脚都磨出了很厚的茧子，他忍受不了这种艰苦的生活，暗暗产生了回家的念头。

又过了一个月后，王生真的吃不消了，可是老道还不向他传授任何道术。他等不下去了，便去向老道告辞说："弟子从好几百里外的地方来投拜您，不指望学到什么长生不老的仙术，但您不能传些一般的技术给我吗？现在已经过去两三个月了，每天不过是早出晚归在山里砍柴，我在家里从来没吃过这样的苦。"老道听了大笑说："我开始就说你不能吃苦，现在果然如此，明天早上就送你走。"

王生听老道这样说，只好恳求说，"弟子在这里辛苦劳作了这么多天，只要师父教我一些小技术也不枉我此行了。"老道问："你想学什么技术呢？"王生说："平时常见师父不论走到哪儿，墙壁都不能阻隔，如果能学到这个法术就满足了。"

老道笑着答应了他，并领他来到一面墙前，向他传授了秘诀，然后让他自己念完秘诀后，喊声"进去"，就可以进去了。王生对着墙壁，不敢走过去。老道说，"试试看。"王生只好慢慢走过去，到墙壁时他被挡住了。

老道指点说："要低头猛冲过去，不要犹豫。"当他照老道的话猛向前冲，真的未受阻碍，睁眼已在墙外了。王生高兴极了，又穿墙而回，向老道致谢，老道告诫他说："回去以后，要好好修身养性，否则法术就不灵验了。"说完，就让他回去了。

王生回到家中自得不已，说自己可以穿越厚硬的墙壁而畅通无阻。他妻子不相信。于是，王生按照在老道处学的方法，离开墙壁数尺，低头猛冲过去，结果一头撞在墙壁上，立即扑倒在地。

生性懒惰，却还想得道成仙，这无疑是异想天开。惰性不改，要想获得成功，必定会碰壁的。如果说王生的遭遇是一个懒惰者的遭遇，那么王生所得的教训就是所有懒惰者的教训了。

没有一个人的才华是与生俱来的。在成功的道路上，除了勤奋，是没有任何捷径可走的，在每个成功者的身上，他们都有着勤劳的习惯。

在这个竞争激烈的世界里，人才云集，竞争对手强大。快节奏的生活、高度的竞争又时刻令人体会到一种莫大的压力，潜移默化地催人上进。

我们每一个健康生活的人都希望自己能够走向成功，都想在成功中领略一道人生的美景，而成功又不是轻易予人的。而只有那些随身带上勤奋习惯的人，才能用自己勤劳的双手获得幸福与快乐。

挫折只是人生中的一道小坎儿

——种桃道士归何处，前度刘郎今又来

【出处】

刘禹锡《再游玄都观》

【原文】

百亩庭中半是苔，桃花净尽菜花开。

种桃道士归何处，前度刘郎今又来。

【译文】

玄都观偌大庭院中有一半长满了青苔，原盛开的桃花已经荡然无存，只有菜花在开放。

先前那些辛勤种桃的道士如今哪里去了呢？前次因看题而被贬出长安的我——刘禹锡又回来了啊！

【做人智慧】

挫折只是人生中的一道小坎儿

这首诗是作者第二次游览玄都观时有所感慨而作的，是有意重提旧事，向打击他的权贵挑战，表示绝不会因为屡遭报复就屈服妥协。"种桃道士归何处，前度刘郎今又来"以带有挑战性的口气，表现了作者蔑视权贵的坚强性格和胜利后的欢悦心情。现在多用来形容虽然经历了挫折，但最终取得胜利，开始了新的征程。

生活中，人们所遭遇的各种各样的困难挫折就像是压在人们身上的泥沙。人们只要以锲而不舍的精神将它抖落掉，然后站上去，泥沙就变成了成功道路上的垫脚石。"艰难困苦，玉汝于成。"困难可以练就人的素质，提高人的才干，磨炼人的耐性及承受能力。只要你能坚持不懈，困难自会低头，成为磨炼我们坚强性格的磨刀石。

一谈到小泽征尔先生，大家都知道，他堪称是全日本足以向世界夸耀的国际大音乐家、著名指挥家，他之所以能够取得今天著名指挥家的

地位，乃是参加贝桑松音乐节的"国际指挥比赛"带来的。

在这之前，他不只与世界无关，即使是在日本，他也是名不见经传。因为他的才华没有表现出来，不为人所知。

他决心参加贝桑松的音乐比赛，来个一鸣惊人。经过重重困难，他终于充满信心地来到欧洲。但一到欧洲，就有莫大的难关在等待着他。

他到达欧洲之后，首先要办的是参加音乐比赛的手续，但不知为什么证件竟然不够齐全，不能被音乐节组委会正式受理，这么一来，他就无法参加期待已久的音乐节了！

他没有就此放弃，而是尽全力积极争取。

首先，他来到日本大使馆，将整件事说明原委，然后请求帮助。

可是，日本大使馆也无法解决这个问题，正在束手无策时，他突然想起朋友过去告诉他的事。

"对了！美国大使馆有音乐部，凡是喜欢音乐的人，都可以参加。"

他立刻赶到美国大使馆。

这里的负责人是位女性，她是卡莎夫人，过去她曾在纽约的某音乐团担任小提琴手。

他将事情的本末向她说明，拼命拜托对方，想办法让他参加音乐比赛，但她面有难色地表示：

"虽然我也是音乐家出身，但美国大使馆不得越权干预音乐节的问题。"

她的理由很充分。

但他仍执着地恳求她。

原来表情僵硬的她，逐渐浮现出笑容。

思考了一会儿，卡莎夫人问了他一个问题：

"你是个优秀的音乐家吗？或者是个不怎么优秀的音乐家？"

他刻不容缓地回答："当然，我自认是个优秀的音乐家，我是说将来可能……"

他这几句充满自信的话，让卡莎夫人的手立即伸向电话。

她联络贝桑松国际音乐节的实行委员会，拜托他们让他参加音乐比赛，结果，实行委员会回答，两周后做最后决定，请他们等待答复。

此时，他心中便有了一丝希望，心想，若是还不行，就只好放弃了。

两个星期后，他收到美国大使馆的答复，告知他已获准参加音乐比赛。

这表示他可以正式参加贝桑松国际音乐指挥比赛了。

参加比赛的人总共有60位，他很顺利地通过了第一次预选，终于来到正式决赛了，此时他严肃地想："好吧！既然我差一点就被逐出比赛，现在就算不入选也无所谓了！不过，为了不让自己后悔，我一定要努力。"

后来他获得了冠军。

就这样，他建立了世界大指挥家不可动摇的地位，我们可从他的努力中看出，直到最后他都没有放弃，很有耐心地奔走日本大使馆、美国大使馆，为了参加音乐节，尽了最大的努力，如此才能为他招来好运——获得贝桑松国际指挥比赛优胜、成为享誉国际的名指挥家，拥有现在的地位。

现代生活中，个人与事业同样都不可避免地要遇到各种各样的挫折。面对困难和挫折，有的人会出现暴怒、恐慌、悲哀、沮丧、退缩等情绪，影响了学习和工作，损害了身心健康。这种人就是缺乏雄心壮志、甘愿平庸的人。有的人却笑对挫折，对环境的变化做出灵敏的反应、善于把不利条件化为有利条件，摆脱困境，走向成功。

如果我们对于要实现的目标有坚定的信念和不断向前的野心，那么，我们便能战胜逆境。如果能够树立起一种成大事的雄心壮志，那么，我们便会把挫折仅仅看成是我们要越过的障碍，看成是对我们的智慧的挑战。相反，那些缺乏雄心壮志、甘愿平庸的人，就缺乏这种坚强的力量，他们往往把挫折变成摧毁自我信念的工具，变成自己前进道路上不可逾越的难关。

任何挫折都只是人生中的一道小坎儿，可真正能跨过坎儿的人却很少，大多数人只会埋怨小坎儿为什么总是缠着他。

第四章

读唐诗，学自强不息

第五章

读唐诗，学处世交友

朋友是一生的财富

——花径不曾缘客扫，蓬门今始为君开

【出处】

杜甫《客至》

【原文】

舍南舍北皆春水，但见群鸥日日来。

花径不曾缘客扫，蓬门今始为君开。

盘飧市远无兼味，樽酒家贫只旧醅。

肯与邻翁相对饮，隔篱呼取尽馀杯。

【译文】

草堂的南北涨满了春水，只见鸥群日日结队飞来。老夫不曾为客扫过花径，今天才为您扫，这柴门不曾为客开过，今天为您打开。离市太远盘中没有好菜肴，家底太薄只有陈酒招待。如果愿意邀请隔壁的老翁一同对饮，那我就隔着篱笆唤来他。

【做人智慧】

朋友是一生的财富

我们常用"蓬门今始为君开"表示对朋友的到来感到无限的欣慰和热烈的欢迎，是一种真情实感的流露。

朋友是一本书，一双手，一面镜子……我们重视朋友，是因为他有比金子和生命还贵重的人格意义。朋友是一条线，以线织网，就形成朋友圈。而朋友圈则是一种挖掘不尽的资源，是一笔无价的财富，让你一生一世都享用不完。

朋友就是关系，自古皆然。"在家靠父母，出门靠朋友。"靠朋友什么？靠朋友吃饭，靠朋友谋事，靠朋友结识朋友。朋友是一条线，以线牵线，以线织网，就能进入朋友圈了。朋友也是一条路，会走的路路通，路路顺，不会走的则四处碰壁，走投无路。"为人一条路，惹人一

堵墙", 此乃经验之谈。

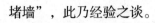

有一个关于维克多连锁店的故事。维克多从父亲的手中接过了一家食品店，这是一家古老的食品店，很早以前就存在而且已出名了。维克多希望它在自己的手中能够发展得更加壮大。

一天晚上，维克多在店里收拾，第二天他将和妻子一起去度假。他准备早早地关上店门，以便做好出行准备。突然，他看到店门外站着一个年轻人，面黄肌瘦、衣服褴褛、双眼深陷，典型的一个流浪汉。

维克多是个热心肠的人。他走了出去，对那个年轻人说道："小伙子，有什么需要帮忙的吗？"

年轻人略带点腼腆地问道："这里是维克多食品店吗？"他说话时口音带着浓重的墨西哥味。"是的。"

年轻人更加腼腆了，低着头，小声地说道："我是从墨西哥来到这儿找工作的，可是整整两个月了，我仍然没有找到一份合适的工作。我父亲年轻时也来过美国，他告诉我他在你的店里买过东西，喏，就是这顶帽子。"

维克多看见小伙子的头上果然戴着一顶十分破旧的帽子，那个被污渍弄得模模糊糊的"V"形符号正是他店里的标记。"我现在没有钱回家了，也好久没有吃过一顿饱饭了，我想……"年轻人继续说道。

维克多知道了眼前站着的人只不过是多年前一个顾客的儿子，但他觉得应该帮助这个小伙子。于是，他把小伙子请进店内，好好地让他饱餐了一顿，并且还给了他一笔路费，让他回国。

不久，维克多便将此事淡忘了。过了十几年，维克多的食品店越来越兴旺，在美国开了许多家分店，他于是决定向海外扩展，可是由于他在海外没有根基，要想从头发展也是很困难的，为此维克多一直犹豫不决。

正在这时，他突然收到一封从墨西哥寄来的陌生人的信，原来这个陌生人正是多年前他曾经帮过的那个流浪青年。

此时那个年轻人已经成了墨西哥一家大公司的总经理，他在信中邀请维克多来墨西哥发展，与他共创事业。这对维克多来说真是喜出望外，有了那位年轻人的帮助，维克多很快便在墨西哥建立了他的连锁店，而且发展得异常迅速。

再来看看下面这个故事。

杰克·伦敦的童年贫穷而不幸，14岁那年，他借钱买了一条小船，开始偷捕牡蛎。可是，不久之后就被水上巡逻队抓住，被罚去做劳工。杰克·伦敦瞅空子逃了出来，从此便走上了流浪水手的道路。

两年以后，杰克·伦敦随着姐夫一起来到阿拉斯加，加入淘金者的队伍。在淘金者中，他结识了不少朋友。他这些朋友中三教九流什么人都有，而大多数是美国的劳苦人民，虽然生活困苦，但是在他们的言行举止中充满了生存的活力。

杰克·伦敦的朋友中有一位叫坎里南的中年人，他来自芝加哥，他的辛酸历史可以写成一部厚厚的书。杰克·伦敦听他的故事经常潸然泪下，而这更加坚定了杰克·伦敦心中的一个目标：写作，写淘金者的生活。

在坎里南的帮助下，杰克·伦敦利用休息的时间看书、学习。1899年，23岁的杰克·伦敦完成了处女作《给猎人》，接着又出版了小说集《做之子》。这些作品都是以淘金工人的辛酸生活为主题，因此赢得了广大中下层人士的喜爱，杰克·伦敦渐渐走上了成功的道路，他著作的畅销也给他带来了巨额的财富。

刚开始的时候，杰克·伦敦并没有忘记与他共患难、同甘苦的淘金工友们，正是他们的生活给了他灵感与素材，他经常去看望他的穷朋友们，一起聊天，一起喝酒，回忆以往的岁月。

但是后来，杰克·伦敦的钱越来越多，他对钱也越来越看重。他甚至公开声明他只是为了钱才写作。他开始过起豪华奢侈的生活，而且大肆地挥霍。与此同时，他也渐渐地忘记了那些穷朋友。

有一次，坎里南来芝加哥看望杰克·伦敦，可杰克·伦敦只是忙于应酬各式各样的聚会、酒宴和修建他的别墅，对坎里南不理不睬，一个星期中坎里南只见了他两面。

坎里南头也不回地走了。同时，杰克·伦敦的淘金朋友们也永远地从他的身边离开了。

离开了朋友，离开了写作的源泉，杰克·伦敦的思维枯竭，他再也写不出一部像样的著作了。于是，1916年11月22日，处于精神和金钱危机中的杰克·伦敦在自己的寓所里用一把左轮手枪结束了自己的一生。

我们伏过朋友的肩膀，肩膀是一种结实的依靠。俗话说："一个篱笆三个桩，一个好汉三个帮。"每一个成功者的道路都洒满他人汗水，一个人独行简直不可思议。

金钱有价，朋友无价。德国的卡西尔说："没有朋友的人，只能算半个人。"波斯的萨迪则说："损失一个朋友你就损失一个肢体，时间可使自己的痛苦减除，但失去永不能补偿。"

诚信是友谊的"保鲜剂"

——结交一言重，相期千里至

【出处】

虞世南《结客少年场行》

【原文】

韩魏多奇节，倜傥遗声利。

共矜然诺心，各负纵横志。

结交一言重，相期千里至。

绿沉明月弦，金络浮云辔。

吹箫入吴市，击筑游燕肆。

寻源博望侯，结客远相求。

少年怀一顾，长驱背陇头。

焰焰戈霜动，耿耿剑虹浮。

天山冬夏雪，交河南北流。

云起龙沙暗，木落雁门秋。

轻生殉知己，非是为身谋。

【译文】

韩魏多有轻生重义、为知己者死的游侠，洒脱不拘留下名利。

少年游侠者重然诺、好结交，各负凌云之志。

然而一言九鼎，一旦结交，即千里相会。

绿带缠绕在如月的弓弦上，金丝缘络住如云的马鬃头。

伍子胥过着流亡乞食的生活，高渐离为欲前去刺杀秦王的荆轲击筑送行。

张骞出使西域，穷河源，游侠亦如博望侯怀抱赴边立功之志。

只要君王一垂顾，肝脑涂地、流血野草也在所不辞，都会义无反顾地奔赴战场。

刀光剑影映照着游侠矫健的身影，强弓劲弩尽显少年侠士的身手。

天山无论是冬日夏日都会飞雪，交河南北向流淌着。

云从漠北边塞升起，雁门关的秋日草木早已凋零。

游侠为知己者死，不是为自己谋名利。

【做人智慧】

诚信是友谊的"保鲜剂"

这首诗的主题是歌颂友情，"结交一言重，相期千里至"特别赞美了古人守信义、重诺言的美德。

诚信既是无形的力量，也是无形的财富。一个讲诚信的人，自然会受到亲戚、朋友的支持和帮助，遇到困难，众人自然会为他效力。

"敦厚之人，始可托大事"，一个不诚实、不讲信誉的人是不会拥有真正朋友的，这样的人如果想要取得事业上的成功也是相当困难的。所以，失信于人其实是一件很愚蠢的事，最终受害的还是自己。为此，你必须时刻提醒自己，要爱惜自己的信誉，并时刻建立自己的诚信指数。

"季札挂剑"的故事很有名，就是讲做人要守信的。季札是春秋时吴国有名的公子，德才兼备，誉满天下。有一次他出使别国，路过徐国，与徐国国君会晤，席间，徐君看到季札腰间的宝剑，欣赏不已。季札考虑到自己还要出使别的国家，而佩剑是使者的必备之物，不能送人，当时就没有表态。

等他完成出使任务回国时又经过徐国，他想把那把宝剑送给徐君，可是徐君已经去世了。季札十分惋惜，他来到徐君的墓前，把宝剑挂在墓前的树上，完成了自己心中的约定。

说出去的话泼出去的水，覆水难收，做人言而有信，那么做事就有了一种人格力量来担保。

"人无信不立"，所以做人要有诚信，诚信是一种无形的资本，需要人们精心维护，慢慢积累。而如果你不讲诚信，仅仅一次，就会把长期的积累挥霍一空。

汉朝有一个叫陈实的人。他为人正直，为官清廉，深受百姓的爱戴和好评。后来，陈实返回了故里，当地的官员、乡邻村民们都非常敬重他。

有一次，他与一个友人会面，酒足饭饱之后，两人决定另日一同远游，他们约定，次日午时在陈实家门前的大槐树下再次见面。两位友人为了表达各自的诚信，他们还在槐树前立了个高高的树干。如此之后，两人才揖手辞别。

次日，陈实提前来到了树干前，等了一段时间，眼看着树干底端的黑影渐渐东斜，午时已过。这时，陈实猜想友人是另有他事而不能同行，或是已经提前出发了，于是就上路了。

然而，就在陈实走了之后，他的朋友到了，左看右看，却不见陈实的影子，当即就气不打一处来，非要到他家去看个究竟，问个明白，到了陈实的家门口，正看见陈实的长子在家门口玩耍。于是他便指桑骂槐，又像是自言自语地说道："真不是人哪！跟人约好一块出门的，却又不等人。"

当时，陈实的长子刚刚年满七岁，名陈纪，字元方，是一个人见人爱、非常懂事的孩子。等他父亲的友人数落完后，小陈纪说："您与我父亲约定在午时，午时不来，就是无信；对孩子骂他的父亲，就是无礼。"

那友人当即羞愧万分，想下车解释，而小陈纪头也不回就进屋去了。

要获得众人的信任，铸就自己的信誉，不论你采取何种方法，但笃诚、守信及勤劳是最根本的要诀，这些在什么情况下都不过时。

以信待人就是在人际交往中要讲求信用、遵守诺言。一个成功者，具有讲信用的声誉，对他的发展是十分重要的。

人生在世，"必诚必信"。也就是说要做一个堂堂正正的人，必须诚实守信。诚实是忠诚老实，言行一致；守信是必守信约，说到做到。

人无信不立。信誉是个人的品牌，是个人的无形资产。然而在现实生活中，信成了与危机相连的词汇。人才的信任危机，商业的信誉危机，严重破坏了社会结构，造成人与人之间，人与社会之间，企业与企业之间的相互防备与猜疑，造成了严重的交易资本损耗。

我们常说的"君子一言驷马难追"，讲的就是人的信誉。一个没有信誉的人，是为人所不齿的。现在的生意场上，公司、企业做广告、做宣传，树立公司、企业在公众中的形象，就是想提高公司、企业的信誉度。信誉度高了，人们才会相信你，和你有来往，成交生意。不过，公司、企业的信誉度得靠产品绝佳的质量、优良的服务来实现，而非几句响亮的广告词、几次优惠大酬宾便可做到。人的信誉也是如此，交朋友也是如此。

我国古代人交朋友，强调一个"信"字。在小孩子启蒙读物《幼学琼林》中专门有讲交友的章节，而且有种种概括："心志相孚为莫逆，老幼相交曰忘年""尔我同心曰金兰，朋友相资曰丽泽""刎颈之交相如与廉颇，总角之好孙策与周瑜"，这些都是在说友情的深厚，而诚信是深厚友情的源泉。

顾炎武曾以诗言志："生来一诺比黄金，那肯风尘负此心。"以表达自己坚守信用的处世态度和内在品格。讲信用、守信义，它不仅体现了对人的尊敬，而且表现了对己的尊重。

在社交中，能主动帮助朋友办事的精神是可贵的。但办事要量力而行，不要"言过其实"地许诺，说话要掌握分寸。因为，诺言能否兑现不仅是个人努力的问题，它还有一个客观条件的因素。平时可以办到的事，由于客观条件变化了，一时又办不到，这种情况是时常发生的，这就要求我们在朋友面前不要轻率地许诺，更不能明知办不到的事还打肿脸充胖子，在朋友面前逞能，许下"寡信"的"轻诺"，当你无法兑现诺言时，不但得不到友谊和信任，反而会失去更多的朋友。

人与人之间的交往，往往都是建立在"信"的基础上。诚信待人是一种美德，而且只有这种美德的人才能感动别人，才能纵横交际。反之，在社交上不以信待人或许能获得一时之利，一旦被揭穿，会连原有的信誉都失去，这话一点都不夸张。

睁开你的慧眼结交朋友

——病多知药性，客久见人心

【出处】

戴叔伦《卧病》

【原文】

门掩青山卧，莓苔积雨深。

病多知药性，客久见人心。

众鸟趋林健，孤蝉抱叶吟。

沧洲诗社散，无梦盍朋簪。

【译文】

长期关着的门外青山横卧，多年的青苔坑里积满了雨水。经常生病吃药，就会知道各种药物的性能，作客他乡久了，就能看出来各类人的性情。鸟儿都轻快地飞进树林里，只有孤独的蝉儿还在抱着树叶吟唱。沧洲的诗社已经解散了，无法入梦，何不赶紧与朋友们聚集呢？

【做人智慧】

睁开你的慧眼结交朋友

这是一首感怀诗，抒发了作者寂寞的胸怀。"病多知药性，客久见人心"表现了诗人对友情、对人生的一种感悟，辨别人心要经历时间的考验。

孔子说：对自己有益的朋友有三种，对自己有害的朋友也有三种。同正直的人交友，同守信用的人交友，同见多识广的人交友，对自己有益。同谄媚的人交友，同当面奉承背后使坏的人交友，同花言巧语的人交友，对自己有害。

通常人们以"有缘"来解释自己所交的朋友，但是其中又隐含了被动与无奈的心情，尤其在"求一知己而不可得""人生得一知己，可以死而无憾"的时候更是如此。我们不妨暂且接受一个事实，就是每一个人都在有意无意及主动被动中结交了不少朋友，那么要如何与他们和平相处呢？

孔子的建议是：先分辨益友与损友，再决定亲近或疏远。分辨的原则很清楚。"友直，友谅，友多闻，益矣。"这是益友，简单说来，应该具备"正直、信实、多闻"三项条件。

鲍叔牙年轻时与管仲交往，彼此奠定了笃定的友情。两人一起去做买卖，管仲常常分四分之三的利润。因为管仲穷困，所以鲍叔牙认为这是应该的。有一次，管仲为鲍叔牙做了一件事情反而使鲍叔牙陷入窘境，然而鲍叔牙并没有怨恨管仲。

他们年轻时曾秘密约定辅佐齐国君王建立霸业，管仲当公子纠的师傅时，鲍叔牙当公子小白的师傅。管仲对鲍叔牙说："齐国必定是由纠或小白当上君主，其他公子不配继承。很幸运，我们在这两个优秀的公子身旁当师傅，不管谁继承王位，我们都要合力辅助君主。"

齐国的君主僖公死后，诸位王子相互争夺王位，到最后就只剩下小白与皇兄公子纠争夺。管仲为了替公子纠争王位，还曾用箭射伤小白。最终还是小白回到齐国继承了王位，这就是齐桓公。

帮助客居鲁国的公子纠争王位的鲁国在与齐国交战中大败，只得求和。齐桓公要求鲁国处死公子纠并交出管仲。消息传出后大家都非常同情管仲，因为被遣送回齐国他无疑会被折磨致死。于是有人说："管仲啊，与其厚着脸皮被送到敌方，不如先自杀。"

管仲一笑了之，他说："如果小白要杀我，当初就该和公子纠一起被杀了。既然还找我去，就不会杀我。"就这样管仲被押回齐国。出人意料的是齐桓公马上任用管仲为宰相，这连管仲也没有想到。

管仲之所以能够当上齐国宰相，这与好友鲍叔牙有很大关系。鲍叔牙招来管仲并救了他的命，并且推荐他为宰相，遵守了彼此的约定。在他们的共同努力之下，齐桓公平定乱世成为开创霸业的先驱。

管仲曾经深有感触地说："当初我贫穷时，曾与鲍叔牙一起做买卖，分财利时我常常多占，鲍叔牙却不以此认为我贪，因为他知道我家贫。我曾经为鲍叔牙谋事，结果却使他更窘迫，鲍叔牙不因此认为我这个人很愚蠢，因为他知道时机有时有利有时不利。我曾经几次出仕，却屡次被国君罢免，鲍叔牙不据此认为我无能，因为他知道我没有碰到好时机。我曾几次带兵打仗，不仅屡战屡败，而且还做过逃兵，鲍叔牙不因此以为我这个人胆小，因为他知道我家有老母需要供养。公子纠与小白争位失败后，召忽自杀，我被囚禁起来，忍受侮辱，鲍叔牙不因此认为我这个人不知羞耻，因为他知道我不以小事为耻，而只耻功名不显扬于天下。所以说，生我的是父母，而真正了解我的是鲍叔牙。"

于是，天下人很少称道管仲之才能而常常称道鲍叔牙有知人之明。鲍叔牙不愧是管仲的好朋友，称之为"知己"也一点不过分。"人生得一知己，死而无憾"。鲍叔牙把"直、谅、多闻"这三个益友的基本条件全占了，难怪他和管仲之间的友情故事能为大家津津乐道，并且流传千古，成为大家学习的榜样。

"友便辟，友善柔，友便佞，损矣。"这就是损友，交往久了，会使自己受到伤害。便辟是指刚愎自用、心胸狭隘，不会体谅别人。善柔是指习惯于奉承及柔顺的态度，缺乏正直的精神。便佞则是口才甚佳，言过其实，不愿认真求知，即使表面上看似多闻，其实只是道听途说，以耳代目，并无真正见识。对照而言，便辟的人不易做到"谅"，善柔的人缺少"直"的勇气，便佞的人则是伪装的"多闻"。孔子主张的交友之道即在于此。

《佛说孛经》中说："友有四品，不可不知：有友如花，有友如秤，有友如山，有友如地。"其实，如花、如秤的朋友便是孔子提及的损友的另一种表述，如山、如地的朋友则是益友的另一种概括。

孔子说的交友、择友之道，实际上也是一种为人之道。当人们用正直、诚信、博学多识作为自己择友的原则，而力戒与那些"损者"为友的时候，事实上也在为自己、为对方确立了一个做人的道德标准和行为准则。只有自己在道德上努力做到正直、诚信，并且不断追求广博的知识，提高自己的能力，才会得到朋友的认可，也才会受到社会的尊重。

友谊需用忠诚播种

——桃花潭水深千尺，不及汪伦送我情

【出处】

李白《赠汪伦》

【原文】

李白乘舟将欲行，忽闻岸上踏歌声。

桃花潭水深千尺，不及汪伦送我情。

【译文】

李白乘船正要出发，忽然听到岸上传来踏歌的声音。桃花潭的水纵有一千尺深，也比不上汪伦为我送别的情意深厚。

【做人智慧】

友谊需用忠诚播种

这首诗写的是汪伦来为李白送行的情景。诗人很感动，所以用"桃花潭水深千尺，不及汪伦送我情"来极力赞美汪伦对诗人的尊重和喜爱，也表达了李白对汪伦的深厚情谊。

圣经上说："忠诚的朋友是无价之宝。"我们不能买到友谊，也不能用金钱来衡量朋友的价值。忠诚的朋友，可以丰富我们的生活，延长我们的生命。

忠诚是友谊的源泉。没有忠诚，友谊就不会长久。对待朋友要以诚相待，以品格换品格，就可以在朋友之间架起心灵之桥，并在此基础上合作共事。朋友之间没有忠诚，友谊也不会长久。

忠诚，能在可以信赖的人们之间架起心灵的桥梁，通过这座桥梁打开对方心灵的大门，并在此基础上并肩携手，合作共事。自己真诚实在，表露真心，对方会感到你信任他，从而卸下猜疑、戒备心理，把你作为知心朋友，乐意向你诉说一切。心理学家认为，每个人的思想深处都有内隐闭锁的一面，同时，又有开放的一面，希望获得他人

的理解和信任。然而，开放是定向的，即只向自己信得过的人开放。以一个开放的心灵换取一位用全部身心帮助自己的朋友，这就是用忠诚换来忠诚。

有一次，亚逊斯来到阿尔卑斯山下，遇到了几位天神，天神说："亚逊斯，你有过朋友吗？"亚逊斯回答说："有，他爱我胜过爱你们。"这句话激怒了天神们，他们决心杀掉亚逊斯的朋友，便询问这位朋友是谁。亚逊斯看出了天神们的用意，就闭口不说。天神们拿出各自的宝贝引诱亚逊斯，许诺他将有一位美貌无比的妻子，让他成为一个威严无比的国王，等等。这一切都没有打动亚逊斯的心。但神通无比的天神们还是抓到了亚逊斯的朋友，只是没有立刻杀死他，对亚逊斯的话，他们并不十分相信，于是天神们以同样的手段去引诱亚逊斯的朋友，说只要他同意背叛亚逊斯，他将得到他所要的一切：美色、财富、权势。哪知这位朋友也和亚逊斯一样，丝毫未动心。天神们既羡慕又惭愧，却没有一位天神去杀他们，并悄悄地将他们放下了山。亚逊斯说："我们彼此忠诚、信任，没有什么比我们的友谊更重要。"

他们对友谊的忠诚震惊了天神，为世人传颂。而忠诚是友谊的标志，对朋友的忠诚说明你对自己交友的正确认识，你对朋友的忠诚必然能换回朋友对你的倾心报答。

具有数千年历史的中国，这方面的例子也很多。

白敏中与贺拔墓是好朋友，两人同到长安（今西安）参加科举考试，当时的主考官是王起。王起知道白敏出身望族，文才皆上品，十分赏识，有意取他为状元。但又嫌他与贫寒的贺拔墓交往甚密，有些犹豫，便暗中派人去劝说，暗示他："只要你不再同贺拔墓来往，就取你为状元。"白敏中听罢，皱起了眉头，没有答话。

恰好这时贺拔墓来访，家人把他打发走了。白敏得知后，当场大发雷霆，立即把贺拔墓追了回来，如实地将情况告诉他，并说："状元有什么稀罕的，怎么也不能不要朋友呀。"说毕，命家人摆起酒宴，与

第五章

读唐诗，学处世交友

贺拔綦开怀畅饮。

说客看在眼里，气在心里，回去便一五一十地向王起汇报，并从旁怂恿："这小子放不下贺拔綦，咱们也别给他状元了。"谁知王起一反初衷，既取了白敏中，又取了贺拔綦。原来是白敏中宁要朋友不要状元的精神，感化了王起那颗浸透了世俗偏见之心。

忠诚的朋友完全承认你的自主权，从不干涉你的所作所为，他只会给你安全感，这种安全感来自忠诚的友谊。

忠诚可表现大地之真，充实天地之美，完成天地之善。播下忠诚的种子，就会收获友谊的果实。

安妮想开一家时装店，她对时装情有独钟。开时装店需要很大一笔钱，但她手里的积蓄连租门面都不够，她找到好友斯芬商量。斯芬见安妮兴致很高，不想泼她的冷水，便打开保险柜，拿出了所有的现金和信用卡，摊开双手，对安妮说道，

"喏，就这些了，够不够？"

"OK，够了够了！太谢谢你了，斯芬。"

在斯芬的支持下，安妮的时装店顺利地办成了。开业那天，斯芬前来表示祝贺，安妮一见斯芬，激动地摊开双手，笑着说道："真诚地欢迎你，斯芬。"

两位好友紧紧地拥抱在一起。

安妮的服装店生意很红火，但她却没有还斯芬钱的意思。斯芬因没有大的用处，也没有找安妮要那笔钱。大约一年左右的时间，斯芬的姨妈住院，需要一大笔钱做手术，斯芬和姨妈感情很好，自然不会袖手旁观。斯芬就希望安妮能还一部分钱给她，她来到安妮的时装店，委婉地说明了来意。安妮的态度却有些暧昧，推说店里生意不好，没赚着钱。

斯芬见安妮的店里客来人往，只一会儿就做成了几笔生意，她摊开双手真诚地问安妮道："真是这样的吗？"安妮一见斯芬这手势，想起当初斯芬帮助她的情景，脸一下子就红了，于是把钱还给了斯芬，现在

两人关系一直相处得很好！

朋友应该以诚相待。没有真诚，人们的关系只能是虚伪的结合；没有真诚，美好的友谊只能是水中月、镜中花。友谊是以真心换真心，产生共鸣而撞出美丽的火花。

做人要坦诚、真实，要拿得起，放得下，有困难时要帮忙，同时也能鼓励对方坦诚相待。在生活中，我们不妨也经常多给他人以坦诚，这样，你在任何人心目中的形象都一定是美好的。

朋友之间要常联系
——海内存知己，天涯若比邻

【出处】

王勃《送杜少府之任蜀州/送杜少府之任蜀川》

【原文】

城阙辅三秦，风烟望五津。

与君离别意，同是宦游人。

海内存知己，天涯若比邻。

无为在歧路，儿女共沾巾。

【译文】

三秦之地护卫着巍巍长安，透过那风云烟雾遥望着蜀川。

和你离别心中怀着无限情意，因为我们同在宦海中浮沉。

四海之内有知心朋友，即使远在天边也如近在比邻。

绝不要在岔路口分手之时，像小儿女那样悲伤泪湿佩巾。

【做人智慧】

朋友之间要常联系

这是一首送别诗，表达了朋友之间的真挚友谊和诗人对朋友的劝勉。

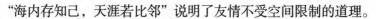

"海内存知己，天涯若比邻"说明了友情不受空间限制的道理。

人与人之间的感情需要频繁地沟通才能形成。联系得越多，储备的感情就越深厚。通常情况下，当我们初识一群人时，交际中进展速度跟接触的频率成正比。也就是说，如果你跟某位刚认识的朋友总是有机会接触的话，你们的关系很快就会变近，形成比较亲密的群体。道理很简单，就像你会跟你同办公室的同事、同班的同学很快形成亲密关系，而跟其他同事或同学关系相比之下就会淡漠很多一样。就是因为你们常常见面，常常接触，彼此很快就认识并且了解了。人与人之间需要经常互通信息，互相交流，才能保持良好的关系。亲戚之间，朋友之间，甚至刚认识的朋友，都要想办法常常联系。

你也许会发现中国人有很多的礼节，碰上婚丧嫁娶等大事，亲戚朋友就要参加，有许多场合还得送礼，这是几千年来延续的传统。这是很有必要的，因为这是亲朋好友经常保持联系的一种方式。如果一户人家常年关门闭户，既不"出去"，也不欢迎别人"进来"，那只会是冷落了旁人，也孤立了自己。

要保持良好的人际往来，就必须跟你现有的朋友经常保持联系。有空给远在异地的亲人、朋友打打电话，通通信，询问一下对方近来的工作、学习情况，介绍一下自己的情况，互相交流一下，这是很有必要的，这点时间绝对不能节省。碰上亲戚、朋友的人生大事，如果有空尽量参加，如果实在脱不开身，最好也写信或托人带点什么，不然，怎么算得上亲戚朋友。

患难见真情。对方有困难的时候，更应加强联系，许多人总是喜欢向亲人、朋友汇报自己的喜事，而对一些困难却不好意思开口，应该去掉这些顾虑。

当自己的父母发生什么事情的时候，自然不用多说，而当听到叔叔、阿姨、舅舅等亲戚或朋友家有人生病或遇上不幸的事，应马上想办法去看看。平日尽管因工作忙没有很多时间来往，但亲人朋友有困难鼎力相助或打声招呼，才能显出你们之间的深厚情谊来。"患难朋友才是真朋友"，关键时刻拉人一把，别人会铭记在心。

此外，常常保持联系对你自己也会有许多好处，和亲戚中的长辈经常联系、谈心，一旦你碰上什么事情，如找工作、找对象等听听长辈、朋友的意见，或者找他们帮忙。如果平时没有联系，有困难时才找上门去，别人是不会帮忙的。人与人之间需要经常互通信息，互相交流，才能保持良好的关系。

朋友需要常联系。不要总是孤立别人，不要对别人的悲喜哀乐漠不关心。因为，当你孤立别人的时候，其实最终孤立的是你自己。

给人留下良好的第一印象
——同是天涯沦落人，相逢何必曾相识

【出处】

白居易《琵琶行》

【原文】

原诗较长，与本佳句有关的一段是：

我闻琵琶已叹息，又闻此语重唧唧。

同是天涯沦落人，相逢何必曾相识！

【译文】

我听了琵琶声已经叹息，又听到这番诉说更是悲叹。（我们俩）同是沦落到偏远地区的人，相逢时何必一定要是曾经相识的人呢。

【做人智慧】

给人留下良好的第一印象

两个漂泊异乡、沦落天涯的陌生人，第一次见面就觉得非常有缘分，互相倾诉。所以，给人留下良好的第一印象是非常重要的。

在人与人的交往中，我们常常会说或者会听到这样的话：

"我从第一次见到他，就喜欢上了他。"

"我永远忘不了他留给我的第一印象。"

"我不喜欢他，也许是他留给我的第一印象太糟了。"

"从对方敲门进入，到坐在我面前的椅子上，就在这短短的时间内，我就大致知道他是否合格。"

这些话说明了什么？说明大多数的人都是以第一印象来判断、评价一个人的。

对方喜欢你，可能是因为你留给他的第一印象很好；对方讨厌你，可能是你留给他的第一印象太糟。

这就是所谓的首因效应。首因效应，也叫第一印象效应，是指最初接触到的信息所形成的印象对我们以后的行为活动和评价的影响。通常，人在初次交往中给对方留下的印象很深刻，人们会自觉地依据第一印象去评价某人或某物，今后与人、物打交道的过程中的印象都被用来验证第一印象。

我们一生中会遇到很多重要的第一次，也就会有很多需要重视的第一印象。比如，求职，第一次去见面试官；求人办事，第一次登门拜访；参加工作，第一次见单位同事；找对象，第一次与对方约会……这些第一次都很重要。从小的方面来看，关系到求职能否成功、事情能否办成；从大的方面来看，关系到事业能否成功，婚姻能否美满。

一位先生登报招聘一名办公室勤杂工。约有50人前来应聘，但这位先生只挑中了其中一个男孩。

"我想知道，你为何喜欢那个男孩？"他的一位朋友说，"他既没带一封介绍信，也没有任何人推荐。"

"你错了，"这位先生说，"他带来许多介绍信。他在门口蹭掉了脚下带来的土，进门后随手关上了门，说明他做事小心仔细；当他看到那位残疾老人时，就立即起身让座，表明他心地善良，体贴别人；进了办公室他先摘下帽子，回答我的提问时干脆果断，证明他既懂礼貌又有教养；其他人都从我故意放在地板上的那本书上迈过去，而这个男孩却俯身拾起把它放回桌子上；他衣着整洁，头发梳得整整齐齐，指甲修得干干净净。难道你不认为这些就是最好的介绍信吗？"

那个男孩通过自己的一言一行，打动了面试官，成功地用"第一印象"推销了自己。幸运其实并不神秘，也并不是"可遇不可求"的，打造完美的第一印象，也许你就是下一个幸运的人。

因此，在现实交往中，我们务必在"慎初"上下功夫，力争给对方留下良好的第一印象。

那么应该如何展示自己的第一印象呢？对此专家曾提出过如下建议：

第一，发挥自己的长处。如果你发挥自己的长处，别人就会喜欢和你在一起，并容易与你合作。一个人要首先了解自己，把握自己的特点，如动作、手势、神情及其他吸引人注意的能力等。要知道，别人正是根据这些特点来形成对你的印象的。所以，与人交往，要充满自信，并尽可能展现自己的长处。

第二，保持自我本色。懂得为人处世的人，永不会因场合不同而改变自己的性格。保持最佳状态的真我是给人留下美好印象的秘诀。无论你是在与人亲密地倾谈，还是在发表演说，都要保持自己的本色不变，不要给人造成言行不一的不诚实感觉。

第三，善于使用眼神及目光。不管是跟一个人还是跟一百个人说话，一定要记住用眼睛望着对方。有些人在开始时望着你，但才说了几个字，目光就移到了别处。进入坐满人的房间时，应自然地举目四顾，微笑着用目光照顾到所有的人，不要避开众人的目光，用自然的目光，获得他人的尊重和认可。

第四，先听而后行。待人处世时切勿急于发表意见，要稍微等一会儿，先了解一下当时的情形。看看社交场合的气氛如何？别人的情绪怎样，是高涨还是低落？他们是渴望聆听你的意见，还是露出厌烦的神色？只有觉察到别人的情绪，才能比较容易地接触他们。

第五，集中精力。怎样才能集中精力？这是很多人都关心的问题。有一位专家是这样告诉我们的："我在跟别人见面之前，通常会静静地坐下来集中思想，然后深呼吸一下。我会思考这次见面的目的——自己的目的和他人的目的。有时候我会步行几分钟，使心跳加速，这样踏进门时就不会再想着自己。我把注意力全集中到那人身上，尝试找出他值得我喜欢的地方。"

第六，态度一定要肯定。肯定的态度很重要。我们常常看到有些人说起话来声音越来越小，甚至用手捂住自己的嘴巴。没有人愿意跟一个态度迟疑的人打交道。冷静是必要的，小心谨慎也没错，但切勿迟疑不决。

第七，放松自己的心情。要使别人感到轻松、自在，你自己就必须表现得轻松、自在。不管遇到任何严重的大事情，心理上都尽量要放松。学点幽默，不要总是神色严峻，或做出一副永远苦闷的样子。你应该把心情放松一下，否则家人、朋友和同事会对你感到十分厌倦。时间久了，关系能好吗？

以上七点，可以帮助我们给他人留下美好的第一印象，为今后个人的发展铺路搭桥。

帮助别人就是帮助自己
——疾风知劲草，板荡识诚臣

【出处】

李世民《赐萧瑀》

【原文】

疾风知劲草，板荡识诚臣。

勇夫安识义，智者必怀仁。

【译文】

在猛烈狂疾的大风中才能看得出是不是强健挺拔的草，在激烈动荡的年代里才能识别出是不是忠贞不二的臣子。

一勇之夫怎么懂得为公为国为民为社稷的道理，而智勇兼具的人内心里必然怀有忠君为民的仁爱之情。

【做人智慧】

帮助别人就是帮助自己

"疾风知劲草，板荡识诚臣"强调了只有在动荡危机之中才能见到忠义，在患难时才能看清人的本质。

主动地帮助他人，伸出援助之手，是会交际者常用的一种姿态。俗话讲，患难见真情，当你伸出援助之手的时候，尤其是对方急需一只手的时候，就更能让人感受到交往的力量。你向别人伸出一只手，别人也会向你伸出一只手。

有一个人在离开人世的时候，请求上帝允许他提前参观一下天堂和地狱，以便做出比较，从而能聪明地选择他的归宿。他首先来到由魔鬼掌管的地狱，乍一看，令他十分吃惊，简直不敢相信自己的眼睛。因为地狱并非他想象中的那么可怕，他看到的是，所有的人都坐在酒桌旁，桌上摆满了各色美味佳肴，包括肉类、水果、蔬菜。

然而，当他走近仔细观察那些人时，竟然发现没有一张笑脸，也没有伴随盛宴的音乐狂欢的迹象，坐在桌子旁边的人看起来都闷闷不乐，无精打采，而且瘦得只剩皮包骨了。原来每人的左臂都捆着一把叉，右臂捆着一把刀，刀、叉都有四尺长的把手，所以根本不能用它们来吃食物。因此即使每一样食物都有，并且就在他们手边，结果还是吃不到，一直在挨饿。

然后，他又去了天堂，没想到景象其实跟地狱完全一样——同样的食物、刀、叉和那些四尺长的把手。然而，天堂里的居民却都在唱歌、欢笑，个个像天使般满面春风，神采飞扬。这位参观者不知道为什么这样。他奇怪为什么情况相同，结果却如此不同呢？地狱里的人都在挨饿而且可怜兮兮，可天堂的人却酒足饭饱而且很快乐。带着一脸疑惑，他走近观察，最后终于找到答案了。原来，地狱里的每个人都是试图喂自己，可是一刀一叉，以及四尺长的把手是根本不可能把食物送到自己嘴里的。而天堂的每一个人却都在喂对面的人，同时也津津有味地吃着对面的人喂来的食物。因为他们彼此互相帮忙，结果也帮助了自己。

你帮我，我帮你，互相帮助，人与人的来往，环环相扣，帮助别人其实就是帮助自己。这就是所谓助人助己的道理。

崔建的太太要生小孩了，他扔下电话，跳进公司的那辆破车就往外冲。"你上不了山的，车太老了！"同事在后面喊。"没办法，只好冲冲看了！"果然，刚一开始爬坡，车就吃不消了，但居然侥幸地过了几个坡。眼看就要冲上最后一个坡了，一个提着木箱的人过来拦车："能不能带我一程？箱子太沉了！"崔建不予理会，一直往前冲，心想："我自己都不一定过得去呢？"但就在冲上山头的那一刻，车停住了，无论怎么踩油门都无济于事，并且开始往下溜。

崔建索性退回去，准备再次冲刺。刚才在半路碰到的那个人，还回头对他笑呢。崔建觉得对方在嘲笑他，心里狠狠地骂了一句，就再次往上冲。这次，奇怪了，就在差一点的时候，车居然缓慢地上了山头。崔建正兴奋，却猛然发现车后站着那个人，满脸通红，气喘吁吁。"刚才是你帮我？""嗯，你……能不能带我一程，我赶着去帮人接生。"

上面的小故事给我们的启示很清晰，如果你帮助他人使他人获得他们需要的事物，你也会因此得到想要的事物，而且帮助的人越多，你得到的也越多。

在中国历史上，辅佐周朝建立不朽功业的奇人姜太公就曾经对周文王说："天下不是一个人的天下，而是天下人的天下。同享天下利益的人得天下，私夺天下利益的失天下。"又说："与人同病相救，同情相成，同恶相助，同好相趋。所以没有用兵而能取胜，没有冲锋而能进攻，没有战壕而能防守；不想获得民心的人，却能获得民心。不想取得利益的人，却能得到利益。"

助人为乐乃快乐之本。不论生活还是工作，对人友好，才能换来别人的善待，尊重他人才能换得他人的尊重。所以，爱人就是爱己，利人就是利己，助人就是助己。反之，刻薄他人就是刻薄自己，毁谤他人就是毁谤自己，损害他人就是损害自己。

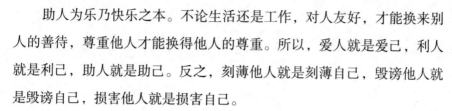
第五章

读唐诗，学处世交友

第六章

读唐诗，学人脉沟通

找到共同点，引发共鸣

—— 同是天涯沦落人，相逢何必曾相识

【出处】

白居易《琵琶行》

【原文】

原诗较长，与本佳句有关的一段是：

我闻琵琶已叹息，又闻此语重唧唧。

同是天涯沦落人，相逢何必曾相识！

【译文】

我听了琵琶声已经叹息，又听到这番诉说更是悲叹。（我们俩）同是沉沦流落到偏远地区的人，相逢时何必一定要是曾经相识的人呢！

【做人智慧】

找到共同点，引发共鸣

我们都是漂泊异乡、沦落天涯的失意人，同样的流浪生活，同样的感受把我们相连在一起，既然有缘在此相逢，那又何必要曾经相识呢？我们对同样一件事有同样的看法，有同样的观点，况且我们同是流浪人，既然萍水相逢，我们可以抛开一切拘束，做做朋友吧。一见如故，相见恨晚，历来被视为人生一大快事。

与人初识，要谈得有味，谈得投机，谈得其乐融融，双方必须确立共同感兴趣的话题。有人认为，素昧平生，初次见面，何来共同感兴趣的话题？其实不然。生活在同一时代，同一国土，只要善于寻找，何愁没有共同语言？一位小学教师和一名泥瓦匠，两者似乎没有投机之处。但是，如果这个泥瓦匠是一名小学生的家长，那么，两者可就如何教育孩子各抒己见，交流看法；如果这个小学教师正要盖房或修房，那么，两者可就如何购买建筑材料、选择修造方案沟通信息、切磋探讨。只要双方留意、试探，就不难发现彼此有对某一问题的相同观点、有某一方面共同的兴趣爱好或者某一类彼此都关心的事情。有些人在初识者面前感到拘谨难堪，只是没有发掘共同感兴趣的话题而已。

我们设想一下，假如你坐在火车上，已经坐了很久了，而前面还有很长很长的路程。你想与他人讲讲话，却不知如何开口，这时，你就要尽力使你的谈话内容显得趣味十足。

假如坐在你旁边的一位是一个很有趣的人，而你非常想和他聊天解闷儿，于是你便搭讪道："对不起打扰了，你有火柴吗？"

可是他一句话也不讲，只是点点头，从口袋里掏出了一盒火柴递给你。你点了一支烟，在还给他火柴时说了声"谢谢"，他又点了点头，然后把火柴放进了口袋里。

你继续说："真是一条又长又讨厌的旅程，你是否也有这种感觉？"

"是的，真讨厌。"

他应付着，而且语调中包含着不耐烦的意味。

"若看看一路上的高山，倒会使人高兴起来。再过一两个月去爬山，那一定更有趣。"

"唔，唔！"他含糊地答应着。

他显然对这个话题不感兴趣。这时你再也没有勇气说下去了。

假若你的话题让他特感兴趣，那么无论他是如何沉默的一个人，他也会发表一些言论的。因此你在谈话的停滞之中，思考了一番后，又重新开始了。

"刚才车上放的歌曲真动听，"你说，"北京将要举办一次别开生面的演唱会。听说是×××个人演唱会！"

你身旁的那位乘客坐起来了。

"你觉得×××的歌唱得怎么样？"他问。

你回答："唱得很好，我很喜欢听。"

"你喜欢听她的哪首歌？"他急着问。

由此可见，他的确是个文艺爱好者，并对×××敬慕非常。于是你可以说："我很喜欢听她演唱的《打起手鼓唱起歌》。她不仅歌儿唱得好，人也好。"

这位乘客听了这话便兴高采烈，滔滔不绝地谈了起来。

毫无疑问，与素不相识的陌生人见面，双方免不了都要存有警戒心。这种心理状态会毫不留情地束缚住双方。人际交往中，尤其是初次交往，尽量让对方放松心情，消除他本身的心理障碍，是首先要解决的问题。"酒逢知己千杯少，话不投机半句多。"在初交时，如果不能打开对方的心扉，一切努力都会变成泡影。要冲破对方的"警戒"线，只有让对方感觉到你是可以信任的。那么，怎么才能让对方信任你，也就是说怎样把你对对方的尊重和信任的态度传达给他呢？

基本的技巧便是以同情共感的态度来了解对方的烦恼与要求，这就是心理学中所说的"共鸣"，也叫"移情"。

一个陌生人在你面前并不可怕，可怕的是你不能与他交谈。你只要主动、热情地通过话语，同他们聊天，努力探寻与他们交谈的共同点，赢得对方的好感，这样就能拉近你们之间的距离。

人与人之间交往是从交谈开始的，交谈是交朋友、拉近距离、在思想上沟通的有效手段。许多事就是在不经意的交谈中找到双方的共同点，在思想上和心理上产生一种共鸣，达成一种共识，从而获得别人的认同。交谈是交流、引发共鸣、交上朋友的最好方法。

面对陌生人，你要想法使对方和你的感情产生共鸣，而一旦产生了感情的共鸣，谈话的双方便由陌生人成为好朋友了。

两个武警战士从浙江某县城上车，坐在一条长椅上。

"你好，请问你在什么地方下车？"其中一人问对方。

"到终点站，你呢？"

"我也是，你到浙江什么地方？"

"我到杭州找女朋友，你就是此地人吧？"

"不是的，我是从外地来走亲戚的。"

经过双方的言语试探，双方都对这个城市很熟悉，对浙江很了解，都是外来者，这样他们的共同点就彼此清晰了。两个人发现对方的共同点后谈得很投机，下车后还互邀对方作客。

一般情况下，和别人初次见面，彼此都会感到紧张与尴尬。但只要双方能找到共同点，有共同的话题，就能很容易地拉近彼此的距离。比如说，双方都是背井离乡，外出求职的，又是同一所学校毕业，还认识共同的人等，在交谈过程中他们就会倍感亲切。再比如刚开始见面时，一方问对方："请问你是哪里人？"或者是"你是哪所学校毕业的？"如果对方回答："我是杭州人。"他就会接着说："杭州啊！我去过。我记得当地最具特色的产品有……"这样用不了几分钟，两人便可以聊得非常热乎，仿佛是多年不见的朋友一样。

寻找共同点的方法有很多，譬如共同的生活环境，共同的工作任务，共同的行路方向，共同的生活习惯等，只要我们用心去发现，与陌生人无话可讲的局面是不难打破的。

察言观色，把握好说话分寸

——溪云初起日沉阁，山雨欲来风满楼

【出处】

许浑《咸阳城东楼》

【原文】

一上高城万里愁，蒹葭杨柳似汀洲。

溪云初起日沉阁，山雨欲来风满楼。

鸟下绿芜秦苑夕，蝉鸣黄叶汉宫秋。

行人莫问当年事，故国东来渭水流。

【译文】

一登上高高的城楼就生出无边的忧愁，蒹葭丛生、杨柳轻摆（的地方）就像（江南水乡的）汀洲。磻溪上空升起一片云彩，太阳也沉落到慈福寺后面去了。山雨就要来临，凉风吹满了城楼。归鸟飞到秦朝禁苑的绿草之上，秋蝉在汉朝深宫高树的黄叶上鸣叫。过往行人还是不要问当年的秦汉旧事吧，我来寻访这故都遗址，只看见渭河水在默默地流淌。

【做人智慧】

察言观色，把握好说话分寸

在大雨来临之前，会有大风盈满楼的现象。现在引申为：在一些事情到来之前都会有一些这样或那样的征兆，所以我们要善于观察，做到未雨绸缪，在事情没有到来之前做好相应的准备。

我们在与人交流中也要善于察言观色，观察对方的姿势、态度、表情等，该讲则讲、该停当停。

会说话，不仅是提问和回答，还要依照不同场合、不同人群、不同风俗、不同背景自然表达，因人而异，只有这样你才能受人欢迎。

因人而异，主要从以下几个方面把握：

第一，看性别说话。

性别不同，对言辞的接受也有差别。俄罗斯有一句谚语说："男人靠眼睛来爱，女人靠耳朵来爱。"这就指出性别对于接受是有影响的。

在说话者言辞接受的程度上，一般说来，男士较能承受率直、干脆、粗放、量重的话语，而女士则喜欢委婉、轻柔、细腻、量轻的话语。说话者必须依据接受对象的性别选择自己的表达方式与程度。

通常情况下，说话者如果是男士，而接受者又并非自己的妻子、恋人或关系很密切的姐妹，那么言辞就应严格把握分寸，在内容上、方式上都要充分注意女性的接受特点。对一些可以向男士说的话，就不一定能向女士说；对一些可以向男士使用的表达方式，就不一定能用于女士。

第二，看教养层次说话。

教养是指接受对象的一般文化和品德水准，包括文化程度、知识积累、生活阅历、涵养气度等。教养层次不同，对说话者言辞的接受程度也不同。有些话说出来，甲听得懂，理解得了，乙就可能听不懂，理解不了，说话者在进行言辞表达时，要认清自己的接受对象教养层次如何，盲目表达不仅达不到说话的目的，甚至会弄巧成拙，贻笑大方。

第三，看性格说话。

人各有其情，各有其性。言辞表达的内容与方式必须因人而异，符合接受对象的脾气、性格，才有可能产生"同声相应，同气相求"的效果。

性格外向的人大多"喜形于色"，性格内向的人多半"沉默寡言"。同性格外向的人谈话，你可以侃侃而谈，同性格内向的人谈话，则应注意循循善诱。两千多年前，孔子就注意针对学生的不同性格来回答他们的问题。

有一次，孔子的学生仲由问："听到了，就去干吗？"孔子回答说："不能。"另一个学生冉求也问："听到了，就去干吗？"孔子说："干吧！"公西华听了有些疑惑，就问孔子："两个人问题相同，而你的回答却相反。我有点儿糊涂，想来请教。"孔子答："求也退，故进之；由也兼人，故退之。"（意思是，冉求平时做事好退缩，所以给他壮胆；仲由好胜，胆大勇为，所以我要劝阻他。）

可见，孔子诲人不是千篇一律，而是因人而异，特别注意学生的性格特征的。日常生活、公关活动等各方面的交谈也要注意这一点。

第四，看对方心境说话。

人际交流中经常会有"言者无意，听者有心"的情况，说话者不注意洞察对方的心理状态，往往会产生意外的问题。

《红楼梦》写到大观园中一个婆子教训自己的外孙女："你这不成

人的小蹄子！你是个什么东西，来这园子里头混搅！"这话恰好被黛玉听到，她误认为婆子是在骂她，于是大叫一声道："这里住不得了！"直气得"两眼反翻上去"。

婆子的话本来是不让外孙女到大观园中来，但黛玉不这么想。她那种寄人篱下的特定处境和心态使她产生了误会。所以同样一句话，不同的人听来感受完全不同。

第五，看地域说话。

地域指的是接受对象所处的地理位置，包括国别、省别、族别等。不同的地域有不同的地域文化，彼此在认识、观念、习惯、风俗上都有区别，对说话者言辞的接受也会有所不同。说话者在进行言辞表达时，应当认清接受对象的地域性，才会产生良好的交际效果。

《尹文子·大道》讲了这么一件事：郑国人把未经加工处理的玉叫作"璞"，东周人把还没有腌制成干的老鼠叫作"璞"。郑国的一个商人在东周做买卖，一个东周人问他："你要不要买璞？"郑国商人说："我正想买。"于是东周人从怀里掏出一只老鼠递上。郑国商人赶快辞谢不要。东周人在作言辞表达时，没有认清其接受对象是郑国人，所以买卖没能成功。

因地域不同而产生的表达差别，甚至在同一个民族、同一个省区的不同位置也有表现。比如，同在贵州省，不同地方的人对西红柿的叫法不同，贵阳人叫毛辣角，遵义人叫番茄，兴义人叫酸角，独山人叫毛秀才。说话者如果不区分这些地域上的差别，说话目的就难以实现。有些严重的差异如不分清，甚至还会对说话者产生严重的后果。

所以，一个人要想使自己说出的话引起对方的重视或取得对方的认可，必须得把握好说话的分寸。

在自我介绍中表现出你的口才

——杨家有女初长成，养在深闺人未识

【出处】

白居易《长恨歌》

【原文】

原诗较长，取其中一段：

汉皇重色思倾国，御宇多年求不得。

杨家有女初长成，养在深闺人未识。

天生丽质难自弃，一朝选在君王侧。

回眸一笑百媚生，六宫粉黛无颜色。

【译文】

唐明皇偏好美色，当上皇帝后多年来一直在寻找美女，却一无所获。杨家有个女儿刚刚长大，十分娇艳，养在深闺中，外人不知她美丽绝伦。天生丽质、倾国倾城让她很难埋没世间，果然没多久便成了唐明皇身边的一个妃嫔。她回眸一笑时，千姿百态、娇媚横生，六宫妃嫔，一个个都黯然失色。

【做人智慧】

在自我介绍中表现出你的口才

"养在深闺人未识"指某种好的东西尚没有被人们发现。人的才能需要表现，只有表现，才会为他人所知。知道的人多了，为你提供的机遇也就会多起来。而口才则是表现自己的一种重要手段。

日常交往中，自我介绍是必不可少的。我们不能简单地认为自我介绍就是自报姓名。在某种意义上，自我介绍是一种学问和艺术，有许多必要的技巧和尺度需要掌握。

自我介绍是一个人的门面。因为通过自我介绍可以给他人留下深刻印象。印象是一个人的某些特征在他人头脑中留下的迹象。从交际心理

上看，人们初次见面，彼此都有一种了解对方，并渴望得到对方尊重的心理。这时，如果你能及时、简明地进行自我介绍，不仅满足了对方的渴望，而且对方也会以礼相待，自我介绍。这样，双方以诚相见，就为进一步交往奠定了良好的基础。同时，自我介绍是人际交往中与他人进行沟通、增进了解、建立联系的一种最基本、最常规的方式，是人与人进行相互沟通的出发点。

在社交活动中，想要结识某人，而又无人引见，那么可以向对方作自我介绍。自我介绍的内容，可以根据自己的实际需要、所处场合而定，要有针对性。

那么自我介绍的方式又该如何确定呢？以下几点仅供参考：

第一，清楚地介绍自己的名字。

在聚会场所中，一个人的名字往往代表着他的独特性，所以当介绍自己的名字时，应该正确告诉对方自己名字的读音和写法。

第二，独辟蹊径。

自我介绍独辟蹊径，是指从独特的角度，选择使对方感到有意义又觉得顺其自然的内容，采用生动活泼的语言把自己"推销"给别人。而绝不是指那种借助别人威望给自己贴金的介绍，也不是指那种靠"吹"来取悦对方的介绍。

一些人介绍自己时常说："某某，是我的老朋友……""你知道著名的某某吗？我们曾住在一栋宿舍里……""我对某某问题很有研究，昨天我收到了某某杂志的约稿信……"等，这样的自我介绍也许能给人深刻的印象，但不会很好。

第三，详略得当。

在一些特定情况下，自我介绍的内容需要全面、详尽，不仅要讲清姓名、身份、目的、要求，还要介绍自己的经历、学历、资历、性格、专长、经验、能力和兴趣等。

为了取得对方的信任，有时还得讲一些具体事例。比如，求职应聘

第六章 读唐诗，学人脉沟通

时，就要做到这一点。另外，为了适应某种情境的需要，自我介绍有时不需要面面俱到，将姓名、爱好、年龄、性格等一股脑儿地和盘托出。话不在多，表意就行。在自我介绍中运用"以点代面""抓住一点不计其余"的方法，反而能收到意外效果。

但是，在自我介绍时，以下几点需要注意。

第一，要自信。

日常交往中，有些人怕见陌生人，见到陌生人，似乎思维也凝固了，手脚也僵硬了。本来说话很爽快的，也变得说话结巴了；本来笨嘴笨舌的，这时嘴巴更像贴了封条。这种状况怎能介绍好自己呢？要克服这种胆怯心理，关键是要自信。有了自信，才能介绍好自己，给别人留下好的印象。

第二，要真诚自然。

自我介绍是一种接近对方的语言艺术，这种艺术绝不是花言巧语，而是以真诚、热心、礼貌、得体作为基础的。所以，当你希望掌握这种初次见面就能迅速和对方建立良好关系的语言艺术时，务必保持诚恳的态度。

第三，对象分明。

自我介绍的根本目的是要给对方留下一个印象，因此要站在对方能理解的角度来说话。比如第一次参加某方面的研讨会，你站起来说："我叫××，我来发个言。"此时在场的人一定会这么想：这是什么人？怎么从来没见过？他代表哪方面？他的意见值得听吗？所以，面对有这么多想法的听众，你只介绍"我叫××"是不行的，别人不会专心听你的发言。如果你理解了听众的心理，就可这样介绍："我叫××，是××政府的领导，我第一次参加这样的研讨会，望大家多多指教。现在我就这个问题谈谈自己的看法……"这样的介绍，才不会使听众心中结下疑团，也才能使听众专心听你的发言。

所以，在介绍自己时，一定要重视那个或那些与你打交道的人，要随机应变。如你面对的是年长、严肃的人，你最好认真规矩些；如与你打交道的人随和而具有幽默感，你不妨也比较放松地展示自己的特点，做出有特色的自我介绍来。

总之一句话，要在自我介绍中表现出你的口才，让它成为吸引人的广告，刻入人心。

见什么人说什么话
——乱花渐欲迷人眼，浅草才能没马蹄

【出处】

白居易《钱塘湖春行》

【原文】

孤山寺北贾亭西，水面初平云脚低。

几处早莺争暖树，谁家新燕啄春泥。

乱花渐欲迷人眼，浅草才能没马蹄。

最爱湖东行不足，绿杨阴里白沙堤。

【译文】

钱塘湖在孤山寺的北面，贾公亭的西面。湖面仿佛刚和湖岸齐平，下垂的云彩飘得非常低。有几只早早飞来的黄莺争抢着向阳的树木，又是谁家新来的燕子在衔着春天的泥土呢？五彩缤纷的小花使人渐渐要眼花缭乱了，浅浅的嫩草刚刚能够没过马蹄。最喜欢湖东面的景致，一路走不够，（因为）那白沙堤上杨柳青青、绿荫满地。

【做人智慧】

见什么人说什么话

诗人以欢快的心情写出了西湖如画的春景。"乱花渐欲迷人眼，浅草才能没马蹄"将灿烂春光即将登场的讯息描绘得恰到好处。现在人们

用"乱花渐欲迷人眼"来形容同类型的东西很多，难以取舍。既然无法取舍，那我们就到什么山头唱什么歌吧！

古人云："言为心声。"说话的好坏，主要取决于说话者的思想水平、文化修养、道德情操，但讲究语言艺术也同样十分重要。同样一种意思，从不同人嘴里说出来，效果可能就会不同。

里根在对农民发表演说时，说了这么一件逸事来讨好他的听众：一位农民拥有一块已干涸的小河谷。这片荒地覆盖着石块，杂草丛生，到处坑坑洼洼，他每天去那里辛勤耕耘，不断劳作，最后荒地变成了花园，为此他深感骄傲和幸福。

某个星期日的早晨，他操劳一番后，前去邀请部长先生，问他是否乐意看看他的花园。"好吧！"那位部长来了，并视察一番。他看到瓜果累累，就说："呀，上帝肯定为这片土地祝福了！"

他看到玉米丰收，又说："哎呀！上帝确实为这些玉米祝福过。"接着又说："天哪！上帝和你在这块土地上竟取得了这么大的成绩呀！"

这位农民最后终于忍不住说："尊敬的先生，我真希望你能看到上帝独自管理这片土地时，它是什么模样。"

为了迎合选民对政客的不信任思想，里根幽默地暗示了政府官员们愚蠢得难以估量。

他谈到了一座虚构的美国城市，该城市决定把交通标识再竖得高一些。

交通标识原有5英尺高，他们要把这些标识高度改为7英尺。联邦政府人员插手此事，由他们实施这一工程——他们来到了这一城市，把街道平面下降了2英尺。

对正在访问的特定地区加以奉承是里根的一大特色。如总统的一位幽默顾问解释的那样："幽默的主要价值之一是让听众明白你知道他们是谁，他们住在哪儿。"

里根在到达俄勒冈州波特兰时说："我的几位辛勤工作的助手劝我不要离开国会而风尘仆仆地到这里来。为了让他们高兴，我说：'好吧，让我们来掷硬币决定是去访问美丽的俄勒冈州，还是留在华盛顿。'你们知道吗？我不得不连续掷14次才得到使我满意的结果。"

里根迎合少数民族的手法就像他迎合不同地区的人民那样变化多端，富有吸引力。在向一群意大利血统的美国人讲话时，他说："每当我想到意大利人的家庭时，我总是想起温暖的厨房，以及更为温暖的爱。有这么一家人住在一套稍嫌狭小的公寓房间里，他们决定迁到乡下一座大房子里去。一位朋友问这家一个12岁的儿子托尼：'喜欢你的新居吗？'孩子回答说：'我们喜欢，我有了自己的房间。我的兄弟也有了他自己的房间。我的姐妹们都有了自己的房间。只是可怜的妈妈，她还是和爸爸住一个房间。'"

里根访问加拿大，在一座城市发表演说。在演说过程中，有一群举行反美示威的人不时打断他的演说，明显地显示出反美情绪。里根是作为客人到加拿大访问的，作为加拿大的总理，皮埃尔·特鲁多对这种无理的举动感到非常尴尬。面对这种困境，里根反而面带笑容地对他说："这种情况在美国是经常发生的。我想这些人一定是特意从美国来到贵国的，可能他们想使我有一种宾至如归的感觉。"

良好的谈吐可以助人成功，蹩脚的谈吐则令人障阻重重。在日常生活中，我们身边的人总是多种多样，有口若悬河的，有期期艾艾、不知所云的，有谈吐隽永的，有语言干瘪、意兴阑珊的，有唇枪舌剑的……人们的口才能力有大小之分，说话的效果也是天差地别。因此，要想在说话上成为高手，达到"到什么山上唱什么歌"的境界，就必须要把握其中的奥秘。

有一次，美国前国务卿基辛格对周恩来总理说："我发现你们中国人走路都喜欢弓着背，而我们美国人走路大都是挺着胸！这是为什么？"对基辛格这句话首先要做出准确的判断，是恶意，还是玩笑？不能说这话是十分友善之谈，但也没有明显的恶意，气氛和情绪并不是对立的，说的情况基本属实，话语本身带着调侃的色彩。所以，回答也要用调侃的口吻。周总理回答说："这个好理解，我们中国人走上坡路，当然是弓着背的；你们美国人在走下坡路，当然是挺着胸的。"说完，哈哈大笑。周总理的应变确实敏锐，分寸掌握得十分恰当，既有反唇相讥的意味，又带着半开玩笑的情趣；既不影响谈话的友好气氛，又符合当时说话的场景和说话者的身份，不卑不亢、恰如其分。

古语云："凡事预则立，不预则废。"所以说话前，有必要对下列问题仔细地考虑：你要对谁讲，将要讲什么，为什么要讲这些内容，怎么讲，有什么有利因素和不利因素，怎样处理等。

刘墉，是乾隆时期有名的宰相。他的能力强、有原则，沟通起来机灵得很，让乾隆皇帝不宠爱他都不行。

有一回刘墉陪乾隆皇帝聊天，乾隆很感慨地说："唉！时光过得真快，就快成了老人家喽！"刘墉看到皇帝一脸的感伤，于是说："皇上您还年轻哩。"

"我今年45岁，属马的，不年轻啦。"乾隆摇摇头，接着看了一眼刘墉问："你今年多大岁数啦？"

刘墉毕恭毕敬地回答："回皇上，我今年45岁，是属驴的。"

乾隆听了觉得很奇怪，于是就问："我45岁属马，你45岁怎么会属驴呢？""回皇上，皇上属了马，为臣怎敢也属马呢？只好属驴喽！"刘墉似笑非笑地回答。

"好个伶牙俐齿的刘罗锅。"皇上抚掌大笑，一脸的阴霾尽失。

见什么人说什么话，就是在告诉我们，谈话时要尽量使用对方认同的语言，谈论一些对方熟悉和关心的话题，并且也要视当下的具体情况灵活应变，以便在迎合对方心理的同时，也赢得对方的好感。

读唐诗 学做人

有了共同话题好沟通

——正是江南好风景，落花时节又逢君

【出处】

杜甫《江南逢李龟年》

【原文】

岐王宅里寻常见，崔九堂前几度闻。

正是江南好风景，落花时节又逢君。

【译文】

在岐王府里经常和你见面，在崔九堂前多次听过你的歌声。如今江南风景正好，落花飘零的时节又与你相逢。

【做人智慧】

有了共同话题好沟通

作品通过描写友人的生活巨变，抒发了昔盛今衰的无限感慨。最后两句表达了老友重逢时，既欣喜又伤感的复杂心理。故友重逢是人生一大快事，必然有说不完的话题。一般情况下，谈话要选择一些容易引起对方兴趣的话题，这样有利于创造一个轻松活跃的谈话氛围，使交谈得以深入，友谊得以发展。

在交际中，我们对每一次交谈的话题都应该精心选择，不应随心所欲地张口就来，否则，在还未进入交谈内容时，就已经危机四伏了。

但在具体选择话题时，要顾及谈话对象。一个话题，只有让对方感兴趣，谈话才有维持和继续的可能。比如，自己是球迷，切莫以为别人都是球迷，逢人就谈球赛，如果遇到对球不感兴趣的人也大谈特谈，就会让对方感到索然无味、失去兴趣。

现代年轻人的话题总是局限于流行的服饰、时代的潮流等，有的人除了流行以外，对其他的话题都不感兴趣，这种做法已限制了话题的范围。那么怎样才能让自己成为说话的高手，又成为受欢迎的人呢？

美国女记者芭芭拉·华特，初遇美国航空业界巨头亚里士多德·欧纳西斯时，见他正与同行们热烈讨论着货运价格、航线、新的空运构想等问题，芭芭拉没法插上一句话。在共进午餐时，芭芭拉灵机一动，趁大家谈论业务中的短暂间隙，赶紧提问："欧纳西斯先生，你在海运和空运方面都取得了伟大的成就，这是令人震惊的。你是怎样开始的？当初你的职业是什么？"这个话题一下子叩动了欧纳西斯的心弦，他立即同芭芭拉侃侃而谈起来，动情地回顾了自己的奋斗史。

选择话题，除了注意对方的需求外，还要小心避开对方的禁忌，尽量选择安全系数大的话题。每个人除了有若干"禁区"外，还存在"敏感地带"，谈话时都应当小心避开。譬如，不幸者忌谈他遭受不幸的往事，失恋者忌谈爱情与婚姻问题，残疾人的家庭忌谈家中的那位残疾者等。有时，与医生、律师等专业人士交谈，在他们工作以外的时间里，不宜谈过分具体的专业话题，如什么病该怎么医治，什么纠纷该怎么处理等。同要人交谈，往往忌谈政治、宗教和性的问题。对于一些很难处理的敏感话题，一般要尽量避而不谈。

某文艺编辑曾讲过这样一段故事。他邀一位名作家写稿，该作家非常难合作，各报社的编辑都对他大伤脑筋。因此，这个编辑在同他见面前也相当紧张。

一开始果不出所料，各说各的，怎样都谈不拢。让编辑很是头痛，只好打定主意，改天再来。

这一次，编辑把几天前在一本杂志上看到有关这名作家近况的报道搬出来，并说："您的大作最近要翻译成英文，在美国出版了。"作家见对方如此关心自己，也就很感兴趣地听下去了。编辑又说："您的风格能否用英文表现出来？"作家说："就是这点令我担心……"于是，他们就在这种融洽气氛中继续谈下去。

本来已不抱希望的编辑，此时又恢复了自信，获得了作家答应写稿的允诺。我们可以看出，在交谈中处于劣势的一方，常常是寻找话题

读唐诗 学做人

的责任者。例如，在求人办事的过程中，求人者需要仔细挑选交谈的话题；在谈生意的过程中，希望合作的一方则有选择交谈话题的义务。

总结起来，一般而言，以下几种话题，容易引起大家的谈话兴趣：

（1）与谈话者自身利益密切相关的话题。

（2）与谈话者兴趣、角色相关的话题。

（3）具有权威性的话题。

（4）新奇的话题。

（5）某些特殊的话题。

（6）社会和他人禁锢、保密、敏感的话题。

在与陌生人打交道中，你跟人交谈时是如何选择话题的，不妨为自己打打分。

沉默也是一种口才艺术

——此时无声胜有声

【出处】

白居易《琵琶行》

【原文】

原诗较长，与本佳句有关的一段是：

转轴拨弦三两声，未成曲调先有情。

弦弦掩抑声声思，似诉平生不得志。

低眉信手续续弹，说尽心中无限事。

轻拢慢捻抹复挑，初为《霓裳》后《六幺》。

大弦嘈嘈如急雨，小弦切切如私语。

嘈嘈切切错杂弹，大珠小珠落玉盘。

间关莺语花底滑，幽咽泉流冰下难。

冰泉冷涩弦凝绝，凝绝不通声暂歇。

别有幽愁暗恨生，此时无声胜有声。

银瓶乍破水浆迸，铁骑突出刀枪鸣。

曲终收拨当心画，四弦一声如裂帛。

东船西舫悄无言，唯见江心秋月白。

【译文】

（琵琶女）转紧琴轴拨动琴弦弹了几声，曲调还没出来已充满感情。弦弦凄楚每一声都隐含沉思，似乎在倾诉一生的不得志。（她）低着头随手连续弹奏，说尽了心中的无限往事。轻轻抚拢慢慢捻弄，抹了又挑，先弹《霓裳羽衣曲》，然后再弹《六幺》。大弦厚重如疾风暴雨，小弦幽细如窃窃私语。嘈嘈声切切声交错而起，就像大珠小珠掉落到玉壶中。声音清脆时如黄莺在花丛下鸣唱，幽咽时像清泉在冰下艰难流淌一样。好像泉水冻结，琵琶弦凝结不通畅，声音渐渐歇止下来。另有一种愁思幽恨暗暗滋生，此时没有声音却胜过有声。（突然间）好像银瓶撞破，水浆四溅，又好像铁甲骑兵厮杀，刀枪齐鸣。一曲终了，（琵琶女）收拢拨子在琴板中心猛然一划，四根琴弦一声轰鸣，好像撕裂了布帛一样。东边和西边的船里都静悄悄的没人说话，只看见江心一轮秋月闪耀着银波。

【做人智慧】

沉默也是一种口才艺术

这段诗对琵琶女的精彩弹奏作了十分细腻的刻画。"此时无声胜有声"的意思是说在这个时候，没有声音比有声音更加好。这是一种高级的沉默艺术。

数千年前一位希腊诗人曾说过："世界上没有比沉默更宝贵的东西了。"我们中国人也常说："沉默是金。"的确，这句话至今仍是为众人所信服的一个真理。

沉默，可以用冷静的头脑观察对方，如果你能洞察他人的心思，你就能轻而易举地把对方吸引过来。

大家都认为既是说服，当然就得凭借好口才。其实，偶尔采取沉默战术同样可以达到说服的效果。沉默可以引起对方注意，使对方产生迫切想了解你的念头。以下我们就来看看一个利用沉默成功说服的例子。

一家著名的电机制造厂召开管理员会议，会议的主题是"关于人才培育的问题"，会议一开始，山崎董事就用他那特有的声音提出了自己的意见。

"我们公司根本没有发挥人才培训的作用，整个培训体系形同虚设，虽然现在有新进职员的职前训练，但之后的在职进修却成效不彰。职员们只能靠自己的摸索来熟悉自己的工作，很难与当今经济发展的速度衔接在一起，因而造成公司职员素质水平普遍低落、效益不高。所以我建议应该成立一个让职员进修的训练机构，不知大家看法如何？"

社长说："你所说的问题的确存在，但说到要成立一个专门负责培训职员的机构，我们不是已经有职员训练了吗？据我了解，它也发挥了一定的功用，我认为这一点可以不用担心……"

"诚如社长所说，我们公司已经有组织，但它是否发挥实际作用了呢？实际上，职员根本无法从中得到任何指导，只能跟着一些老职员学习那些已经过时的东西，这怎么能够将职员的业务水平迅速提升呢？而且我观察到许多职员往往越做越没有信心、越做越没干劲。所以，我认为它的功能不彰，所以还是坚持……"

"山崎，你一定要和我唱反调吗？好，我们暂时不谈这个话题，会议结束后，我们再做一番调查。"社长有些生气地说。

就这样，一个月后公司主管们重新召开关于人才培训的会议。这次社长首先发言。

"首先我要向山崎道歉，上次我错怪他了。他的提案中所陈述的问题确实存在。这个月我对公司进行了抽样调查，结果发现它竟然未能发挥应有的功效。因此，今天召集大家开会是想讨论一下应该如何改变目前人才培育的方法，请大家尽量发表意见吧！"

社长的话一出口，大家便开始七嘴八舌地提出建议，但令人奇怪的是，这一次山崎董事却始终一语不发地坐在原位，安静地聆听着大家的意见，直到最后他都没说一句话。

会议结束以后，社长把山崎董事叫进社长办公室晤谈。"今天你怎么啦？为什么一句话也不说？这个建议不是你上次开会时提出来的吗？"

"没错，是我先提出来的。不过上次开会我把该说的都说了，其实那无非是想引起社长你对这问题的重视罢了。现在目的已经达到，我又何必再说一次呢？还不如多听听大家的建议。"

"是吗？不错，在此之前我反对过你的提议，你却连一句辩解也没有。今天大家提出的各种建议都显得很空洞，没有实际的意义，反倒是你的沉默让我感到了这个问题带来的压力。这样吧，这件事就交给你去办好了！今天起由你全权负责公司的人才培训工作。请好好努力吧！"

"是，谢谢您对我的信任，我一定会努力把这件事做好！"

看了上面这个例子，你有何感想？这是个典型的沉默说服法成功的案例。如果你真能适时地利用沉默，有时发挥的作用可能反而要比说话大得多。

沉默，可以使态度不友善或蛮不讲理的人，落入你预先准备好的陷阱里。对付顽固的人，以沉默的态度让他尽量发挥，他自然会逐渐不再坚持己见，转而要求你提出自己的意见。沉默使你不会说错话，不会做出虚伪与无意义的事情。对于对方来说，"静静地听"便是令他产生感激之情的最有效的办法。也许当时因为他自己正在滔滔不绝、口若悬河，因此没有注意到你正以体谅的心情在听他诉说，但是当他说话告一段落时，当他把心里要说的话说完的时候，他会感觉特别轻松，自然他就会开始喜欢你，对你的沉默难以忘怀，并表示出感激之意。

话说完之后，便保持沉默，这就是最有效的说服力，你不妨试试看。

多多赞美他人

——此曲只应天上有，人间能有几回闻

【出处】

杜甫《赠花卿》

【原文】

锦城丝管日纷纷，半入江风半入云。

此曲只应天上有，人间能得几回闻。

【译文】

锦城里面音乐之声每天缭绕不断，一半卷入江上的风声里，一半直达天上的云朵里。这样的曲子只应该天上才有，人间又能听得见几次呢？

【做人智慧】

多多赞美他人

此作一语双关，字面上是一首乐曲的赞美诗，其实是在讽刺花敬定的生活奢侈放纵，最后两句是赞美歌曲之妙。

爱美之心人皆有之，每个人都具有不同的个性，也都具有不同的优缺点，每个人都在乎外界对自己的肯定和赞扬。抓住每个人的个性，赞美他们的优点，是协调人际关系的有效手段之一。真诚的赞美，会使你获得良好的人际关系，会让你感到与人相处其乐融融。

有一位工程师史先生，他想要降低房租，可他知道他的房东是相当顽固的，他说："我写信给房东，告称在租约期满后，准备迁出，实际上我并不想迁居，只希望能减低租金，但依情势来看，不会有太大希望，因为许多的房客都失败过，那房东是难以对付的，不过我正在学习如何待人的技术，因此我决定试验一下，房东收到我的信后，不出几天就来看我，我在门口很客气地迎接他，我充满了和善和热诚，我没有开口就提及房租太高，我开始谈论我是如何的喜欢他这房子，我做的是'诚于嘉许宽于称道'。我恭维他管理房舍的方法，并告诉他很愿意继

续住下去，但是限于经济能力不能负担。"

"显然，他从未接受过房客如此的肯定和款待，他几乎不知如何是好，于是他开始向我吐露，他也有他的困难，有一位抱怨的房客，曾写过十多封信给他，简直是在侮辱他，更有人曾指责，假如房东不能增加设备，他就要取消租约。"

"临走时他告诉我：'你是一个爽快的人，我乐于有你这样一位房客。'没有经过我的请求，他便自动减低了一点租金，我希望再减一点，于是我提出了我的数目，他便毫无难色地答应了。当他离开时，还问我：'有什么需要替你维修的吗？'"

"假如我用了别的房客的方法去减低租金，一定会遭遇他们同样的失败，可是我用了友善、同情、欣赏、赞美的方法，使我获得了胜利。"

当然，赞美别人要真心，要恰如其分，不要言过其实，说得天花乱坠，过了头就不是赞美了，而是"拍马屁"了。因人、因时、因地、因场合适当地赞美人，是对别人的鼓励和鞭策。年轻人爱听风华正茂、有风度的赞语；中年人爱听幽默风趣、成熟稳健的赞语；老年人爱听经验丰富、老当益壮、德高望重的赞语；女同志爱听年轻漂亮、衣服合体、身材好的赞语；孩子爱听活泼可爱、聪明伶俐的赞语；病人爱听病情见好、精神不错的赞语。

取人之长补己之短，抬着头看别人，你就会越走越高。反之总觉得别人不如自己，高高在上，低着头看别人你就会越走越低。善于发现别人的长处，还必须善于赞美，赞美别人的同时，你的心灵也会得到净化，你就会发现世界无限美好，人间无限温暖。

赞美有时并无须刻意修饰，只要源于生活，发自内心，真情流露，就会收到赞美之效。但要更好地发挥赞美的效果，也需注意以下几个要点：

第一，实事求是，措辞恰当。

当你准备赞美别人时，首先要掂量一下，这种赞美，对方听了是否相信，第三者听了是否不以为然，一旦出现异议，你有无足够的理由证明自己的赞美是有根据的。

一位老师赞美学生："你们都是好孩子，活泼、可爱、学习认真，做你们的老师，我很高兴。"这话很有分寸，使学生们既努力学习，又不会骄傲。但如果这位老师说："你们都很聪明，将来会大有出息，比其他班的同学强多了。"效果就大不一样了。

第二，赞美要具体、深入、细致。

抽象的东西往往不具体，难以给人留下深刻印象。如果称赞一个初次见面的人"你给我们的感觉真好"，那么这句话一点作用都没有，说完便过去了，不能给人留下任何印象。但是，倘若你称赞一个推销员："小王这个人为人办事的原则和态度非常难得，无论给他多少货，只要他肯接，就绝对不用你费心。"那么由于你挖掘了对方不太明显的优点，给予赞扬，增加了对方的价值感，因此赞美起的作用就会很大。

第三，热情洋溢。

漫不经心地对对方说上一千句赞扬的话，也等于白说。缺乏热情的、空洞的称赞，并不能使对方高兴，有时还可能由于你的敷衍而引起对方的反感和不满。

第四，赞美多用于鼓励。

鼓励能让人树立起自信心。自信是成功的一半，用赞美来鼓励对方，能达到事半功倍的效果，尤其在第一次。无论任何人做任何事情，都有第一次的时候，如果对方第一次做得不好，你应该真诚地赞美一番："第一次有这样的表现已经很不容易了！"别人会因为你的赞美而树立信心，下次自然会做得更好。

对别人的赞美要客观、有尺度、出于真心，而不是阿谀奉承、刻意恭维讨好，这样做只会适得其反，会引起别人反感。赞美之词既是对别人成绩的肯定，使听者感受到自己存在的价值，激发他人努力去做出更大的成就，与此同时，自己也能获得无限的快乐。而扼杀人与人之间最为宝贵的真诚乃是妒忌，见不得别人比自己有地位、有成就，见不得别人比自己有钱。这样的心态，是无法说出真诚的赞美之词的。说出真诚、由衷的赞美是需要雅量的。

第七章

读唐诗，学方圆兼修

用温暖感动他人

——天时人事日相催，冬至阳生春又来

【出处】

杜甫《小至》

【原文】

天时人事日相催，冬至阳生春又来。

刺绣五纹添弱线，吹葭六琯动浮灰。

岸容待腊将舒柳，山意冲寒欲放梅。

云物不殊乡国异，教儿且覆掌中杯。

【译文】

天时人事，每天变化得很快，转眼又到冬至了，过了冬至白日渐长，天气日渐回暖，春天即将回来了。

刺绣女工因白昼变长而可多绣几根五彩丝线，吹管的六律已吹动了葭灰。

堤岸好像在等待腊月快点过去，好让柳树舒展枝条，抽出新芽，山也要冲破寒气，好让梅花开放。

我虽然身处异乡，但这里的景物与故乡的没有什么不同之处，因此，让小儿斟上酒来，一饮而尽。

【做人智慧】

用温暖感动他人

这首诗告诉人们，时间过得很快，美好的日子就要来临，黑暗挡不住黎明的脚步。人的心灵好像对温度有强烈的敏感，遇见抑郁的、冰冷的表情就凝结了起来、硬了起来；但遇见欢乐的、温暖的笑容就柔软了，融化了，活泼了。所以，真诚的、温暖的微笑，快乐的、生动的目光，舒畅的、悦耳的声调，就像明媚的阳光一样，使一切欣欣向荣，使谈话进行得生动活泼，使大家谈笑风生，心旷神怡。

某企业因经营不善即将倒闭，工人们面临失业，不但拿不到遣散费，而且连欠发的工资也兑现不了。

工人们聚集在领导办公室的门口抗议，情绪非常激动，要求领导拿出解决的办法来。

领导说："工厂就在你们眼前，你们都看到了。现在把工厂拍卖，恐怕也没有人买。就算能卖掉，也换不了几个钱，如果先还上银行贷款，大家还是分文拿不到。"

"怎么办？是丢掉鸡？把领导绑起来？把厂里的产品抢回家？把机器、厂房砸烂、烧掉让公安局抓去坐牢？还是冷静善后处理呢？"

聪明的领导在一连串的问话后，接着说："工厂是大家的，人人都是老板。现在我们组成专案委员会，把工厂按比例分给大家，大家都是股东，都是老板，少拿点薪水，努力工作，撑几个月看看。赚了，是大家的；赔了，再关门也不迟。你们想想，现在把工厂砸了，什么也拿不到，不如自己当老板，继续做做看。"

在领导详细地分析了利害关系后，工人想了想，觉得厂长说得有道理，于是听从了领导的劝说，纷纷集资入股重新干了起来。大家都把工厂当作自己的，特别卖力。经过一段时间的经营，工厂居然起死回生，扭亏为盈，不但还上了债务，工人还分到了红利。

用语言作假设，可达到将心比心的目的；也可用行为现身说法，让对方体验别人的心理，进而对自己的言行做出调整，同样可达到将心比心的目的。

将心比心，首先要抓住人心，那么如何才能抓住人心呢？在人的情绪进入下列低潮时，是抓住人心的最佳时机：

（1）工作不遂心时。比如，因工作失误或工作无法照计划进行而情绪低落。因为人在彷徨无助时，希望别人来安慰或鼓舞的心情比平常更加强烈。

（2）人事异动时。因为人事异动而调到单位的人，通常都会怀着期待与不安的心情，应该帮助他早日去除这种不安。另外，由于工作岗位的人员变动，部属之间的关系通常也会产生微妙的变化，不要忽视了这种变化。

（3）他人生病时。不管平常多么强壮的人，当身体不适时，心灵都特别脆弱。

（4）为家人担心时。家中有人生病，或是为小孩的教育等烦恼时，心灵也总是较为脆弱。

这些情形都会促使人的情绪低落，所以适时的慰藉、忠告、援助等，会比平常更容易抓住人心。因此，平常就要积累一些员工的个人资料，然后熟记于心。

以上说的是抓住人心的最佳时机，下面介绍几个察觉他人心情跃动规律的要点。

（1）脸色、眼睛的状态（闪烁着光辉、咄咄逼人、视线等）。

（2）说话的方式（声音的腔调、是否有精神、速度等）。

（3）谈话的内容（话题的明快、推测或措辞）。

（4）身体的动作、举止行动是否活泼。

（5）姿势，走路的方式，整个身体给人的印象（神采奕奕或无精打采的）。

综合这些资料，可以探索到他人心灵的状态。应该有意识地研究这些资料，以便能正确掌握他人的特征。只有这样，才能抓住人心，达到目的，协调沟通。

巧妙暗示胜过直接批评

——白首相知犹按剑，朱门先达笑弹冠

【出处】

王维《酌酒与裴迪》

【原文】

酌酒与君君自宽，人情翻覆似波澜。

白首相知犹按剑，朱门先达笑弹冠。

草色全经细雨湿，花枝欲动春风寒。

世事浮云何足问，不如高卧且加餐。

【译文】

斟酒给你请你自慰自宽，人情反复无常就像波澜。相交到老还要按剑提防，先贵者却笑我突然弹冠。野草新绿全经细雨滋润，花枝欲展却遇春风正寒。世事如浮云过眼不值一提，不如高卧山林努力加餐。

【做人智慧】

巧妙暗示胜过直接批评

此诗是王维晚年诗作中十分值得玩味的一篇。"白首相知犹按剑，朱门先达笑弹冠"两句紧承"人情翻覆"，照应止水波澜的外部刺激，强调矛盾两端，铺叙反目成仇，人心无常。白首相知尚且如此，其他的人就不用说了，借此暗示人心善变，反复无常。

其实生活中并不是每句话都必须直说，有时候以暗示代替直言，既不会破坏彼此间的关系，又能表达出对对方的不满。

因为在批评、指责别人的错误时，当头一棒既会伤害别人的自尊心，又会引发对方的顽强反抗。而运用巧妙的暗示，不仅指出了别人的错误，也给别人留了面子，如此一来，他会真诚地改正错误。

某公司的待遇很差，职工苦不堪言。公司领导之所以不愿改善员工的待遇，是因为他们认为员工都是庸才，工作不努力，对公司贡献不大，而

且多数人还都是兼职。一旦有人拿其他公司与自己公司作比较时，领导就说，其他公司的职员是正途出身，而自己的下属则是杂牌军。

一天，公司的一位高级职员针对公司近来迟到人数逐渐增加的现象对领导反映说："新职员简直都没办法到公司上班了！"

"为什么？"领导奇怪地问。

"坐人力车吧，觉得车费太贵；坐电车吧，又挤不上去，而且每月发的电车费也不够，他们怎样才能解决这个问题呢？"

"以步当车，一文不费，而且还能锻炼身体，这是多好的事啊！"领导说。

"不行啊，鞋袜走破了，他们又买不起新的。不过我倒有个办法，希望您出个布告，提倡赤足运动，号召大家赤脚走路来上班，这样问题不就解决了吗？谁让他们命不好，生在这个时候呢！谁让他们不去想发财的路子，非要当苦命的职员呢！他们坐不起电车、人力车，也不能穿鞋袜整齐地来上班，都是活该啊！"高级职员摇摇头说。

他一面说一面笑，说得领导也不好意思起来。领导意识到自己应该改善一下员工待遇了。

建议和批评有时是一对孪生兄弟，当建议不成时人们往往会升级到批评。聪明的人在建议之中加入暗示语，能达到看似建议实则批评的效果，并让当事人心悦诚服地接受。

有一位父亲喜欢赌博，几乎已经到了痴迷的地步，进出赌场几次以后自然是输得家徒四壁。面对父亲的堕落，两个儿子终于忍无可忍了。一天，当父亲又在赌博时，大儿子当着父亲的面掀翻了赌桌，将赌具全部毁掉。但是这并没能阻止父亲继续赌博，父亲依然进出于赌场。

小儿子看到这种情形，并没有像哥哥那样做，而是走到父亲面前，低声说道："老师教导我，在学校要尊师重道，回到家里要听父母的话。尊师训我可以功成名就，可是，听父亲的话我又能获得什么呢？"小儿子的话还未说完，父亲已经泪流满面。父亲痛心疾

第七章 读唐诗，学方圆兼修

首地说："孩子，你的话言轻意重，爸爸知道错了。"从此戒赌。

同样是希望父亲戒赌，但收到的效果却不同，小儿子之所以能让父亲戒赌，是因为巧用了暗示之语。暗示，最显著的特点是不直接说出真正的意思，但听者明理，说者不言判断性的结论，但听者却可做出正确的理解。所以，巧妙暗示比直接批评效果更好。

请将不如激将
——宁为百夫长，胜作一书生

【出处】

杨炯《从军行》

【原文】

烽火照西京，心中自不平。

牙璋辞凤阙，铁骑绕龙城。

雪暗凋旗画，风多杂鼓声。

宁为百夫长，胜作一书生。

【译文】

烽火照耀京都长安，不平之气油然而生。辞别皇宫，将军手执兵符而去；围敌攻城，精锐骑兵勇猛异常。大雪纷飞，军旗黯然失色；狂风怒吼，夹杂咚咚战鼓。我宁愿做个低级军官为国冲锋陷阵，也胜过当个白面书生只会雕句寻章。

【做人智慧】

请将不如激将

书生都能去当兵吗？当然不是。"宁为百夫长，胜作一书生。"这句话一说出来，大家都会热血沸腾，斗志昂扬。每个人心中都有做英雄的情结，如果在说话时适当加以引导，他们就会踊跃地跟着你的思路走。

三国时期，曹操进攻樊城，刘备渡江退避，在当阳被曹军围攻打了败仗。诸葛亮打算说服孙权联合抗曹，见孙权气概非凡，知道他是个十分自负的人，如果直接劝告，向他讨救兵孙权是不会答应的；由于双方没什么交情，哀求也不会有什么用。于是诸葛亮打定主意，在孙权面前说曹军总共有150多万人马，兵多将广，劝说孙权不如赶快投降的好。孙权说："照你的说法，刘使君怎么不投降曹操呢？"诸葛亮答道："我们主公是当世英雄，人人佩服，即使时运不济，也断不会屈服于曹操。"孙权一听，认为诸葛亮瞧不起他，心中很生气，决心与曹操一决雌雄。后来经赤壁之战，形成了鼎足三分的局面。

诸葛亮劝说孙权用的是反面激将法。这种方法是在规劝说服时故意把任务说得十分困难（曹操兵多将广），暗示对方不能担此重任（劝孙权赶快降曹），或者说对方没有担负此项工作的能力（暗示孙权不如刘备），打算另选更有能力的人去干。这样，通常会激起对方承担这项任务的愿望，并决心干好。孙权就是在诸葛亮一席话的激励下，下定了抗曹的决心。

反面激将法之所以有效，是因为它激起了人的自尊心。心理学指出，希望受到别人的尊重是人的一种普遍心理。人如果感到自己不被尊重，自尊心弱的人通常会消极悲观，丧失信心；自尊心强的人往往会发愤图强，奋起抗争，以博得人们的尊重。你认为任务艰难，他偏说困难不大；你暗示他不能干，他非说我能胜任；你说想另选能人，他却认为你瞧不起他而毅然自荐。这都是维护自尊心的心理动因在起作用。反面激将法故意正话反说，激起人的自尊需求，巧妙地达到劝服目的。

运用这种方法，首先要了解劝说对象的心理特点。一般来说，自尊心比较强的人（如自负的孙权），任性、好感情用事，性格外向，对他们运用反面激将法一般容易奏效。对那些自尊心弱、敏感多疑、谨小慎微、性格内向的人，不宜运用此法。因为这些人往往会把反面的话视为奚落和嘲讽，从而导致情绪低落或产生反感、怨恨等消极心理。其次，运用反面激将法还要使对方感到你并不是出于一己私利考虑，而是对他有利，或者使他能够展露才华，这样才能达到预定的目的。如果当时曹操不来攻打东吴，无论诸葛亮怎样激励，孙权也不会做出抗击曹军、维护自己势力的决定。

用高帽子牵着对方走

——会当凌绝顶，一览众山小

【出处】

杜甫《望月》

【原文】

岱宗夫如何？齐鲁青未了。

造化钟神秀，阴阳割昏晓。

荡胸生曾云，决眦入归鸟。

会当凌绝顶，一览众山小。

【译文】

泰山是如此雄伟，青翠的山色望不到边际。大自然在这里凝聚了一切钟灵神秀，山南山北如同被分割为黄昏与白昼。山中冉冉升起的云霞，荡涤着我的心灵，极目追踪那暮归的鸟儿隐入了山林。当人登上泰山的顶峰，俯瞰那众山，而众山就会显得极为渺小。

【做人智慧】

用高帽子牵着对方走

"会当凌绝顶，一览众山小"写诗人并不满足看岳而是想登上山顶一揽盛景的心情，再一次突出了泰山的高峻，写出了俯视一切的雄姿和气势。就像给人戴上一顶高帽子，有一种高高在上，俯视一切的感觉。

人人都需要一顶"高帽"，但并不是所有的"高帽"都是一种形式。只有既好看又不会被风刮倒的"高帽"，才能有市场。

现实交往中，大凡向别人敬献谄媚之词的人，总是抱着一定的投机心理。他们自信不足而自卑有余，无法通过名正言顺的方式博取对方的赏识，表现自己的能力，达到自己的目的，只好采取一种不花力气又有效果的手段——谄媚。

其实，恭维别人也并不是一件轻而易举的事。所谓的"拍马屁""阿谀""谄媚"，都是技艺拙劣的"高帽工厂"加工的"伪劣产品"，因为它们不符合赞美和恭维的标准。

运用"多送高帽子"的办法不是没有风险的：送的时机对不对？"帽子"大小合不合适？等等，都可能导致无法预料的后果。常言道，伴君如伴虎。晚唐时，沙陀部落酋长李克用，出生时即瞎了一只眼睛。他生性残酷，人称"独眼龙"。一天，他叫一位名叫孙源的画家替他画一幅肖像。画家想了想，画成右臂执弓，左手捻箭，歪着头，闭着一只眼，好像正在检查箭杆弯直的样子。这张画一则表现了他威武的神情，二则掩盖了他一只瞎眼的缺陷。由此可见，送高帽者必须要学会脑筋急转弯，必须要有应变之才。只有这种人才能把"多送高帽子"的计策发挥得淋漓尽致。

有人认为送"高帽子"不嫌多，但厚黑学家李宗吾认为这只说对了一半。这样做是在进行一种人情铺垫，在为说话办事埋设伏笔，结果说才可能"终得马骑"。但是使用这一计策有一点需要特别注意，即在关键时刻对症下药地送上一顶规格得当的"高帽子"，可以获得立竿见影的效果。

唐贞观八年，剑南道巡查大使李大亮出巡，发现一个叫李义府的人才学出众。于是举荐其才，对策中第，补为门下典仪，由此，李义府便跻身于朝廷。在此期间，李义府又得到黄门侍郎刘洎和侍御史马周的赏识，此二人又合力向唐太宗举荐。唐太宗召见他，令他当场以"咏鸟"为题，赋诗一首。李义府脱口吟道："日里扬朝彩，琴中闻夜啼。上林如许树，不借一枝栖。"

李义府的咏鸟诗充分流露出他想做朝官的急切心情。唐太宗听后颇爱其才，便说："与卿全树，何止一枝！"授予他监察御史，并陪侍晋王李治。晋王立为太子，他又被授予太子舍人。因其文翰不凡，与太子司仪郎来济被时人并称为"来李"。李义府曾写《承华箴》上献，文中规劝太子"勿轻小善，积小而名自闻。勿轻微行，累微而身自正。"还说："佞谀有类，邪巧多方，其萌不绝，其害必彰。"

看来，李义府就是一个厚黑大师，自己本就是一个佞邪之辈，却能大义凛然地发表一篇宏论，这是在自己的"黑心"上蒙一层仁义道德的做法。太子将此箴上奏，太宗很是欣赏，下诏赐予李义府帛四十匹，并令其参与撰写《晋书》。其实这是一种最高明的"捧"，因为这里隐藏着这样一种逻辑：我是一个正人君子，主子非常敬重我这样的正人君子。

太子李治继帝位，李义府升为中书舍人，加弘文馆学士，兼修国史。李义府青云直上，颇引起朝臣们的注意，特别是他由刘洎、马周引荐而来，又与许敬宗等相联结，虚美引恶，曲意奉迎。长孙无忌奏请高宗贬他到壁州做司马。诏令尚未下达，李义府已有所闻，急忙向中书舍人王德俭问计。王德俭是许敬宗的外甥，其貌不扬，诡计多端，善揣人意。他向李义府献计说："武昭仪方有宠，上欲立为后，畏宰相议，未有以发之。君能建白，转祸于福也。"于是，李义府马上行动，当王德俭在中书省值宿时，李义府代替王德俭值夜，立即上表高宗，谎称立武昭仪为皇后是众望所归，请废王皇后，立武昭仪为后。高宗闻后正合心意，马上召见了李义府，不仅赐给他宝珠一斗，还将原来贬斥到壁州的诏令停止不发，让他留居原职。武昭仪也秘密派人向他表示感谢。不久，李义府与许敬宗、崔义玄、袁公输等人成为武昭仪的心腹。是年七月，李义府又超升为中书侍郎。十月，废王皇后为庶人，立武昭仪为皇后。十一月，李义府又自中书侍郎拜为中书门下三品，监修国史，并赐爵广平县男。

向皇上奏报"立武昭仪为皇后是众望所归"，这顶"高帽子"送得正是时候，真是一条妙计得逞，立即青云直上。

"高帽"尽管好，可尺寸也得合乎规格才行。滥做"过重"的"高帽"是不明智的。赞扬招致荣誉心，荣誉心产生满足感，当人们发现你言过其实时，就会感觉受到了愚弄。所以宁肯不去恭维，也不要夸大无边。

过分粗浅的溢美之词会毁坏你的名声，降低你的品位。不论用传统交际的眼光看，还是用现代交际的眼光看，阿谀谄媚都是一种卑鄙的行为。正人君子鄙弃它，小人之辈也不便明火执仗应用它，即使"拍马行家"或"马屁精"也会对这种行为嗤之以鼻。孔老夫子有言："巧言令色鲜矣仁。"毛泽东生前也多次批评过"吹吹拍拍、拉拉扯扯"的庸俗作风。可见，阿谀谄媚者，无仁无义、俗不可耐。

如何做好"高帽"呢？恭维话要有坦诚得体的态度，而且要冲着对方得意之事发飙。

人总是喜欢奉承的，即使明知对方讲的是奉承话，心中还是免不了会沾沾自喜，这是人性的弱点。换句话说，一个人受到别人的夸赞，绝不会觉得厌恶，除非对方说得太离谱了。

奉承别人首要的条件，是要有一份诚挚的心及认真的态度。言辞会反映一个人的心理，因而轻率的说话态度，很容易被对方识破，而产生不快的感觉。

恭维话不是廉价的商品可以随时随地乱扔，因为人们对一些廉价的东西是不会放在心上的。

对于不了解的人，最好先不要深谈。要等你找出他喜欢的是哪一种赞扬，才可进一步交谈。更重要的是，不要随便恭维别人，有的人根本不吃这一套。

"高帽"就是美丽的谎言，你一定要做到以下三点：

（1）要让人乐于相信和接受。这就不能把傻孩子说成是天才，那样会让人感到离谱；

（2）要美丽高雅。不能俗不可耐、低三下四，那样会糟蹋自己，也让别人倒胃口；

（3）不可过白过滥，毫无特点，让人一眼识破。

发挥幽默的威力

——一夫当关，万夫莫开

【出处】

李白《蜀道难》

【原文】

噫吁嚱，危呼高哉！蜀道之难难于上青天。

蚕丛及鱼凫，开国何茫然。

尔来四万八千岁，不与秦塞通人烟。

西当太白有鸟道，可以横绝峨嵋巅。

地崩山摧壮士死，然后天梯石栈相钩连。

上有六龙回日之高标，下有冲波逆折之回川。

黄鹤之飞尚不得过，猿猱欲度愁攀缘。

青泥何盘盘，百步九折萦岩峦。

扪参历井仰胁息，以手抚膺坐长叹。

问君西游何时还，畏途巉岩不可攀。

但见悲鸟号古木，雄飞雌从绕林间。

又闻子规啼夜月，愁空山。

蜀道之难难于上青天，使人听此凋朱颜。

连峰去天不盈尺，枯松倒挂倚绝壁。

飞湍瀑流争喧豗，砯崖转石万壑雷。

其险也若此，嗟尔远道之人，胡为乎来哉。

剑阁峥嵘而崔嵬，一夫当关，万夫莫开。

所守或匪亲，化为狼与豺。

朝避猛虎，夕避长蛇。

磨牙吮血，杀人如麻。

锦城虽云乐，不如早还家。

蜀道之难难于上青天，侧身西望长咨嗟。

【译文】

啊！何其高峻，何其峭险！蜀道太难走啊，简直难于上青天。传说中蚕丛和鱼凫建立了蜀国，开国的年代实在久远无法详谈。自从那时至今约有四万八千年，秦蜀被秦岭所阻从不沟通往返。西边太白山有飞鸟能过的小道，从那小路走可横渡峨眉山顶端。山崩地裂蜀国五壮士被压死了，两地才有天梯栈道开始相通连。上有挡住太阳神六龙车的山巅，下有激浪排空迂回曲折的大川。善于高飞的黄鹤尚且无法飞过，即使猢狲要想翻过也愁于攀缘。青泥岭多么曲折绕着山峦盘旋，百步之内萦绕岩峦转九个弯弯。屏住呼吸仰头过参井皆可触摸，用手抚胸惊恐不已徒长吁短叹。好朋友啊请问你西游何时回还？可怕的岩山栈道实在难以登攀！只见那悲鸟在古树上哀鸣啼叫；雄雌相随飞翔在原始森林之间。又听见月夜里杜鹃声声哀鸣，悲声回荡在空山中愁情更添。蜀道太难走啊，简直难于上青天；叫人听到这些怎么不脸色突变？山峰座座相连离天还不到一尺；枯松老枝倒挂倚贴在绝壁之间。漩涡飞转瀑布飞泻争相喧闹着；水石相击转动像万壑鸣雷一般。那去处恶劣艰险到了这种地步；唉呀呀你这个远方而来的客人，为了什么而来到这险要的地方？剑阁那地方崇峻巍峨高入云端，只要一人把守，千军万马难攻占。驻守的官员若不是自己的近亲，难免要变为豺狼踞此为非造反。清晨你要提心吊胆地躲避猛虎；傍晚你要警觉防范长蛇的灾难。豺狼虎豹磨牙吮血真叫人不安；毒蛇猛兽杀人如麻即令你胆寒。锦官城虽然说是个快乐的所在；如此险恶还不如早早地把家还。蜀道太难走啊，简直难于上青天；侧身西望令人不免感慨与长叹！

【做人智慧】

发挥幽默的威力

"一夫当关，万夫莫开"靠的是一个"巧"字，有"四两拨千斤"之意。风趣幽默的说话同样可以产生"四两拨千斤"的效果，使你的语言举重若轻，一言九鼎。

在一次电视节目中，主持人向一位女作家问了这样一个问题："一个女人要婚姻持久，你认为什么是最重要的？"

"一个耐久的丈夫。"女作家随口答道。

那位主持人提出的问题不是一两句话就能说清楚的，但女作家又不能不回答，为了避免过多的纠缠，女作家一句"一个耐久的丈夫"，既幽默、简洁又发人深思，可谓"一语惊人"。

其实，生活是个很大的舞台。在这个大舞台的很多场景里我们都能看到各种各样的人演出一幕幕"一语惊人"的剧目，女作家可以成为主角，小女孩也可以。

在萧伯纳访问苏联期间，一天早晨，他照例外出散步，一位极可爱的小姑娘迎面而来。萧伯纳叟颜童心，竟同她玩了许久。临别时，他把头一扬，对小姑娘说："别忘了回去告诉你的妈妈，就说今天同你玩的可是世界上有名的萧伯纳！"萧伯纳暗想：当小姑娘知道自己偶然间竟会遇到一位世界大文豪时，一定会惊喜万分。

"您就是萧伯纳伯伯？"

"怎么，难道我不像吗？"

"可是，您怎么会自己说自己了不起呢？请您回去后也告诉您的妈妈，就说今天同您玩的是一位苏联小姑娘！"

这个故事中，苏联小姑娘不但"一语惊人"，而且"惊"的还是一个伟大的人物。她聪明幽默地展示了人人平等、自信等值得赞扬的信念，从而一语惊醒了表现得有些骄傲的萧伯纳。

就像上面故事中的萧伯纳一样，一些做出了伟大成就的人往往有自大的毛病，他们说话、做事也往往以自己为中心，甚至把自己看成别人的骄傲。作为他们身边的人，你有责任委婉地提醒他们不要过于狂妄自大，这不但能够保护自己免受他们的伤害，而且这对他们自己也是很有好处的。

有一次，拿破仑对他的秘书说："布里昂，你也将永垂不朽了。"布里昂迷惑不解，拿破仑提示道："你不是我的秘书吗？"布里昂明白了他的意思，微微一笑，从容不迫地反问道："那么请问，亚历山大的秘书是谁？"拿破仑答不上来，便高声喝彩："问得好！"

上面这个幽默的例子，应该属于机辩的类型。机辩在某种程度上讲，有一定反击性。当对方出言不逊足以伤害你的自尊心的时候，及时地、机智幽默地加以反击，就能一语惊醒他。下面这个故事中病人所用的也是一语惊人式的幽默。

"能告诉我，你为什么要从手术室跑出来吗？"医院负责人问一个十分紧张的病人。

"那位护士说：'勇敢点，阑尾炎手术其实很简单！'"

"难道这句话说得不对吗？她是在安慰你呀。"负责人笑着对病人说。

"啊，不，这句话是对那个准备给我动手术的大夫说的！"

病人幽默的画龙点睛，鲜明地表达出自己对医生手术水平的怀疑。本来一个不容易启口的事情，被他用三言两语幽默含蓄地表达清楚了。

语言不是万能的，但有时候一句话却能够在适当的场合发挥千言万语都不能达到的作用，这就是"以不变应万变"的思想在语言领域里的具体应用。

雅典的首席执政官听说哲学家保塞尼亚斯是一个能言善辩的人。这天，他派人把保塞尼亚斯找到贵族会议上来，对他说：

"贵族会议的成员，每个人都有一个问题要问你，你能不能用一句话来回答他们所有的问题？"

保塞尼亚斯不假思考地说：

"那要看看都是些什么问题了。"

议员接连不断地提出了几十个不同的问题。当问题提完后，保塞尼亚斯还是不假思索地回答："我全都不知道！"说完，他转身走出了贵族会议大厅。

上面这个幽默属于善辩一类，善辩所表现出的常常是说话者的聪明智慧，敢于或者勇于表现自己。保塞尼亚斯就很好地表现出驾驭语言游刃有余、挥洒自如的风度。读过上面这个故事，相信你一定认识到了我们所说的"一语惊人""以不变应万变"绝不是痴人说梦。

"一语惊人"的幽默有"秤砣虽小压千斤"的力度和"片言明百句，坐役驰万里"的广度。由于"一语惊人"的幽默具有这一特点，我们在交谈中使用这一技巧时，就应该用最简洁、明了的语言表达出自己的意思，切忌拖泥带水。

千万别冲撞你的领导

——不敢高声语，恐惊天上人

【出处】

李白《夜宿山寺》

【原文】

危楼高百尺，手可摘星辰。

不敢高声语，恐惊天上人。

【译文】

山上寺院的高楼真高啊，好像有一百尺的样子，人在楼上好像一伸手就可以摘下天上的星星。站在这里，我不敢大声说话，唯恐（害怕）惊动天上的神仙。

【做人智慧】

千万别冲撞你的领导

诗人用夸张的艺术手法，描绘了山寺的高耸，给人以丰富的联想。山上这座楼好像有一百尺高，诗人站在楼顶就可以用手摘下天上的星星。在这儿都不敢大声说话，唯恐惊动了天上的仙人。是的，大声说话很容易惊吓到别人，是一种不礼貌的行为。

大声说话，冲撞领导，最伤领导的面子，最能招致领导的记恨，使他对你充满怨恨和怒火，这样你可能面临着被解雇的危险，所以，口头上一定要给领导留足面子。

大多数领导喜欢命令自己的下属，这不但是上下级组织关系的必然要求，也是领导履行职责、达到预定目标的前提保障。领导们一般都会认为，自己有权要求下属去做某些事情。

许多领导还认为自己比下级优秀，因此才能够做领导，在潜意识中，有着很强的优越感，对自己充满信心。那么，优秀的人发出的指令，下级就应服从，而不是各有主张、各行其是，破坏自己的计划。

领导的尊严感最强。行使权力、发布命令，使事情向着自己所预想的目标发展，会给他带来这种感觉。而尊严是一个人最敏锐，也是最脆弱的感觉，因为它总是同一个人最本质的某些东西相联系的，侵犯尊严便等于是对人的污辱和蔑视。这在自认为理所当然地享有受人尊重的权力的领导眼里，是绝对不能被容忍，更不能被谅解的。

许多时候，下级的冲撞会使领导下不了台，没有面子。如果领导的命令确有不足，采用对抗的方式去对待领导，这无疑会使他感到尊严受损，以敌意来对抗敌意。特别是在一些公开场合，领导是十分重视自己的权威的，或许他会表示，可以考虑你的某些提议，但他绝不会允许你对他的权威提出挑战。

下级冲撞领导，一般都会使用比较过激的言辞，特别是一些很伤感情的过头的话。这些话会像一把把尖刀直刺向领导的内心，这势必会惹得他怒火中烧，大发雷霆，视你为敌。这种情形下，你可能是出于某种忠心才说的，但如果言辞不当，反而会使领导认为你是一直心怀不满。他会想："嗬，这家伙隐藏得好深，竟骗过了我，原来他一直对我有成见、三心二意，今天终于暴露出来了。"

对抗会使领导失去理智，使领导觉得尊严受损，权威受到挑战，在面子上感到相当狼狈不堪。这会使他把事态看得十分严重，一时也不会考虑什么是非曲直，只有一味地报复下级。此种情形下，领导一般都会十分激动，甚至是头脑发昏，恼羞成怒。失去冷静的判断。这时候，你就成了他的第一号敌人，他势必要打垮的对手，过激行动常常会因此而发生。即使他当时比较克制，事后也会是越想越是气恼，找机会报复你。

抗上者死，这是历代刚直迂腐的谋士常常遭遇的悲剧，如今社会的人不得不引以为戒。

三国时期，曹操认为，刘备、孙权乃自己统一天下之大障碍，所以决定发兵讨伐，扫平江南。而有一大夫，叫孔融，却是迂腐得很。他以刘备是汉室宗亲、孙权虎跨龙盘为名，称曹操是"兴无义之师，恐失天下之望。"因此，惹得曹操大怒。孔融退下，仰天长叹："以最不仁义去讨伐最仁义者，怎么能不败呢？"结果被人听去，报告了曹操。曹操又是大怒，诛杀了他的全家。

据说，早就有人对孔融说过："你这人刚直得有些过分了，这是你自取祸患的根源。"

孔融的才学不可谓不高，但他未领会主人的意图和决心，出言不逊，特别是以"至不仁"来形容曹操，这怎么能不使曹操心怀懊恼，必欲杀之而后快呢？

所以，下属在与上级说话时切勿激动，而是要时刻提醒自己，即使自己是对的，也要注意态度、方式方法和时机问题，不要冲撞上级，引起他的怒火，使他怨恨于你。

下属首先应在态度上保持对领导的尊重，切不可流露出对领导的意见不屑一顾的神色，一定要把谈论工作同个人的能力或尊严区别开来，时刻留意，不能把对工作的看法上升为对人的看法；或不能让对方误解，认为自己对领导本人有看法。只有让上级感到，你仍然是承认他的权威的，你的意见是针对工作而非是借工作之名行人身攻击之实，他们多半会冷静下来，考虑你的想法。只要你超脱个人利害，处处替领导着想，领导不是没有体会的，他会为你的忠诚所感动。

下属谈论问题时，还要注意方式方法，以一种领导更容易接受的方式来说明自己的想法。一般来说，语气要温和，言辞要避免极端，最重要的是要有分析，有根源，条理清晰，能够说服人。下级一定要记住，领导是权威，拥有最终的决策权，而你只不过是一个参谋。对领导说明看法，不要选用那些过于肯定的方式，而是要用商讨的语气委婉地加以表达。比如说，可采用这样的方式，"我想这样是不是会更好些？""也许我的这点看法会对您的计划有所补充""我觉得自己有责任向您反映一些情况"，等等。

另外，下属还应选好时机和场合。在公开场合说就不如私下里谈好；事已确定就不如事情尚处酝酿中说好；领导正发脾气时说就不如等他心平气和时说好；领导心绪低落时说就不如领导比较得意时说好。总之，下属应根据领导的脾性、作风、情绪等伺机而动，选择一个最能使他接受的时机与他交谈。

在下属面前表达人情味

——昔人已乘黄鹤去，此地空余黄鹤楼

【出处】

崔颢《登黄鹤楼》

【原文】

昔人已乘黄鹤去，此地空余黄鹤楼。

黄鹤一去不复返，白云千载空悠悠。

晴川历历汉阳树，芳草萋萋鹦鹉洲。

日暮乡关何处是？烟波江上使人愁。

【译文】

过去的仙人已经驾着黄鹤飞走了，这里只留下一座空荡荡的黄鹤楼。

黄鹤一去再也没有回来，千百年来只看见悠悠的白云。

阳光照耀下的汉阳树木清晰可见，鹦鹉洲上有一片碧绿的芳草覆盖。

天色已晚，眺望远方，故乡在哪儿呢？眼前只见一片雾霭笼罩江面，给人带来深深的愁绪。

【做人智慧】

在下属面前表达人情味

诗人满怀对黄鹤楼的美好憧憬慕名前来，可仙人驾鹤杳无踪迹，鹤去楼空，眼前就是一座寻常可见的江楼。江天相接的自然画面因白云的衬托愈显宏丽阔大。受此景象的感染，诗人的心境渐渐开朗，胸中的情思也随之插上了纵横驰骋的翅膀：黄鹤楼久远的历史和美丽的传说一幕幕在眼前回放，但终归物是人非、鹤去楼空。人们留下什么才能经得起岁月的考验？她不是别的，她是任地老天荒、海枯石烂也割舍不断的绵绵乡恋、悠悠乡情。本句具有一种普遍包举的意味，抒发了诗人的无限乡愁，带有一种浓浓的人情味。

有不少领导喜欢在下属面前摆出一副严肃的样子，这样确实有利于

维护领导的权威。但如果适当表现一点人情味，那将是领导与下属之间有效的润滑剂。

作为索尼的缔造者和最高首脑，盛田昭夫具有非凡的亲和力，他喜欢和员工接触，经常到各个下属单位了解具体情况，争取和较多的员工直接沟通。稍有闲暇，他就到下属工厂或分店转一转，找机会多接触一些员工。他希望所有的经理都能抽出一定的时间离开办公室，到员工中间去，认识、了解每一位员工，倾听他们的意见，调整部门的工作，使员工生活在一个轻松、透明的工作环境中。

有一次，盛田昭夫在东京办事，看时间宽裕，就来到一家挂着"索尼旅行服务社"招牌的小店，对员工自我介绍说："我来这里打个招呼，相信你们在电视或报纸上见过我，今天让你们看一看我的庐山真面目。"一句话逗得大家哈哈大笑，气氛一下由紧张变得轻松。盛田昭夫趁机四处看一看，并和员工随意攀谈家常，有说有笑，既融洽又温馨。盛田昭夫和员工一样，沉浸在一片欢乐之中，并为自己是索尼公司的一员而备感自豪。

还有一次，盛田昭夫在美国加州的帕洛奥图市看望索尼公司的一家下属研究机构。负责经理是一位美国人，他提出想和盛田昭夫合几张影，不知行不行。盛田昭夫欣然应许，并说想合影的都可以过来，结果短短一个小时，盛田昭夫就和三四十位员工全部合了影，大家心满意足，喜气洋洋。最后，盛田昭夫还对这位美籍经理说："你这样做很对，你真正了解索尼公司，索尼公司本来就是一个大家庭嘛。"

盛田昭夫和太太良子到美国索尼分公司，参加公司成立25周年的庆祝活动，夫妇特意和全体员工一起用餐。然后，又到纽约，和当地的索尼员工欢快野餐。最后，又马不停蹄地赶到亚拉巴马州的杜森录音带厂及加州的圣地亚哥厂，和员工们一起进餐、跳舞，狂欢了半天。盛田昭夫感到很开心，很尽兴，员工们也为能和总裁夫妇共度庆祝日感到荣幸和自豪。

第七章　读唐诗，学方圆兼修

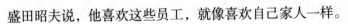

盛田昭夫说，他喜欢这些员工，就像喜欢自己家人一样。

依靠索尼高层管理者的这种亲和力，使公司里凝聚成一股强大的合作力量，并借着这么一支同心协力的队伍——他们潜心钻研、坚守岗位、自觉负责、维护生产、不为金钱追求事业，勇于开拓他乡异国的销售事业，先锋霸主索尼公司才能屡战屡胜，一步一个脚印，在高科技优新产品开发上，把对手一次又一次地甩在后面。

从这个故事中，我们看到了一个领导者平易近人的个人魅力，这种魅力给企业带来的凝聚力，以及为企业发展带来的巨大的推动作用。对于领导者来讲，平易近人实在是一种不可或缺的品格，它对于提升个人魅力和凝聚团队，具有非常关键的作用。

平易近人，通俗地讲，就是没有架子，具有亲和力。作为一个领导者，不要经常板着一副威严的面孔，总是摆出一副领导的派头，这样只会让下属对你望而却步，产生隔阂，你就很难从下属那里听到真实和有价值的意见和建议。

CA公司创始人王嘉廉就是平易近人的榜样。他没有老板的架子，与员工在一起时常常不忘与对方幽默或自嘲一番，有时员工笑得前仰后合。尤其在开会的时候，作为董事长的王嘉廉总是把气氛搞得红火热烈，与会人员在会上畅所欲言，各抒己见，连董事长的讲话也常被打断。开会的人坐姿各异，甚至有人在大吃大喝。王嘉廉本人也有许多幽默的小动作，比如他一会儿猛拍桌子叫好，一会儿唱歌，一会儿把卫生纸揉捏成团，像投篮球似的将纸团丢进纸篓中。他说："用这种轻松的方式来谈论生硬的电脑主题，会刺激人的思维活力。"王嘉廉对下属很少用反面的评语，倒是正面评语很多，很简短，很风趣。比方说："你做对了，孩子！""这是个很棒的点子。""妙，太妙了！""你真聪明！""你怎么跟我想到一块了！"

王嘉廉的乐观开朗与他的幽默风趣相得益彰。1990年4月，CA第一次世界性销售人员大会在达拉斯举行，王嘉廉与罗斯（创业伙伴）坐在主桌上，大会奏着CA的主题曲，这是一个感人的场面。大会开幕之际，有人介绍王嘉廉，他站了起来，每个人也都跟着站起来，只见王嘉廉用双臂抱着罗斯说："嘿！小鬼，我们办到了！"在场的人目瞪口呆，想不到心目中的大老板原来是这般风趣和活跃。

平易近人，就应该跟下属和员工打成一片。这就要求领导者经常走出办公室，到基层去，到员工中去，嘘寒问暖，了解情况，而不是整天坐在办公室老板桌的后面，冲着下属指手画脚。

第七章

读唐诗，学方圆兼修

第八章

读唐诗，学婚恋智慧

珍惜眼前的幸福

——无边落木萧萧下，不尽长江滚滚来

【出处】

杜甫《登高》

【原文】

风急天高猿啸哀，渚清沙白鸟飞回。

无边落木萧萧下，不尽长江滚滚来。

万里悲秋常作客，百年多病独登台。

艰难苦恨繁霜鬓，潦倒新停浊酒杯。

【译文】

风急天高猿猴啼叫显得十分悲哀，水清沙白的河洲上有鸟儿在盘旋。无边无际的树木萧萧地飘下落叶，望不到头的长江水滚滚奔腾而来。悲对秋景感慨万里漂泊常年为客，一生当中疾病缠身今日独上高台。历尽了艰难苦恨白发长满了双鬓，衰颓满心偏又暂停了浇愁的酒杯。

【做人智慧】

珍惜眼前的幸福

落叶飘零，无边无际，纷纷扬扬，萧萧而下；奔流不尽的长江，汹涌澎湃，滚滚奔腾而来。颔联为千古名句，写秋天肃穆萧杀、空旷辽阔的景象，一句仰视，一句俯视，有疏宕之气。无边放大了落叶的阵势，萧萧下又加快了飘落的速度。在写景的同时，深沉地抒发了自己的情怀，传达出时光易逝、壮志难酬的感怆。它的境界非常壮阔，对人们的触动不限于岁暮的感伤，同时又让人想到生命的消逝与有限。

因为时光易逝，所以我们要和睦相处，珍惜眼前的幸福。假如你要维持家庭生活的幸福、快乐，就要学会和睦相处的艺术。

情感对一个家庭影响很大，丧失了它，就会导致悲痛、忧郁，甚至家庭破裂。所以我们要想拥有家庭的天伦亲情，就要学会多积感情，少生是非，多些谅解，少些批评，这样，家才能成为幸福的港湾。

很多婚姻矛盾，并非所有的家庭都是因为一些重大的事件而引起的，相反，往往是由于一些小的事情。

在我们的婚姻生活中，这样的例子并不少见，细细想来，当然是以小失大，得不偿失的。我们不得不说，他们实在有点小心眼，太在意身边那些琐事了。

有一对夫妇，吃饭闲谈。妻子兴致所至，一不小心冒出一句难听的话来。不料丈夫细细地分析了一番，于是心中不快，与妻子争吵起来，直至掀翻了饭桌，拂袖而去。

在有些人那里，别人说的话，他们喜欢句句琢磨，对别人的过错更是加倍抱怨；对自己的得失喜好耿耿于怀，对于周围的一切都过于敏感，而且总是曲解和夸张外来信息。这种人其实是在用一种狭隘、幼稚的认知方式，为自己营造着可怕的心灵监狱，这是十足的自寻烦恼。他们不仅使自己活得很累，而且也使周围的人活得很无奈，于是他们给自己编织了一个痛苦的人生。

要知道，人生中这种过于在意和计较的毛病一旦养成，天长日久，许多小烦恼就会铸成大烦恼。

其实，在这一点上，古代的智者们早已有了清醒而深刻的认识。早在两千多年前，雅典的政治家伯里克利斯就向人们发出振聋发聩的警告："注意啊，先生们，我们太多地纠缠小事了！"法国作家莫鲁瓦更是深刻地指出："我们常常为一些应当迅速忘掉的微不足道的小事所干扰而失去理智，我们活在这个世界上只有几十个年头，然而我们却为纠缠无聊琐事而白白浪费了许多宝贵时光。"这话实在发人深思。过于在意琐事的毛病严重影响了我们的生活质量，使生活失去了光彩。显然，这是一种最愚蠢的选择。

其实，有些事是否能引来麻烦和烦恼，完全取决于我们自己如何看待和处理它。所谓事在人为，结果就大相径庭，这就需要我们首先学会大度，闭只眼来面对眼前的一切。

大度一点，就是别总拿什么都当回事，别去钻牛角尖，别事事较真，别把那些不值一提的鸡毛蒜皮的小事放在心上，别过于看重名与利的得失，别为一点小事而着急上火，动辄大喊大叫，以致因小失大，追悔莫及；别那么多疑敏感，总是曲解别人的意思；别夸大事实，制造假想敌；别把与你爱人接触的异性都认为是"第三者"之列而暗暗仇视之；也别像林黛玉那样见花落泪、听曲伤心、多愁善感，总是顾影自怜。要知道，人生有时真的需要一点大度。

大度一点，也是在给自己设一道心理防线。不仅不去主动制造烦恼的信息来自我刺激，而且即使面对一些真正的负面信息、不愉快的事情，也要泰然处之，置若罔闻，不屑一顾，做到"身稳如山岳，心静似止水""任凭风浪起，稳坐钓鱼台"。

这既是一种自我保护的妙法，也是一种坚守目标、排除干扰的妙策。我们的精力毕竟有限，假如处处纠缠琐事，被小事所累，我们一生必将一事无成。

大度一点，也是一种豁达、大量与宽容。海纳百川，有容乃大。有宽广的胸怀和气度，是很容易远离琐屑与平庸的。而当你实现豁达与宽容时，自然会产生轻松幽默，从而洋溢出一种性格的魅力。

大度一点，最终体现的是一种修养，一种高贵的人格，一种人生大智慧。那些凡事都与人计较、锱铢必较的人，自以为很聪明，其实是以小聪明做蠢事，占小便宜惹大烦恼；而不在意，乃是不争，无为之为，大智若愚，其乐无穷！

大度一点，是超越了自我的人，也是活得潇洒的人。因为免了琐事的羁绊和缠绕，也就使自己获得了解放，自有一片自由的天地任你驰骋。

当然，大度一点并不等于逃避现实，不是麻木不仁，不是消极颓废处事的态度；不是什么都冷若冰霜、无动于衷的"木头人"，而是一种洒脱、豁达、飘逸的生活策略。若能如此，自然会拥有一个幸福美妙的婚姻。

夫妻间要保留一点神秘感
——东边日出西边雨，道是无晴却有晴

【出处】

刘禹锡《竹枝词二首·其一》

【原文】

杨柳青青江水平，闻郎江上唱歌声。

东边日出西边雨，道是无晴却有晴。

【译文】

江边杨柳青青，江上水面平静，忽然听见江面上传来情郎的歌声。天空中东边出着太阳，西边却下着雨，说不是晴天吧却还有晴天（说他没有情意吧又有点儿情意）。

【做人智慧】

夫妻间要保留一点神秘感

这是一首模拟民间情歌的爱情诗，它描写了一位初恋少女的复杂心理。最后一句中的"晴"是"情"的谐音字，"有晴""无晴"即"有情""无情"。因而此句表面上是在说天气，实际表达的却是少女对情郎心理的猜测与揣摩，这种似有还无会给人一种神秘感。许多婚姻方面的专家认为，如果你真正爱对方的话，有时对一些特定的想法和感受反倒要秘而不宣，甚至要撒一点谎，保留一点神秘感。

有一对老夫妻，结婚四十多年了，感情一直很好。丈夫老向外人夸奖妻子的蛋糕烤得好。有一天，一位邻居向老太太请教烤蛋糕的秘诀。老太太告诉了她一家蛋糕店的名字，说："其实我的蛋糕都是从这家店

里买的，只是我的先生并不知道。夫妻之间有时也需要保留一些小秘密。"从此，这位邻居的丈夫也逢人就夸妻子烤蛋糕的手艺，两人的感情自然也比以前更融洽了。

那么，什么话该告诉你所爱的人，什么话不该告诉他，什么时候才能告诉呢？对此有下列建议，你可以从中检验自己爱情和诚实的睿智。

不要指出配偶的一些无法补救的缺点。例如，一位妻子的腿短些，她问丈夫："你是否希望我是个身高腿长的姑娘？"她说的不错。可她的丈夫如果照实回答肯定会伤她的心，因为身材矮小是天生的，无法补救。因而丈夫可以将事实修饰一番来满足妻子的愿望。他可以这样说："如果我想找个个儿高的，我早就和那样的女人结婚了。而实际上并非如此，我娶了你，我就爱你这样。"这样回答肯定会让妻子满意，因为丈夫强调了他更爱妻子具有的比腿长更有意义的特质。

但是，对于一些可以改正的坏习惯或坏毛病，你应该告诉爱人，但要注意选择适当的时机和方式。不要当众指责他，这会有伤他的自尊心，从而引起爱人的不满；不要在亲密的时候说，这样会破坏气氛，容易伤感情；不要在对方心情不好的时候说，这等于是火上浇油，只会使爱人心情更不好；不要在两个人激烈争吵的时候说，因为争吵时人最容易冲动，这时候指出对方的毛病，只会越吵越厉害。告诉对方缺点时，态度要诚恳，不要让对方以为你在挑他的刺儿，或者你看不起他；要让对方觉得你是在关心他、是把他当作一个亲密的人才说这些，而且要帮助他改正。

还有一些话，你把它藏在内心深处，它使你感到内疚和压抑，你想把它告诉爱人。如果把这些话说出来，可以减轻你内心的负担，同时也不会给你的爱人造成心理压力，那么你不妨说出来；如果说出来，虽然能减轻你心里的痛苦，但也会给你的爱人带来负担，那你就权衡一下，看是不是值得这么做，是否会伤害夫妻感情。可是如果这些话你说出来了，既不能减轻你自己的负担，又会给爱人带来压力，那么你最好保持

第八章

读唐诗，学婚恋智慧

缄默。例如，丈夫在外边曾有过一段秘密恋情，现已结束，但他仍然深感内疚，他想把一切告诉妻子以求得其宽恕。可有的专家认为，丈夫最好独自承受这份精神负担，或是寻求心理医生的帮助，把负担分给妻子是不明智的，同时也是不公平的。

保密造成的隔阂令人痛心，但如果说明某事仅仅是为了减轻自己的负担，而不管对爱人的影响，那么缄默可能是更负责任的表现。生活告诉我们，对那些"载入史册"的隐私，只要悔过自新，就没有必要"曝光"。

可见，问题不在于是否诚实，而在于诚实的时间和方式，以及怎样做才最能表达你对爱人的爱。

其实，夫妻之间存在一点隐私，各自在心灵的某处保留一片绿洲，使夫妻关系保留一点神秘感，更能增加彼此的吸引力，使婚姻更幸福、更美满。

通常，人们认为女性更容易保留隐私。在夫妻关系中，妻子固然会有不少隐私，不愿向丈夫透露；而丈夫也有自己的秘密，是属于女性莫问的范围。

丈夫通常对妻子隐瞒自己的秘密。这些秘密，往往是那些足以损害他们大丈夫形象的事情。

关于对事业和工作所产生的焦虑，绝大多数男性都以事业和工作上的成就作为个人形象评价的标准。因此，在妻子面前他们只夸耀自己事业上的成就。但是，私下里，他们对自己的本领并不如表面上所炫耀的那么信心十足。他们经常怀着一种恐惧感，生怕自己的表现不如他人，但是这种恐惧感，他们绝不会向妻子透露，以免有损自己男子汉的形象。

其实，这种隐瞒是没有必要的。据调查，大多数已婚妇女承认，她们希望丈夫能告诉自己在工作中遇到的麻烦、事业上的不顺心甚至失败，她们愿意分担丈夫对事业的担忧和恐惧。

妻子们并不认为这有损他们男子汉的形象。相反，对于他们敢于承认失败，妻子们认为这是一种有勇气的表现。同时，她们认为能为丈夫分担忧愁是两人亲密关系的一种表现，更能促进婚姻美满。

经常听到有的妻子说："我家那位虽然话不多，可很有见地，一句能顶十句。"如果她知道了丈夫"话不多"的真正原因以及在说出"能顶十句"的一句前要经过多么痛苦的思索，她恐怕不会再用"很有见地"来评价了。

所以，"沉默是金"和"好男不跟女斗"这些话，肯定是男人们想出来的。有的男人尽管外表一副铁汉本色，其实情感相当脆弱，在情绪方面依赖性极强。不过，丈夫大多数不愿意让妻子知道这种弱点，因此，他们在情感和情绪方面故意表现出冷漠，不轻易表达内心的真实感受，以免暴露弱点。对于这一点，妻子们有不同的评价。

有的妻子认为，男人就应该像男人，"男儿有泪不轻弹"，这才是英雄本色。更何况，妻子们把丈夫看作是自己终身的依靠，当然希望丈夫是个坚强的汉子，为自己遮风挡雨，提供避风的港湾。

有的妻子却不这么想。她们认为丈夫向妻子表达他们的情绪和感受是很正常的，也是必要的。这不会使她们觉得丈夫软弱，不会损害丈夫的形象。丈夫在妻子面前自然地流露出自己的喜怒哀乐，会让妻子觉得丈夫是有血有肉的真男儿，会让妻子了解到"男人更需要关怀"。台湾一位著名女作家在谈到她丈夫时说："爱他，只是因为透过一切外表掩盖的东西，看出他不过是一个孩子，一个需要有人疼的孩子。"可见，有时丈夫在妻子面前流露出自己的情感，让妻子知道自己也需要关怀，并不会让妻子看不起，反而会使妻子更爱他、更疼他。

隐瞒非分之想。有的男人会对妻子以外的女人特别关注。当然，这种非分之想只能暗藏心底，绝不会坦然表露，更不想让妻子知道。

可惜丈夫竭力想隐瞒的东西，妻子早就知道了，所以她们时时盯牢丈夫，以免他拈花惹草，同时心里也在暗暗叹息：为什么男人总是这么花心呢？英国唯美派诗人王尔德在他的《理想丈夫》一书中，通过一个女人的口气说道："男人一旦爱上了一个女人，肯为她做出他可能做到的任何事，除了一样，就是不肯爱她到永恒。"

正如一位外国心理学家指出的：忠诚于一个人，就要做到谨慎、得体、保护、慈善、克制和敏感，这种要求比只是"告知真相"的简单原则不知要复杂多少。但另一方面，谎话和秘密容易加大夫妻间的距离，使夫妻之间产生隔阂。因此，在处理夫妻关系问题上，最重要的一点是把握好"度"，夫妻间应做到既有适当的"透明度"，又有适当的"隐秘区"，这样才能使夫妻关系保留一点神秘感，增加双方的吸引力。

适当让步好说话

——弃我去者，昨日之日不可留；乱我心者，今日之日多烦忧

【出处】

李白《陪侍御叔华登楼歌》

【原文】

弃我去者，昨日之日不可留；

乱我心者，今日之日多烦忧。

长风万里送秋雁，对此可以酣高楼。

蓬莱文章建安骨，中间小谢又清发。

俱怀逸兴壮思飞，欲上青天揽明月。

抽刀断水水更流，举杯消愁愁更愁。

人生在世不称意，明朝散发弄扁舟。

【译文】

弃我而去的昨天已不可挽留，扰乱我心绪的今天使我极为烦忧。万

里长风吹送南归的鸿雁，面对此景，正可以登上高楼开怀畅饮。你的文章就像汉代文学作品一般刚健清新。而我的诗风，也像谢朓那样清新秀丽。我们都满怀豪情逸兴，飞跃的神思像要腾空而上高高的青天，去摘取那皎洁的明月。好像抽出宝刀去砍流水一样，水不但没有被斩断，反而流得更湍急了。我举起酒杯痛饮，本想借酒消去烦忧，结果反倒愁上加愁。啊！人生在世竟然如此不称心如意，还不如明天就披散了头发，乘一只小舟在江湖之上自在地漂流（退隐江湖）。

【做人智慧】

适当让步好说话

"昨日之日"与"今日之日"，是指许许多多个弃我而去的"昨日"和接踵而至的"今日"。也就是说，每一天都深感日月不居，时光难驻，心烦意乱，忧愤郁悒。

日常生活中，我们也都会像诗仙李白一样遇到烦恼，会有心情不好的时候，这就要求我们智慧地去面对，需要有一种克制、理性的态度，也需要有一个大度、宽容的胸怀。

人要有远大的眼光，有洞察世界体悟人生的智慧。有了这种眼光，就不会局限于生活的细枝末节，从而处理夫妻关系就会从容不迫、得心应手。有了这种智慧，就能化险为夷，化冲突为和解，用一种轻松、幽默的办法解决一些难题。当你的爱人发火时，你该怎么办？下面有几点意见，供你参考。

第一，要竭力使自己的情绪冷静下来。控制自己，冷静息怒，这样随着时间的推移，愤怒会在你心中慢慢融化。有句谚语说得好："时间能医治一切创伤，时间也能吹熄一切怒火。"

第二，要宽忍为怀。当受到爱人的"无礼"时，你不要把弦绷得太紧，要豁达大度，暂且退避三舍。理智的让步不仅对自己有好处，也能避免把事态搞得更僵。

第三，善用幽默。当对方发火时，你要善于克制自己冲动的感情，不要针锋相对。你可以说些宽慰、诙谐、逗趣的话来缓和紧张的气氛，这样可以避免矛盾的激化和升级。

第四，以柔克刚。如果夫妻俩一个急躁，一个柔顺，那就不容易起冲突。古语说"良言一句三冬暖，恶语伤人六月寒。"夫妻之间发生矛盾时，千万不要用尖酸、刻薄、讽刺的话语去伤害对方，否则自己痛快了，对方却好几天缓不过劲来。为了加速感情的恢复，还可以试着为对方多做些事情。这样做往往会出乎对方的意料，能使对方做出相应的热情回报。

第五，要设身处地地为对方着想，要将心比心。夫妻之间要"道义相砥，过失相规"，在道义上互相砥砺，在过失上相互规劝。话只要说到点子上，就能使爱人消气动心，言归于好。

第六，学会退让。两个长久生活在一起的人总有相互顶撞的时候，如果你不想伤害对方的自尊心，你就必须学会说："很抱歉"。夫妻吵架无输赢之分，谁是谁非不可能明明白白。有时只不过是做某一个"选择"，而这个"选择"往往来自一方的让步。吵架时间不要长，吵得越久越伤感情。尽量主动打破僵局，不要把主动和对方说话看成是屈服。

当双方都开不了口时，可以装作不在意地向对方发出某种和解的"信息"。而另一方也要及时改变态度，接受这一"信息"，并做出反应。

"战斗"的艺术。俗话说：勺子没有不碰锅沿的。恩爱夫妻也一样，两人共处的时间长了，难免会遇到不快的事，不过我们看到不少夫妇却越吵越亲密，这又是为什么呢？问题很简单，就是由于他们懂得并掌握了"战斗"的艺术，因而巧妙地度过了吵架这一关。这种艺术包括哪些呢？

察言观色"第一回"。婚后第一次吵架是互见"庐山真面目"的机会，印象最深，可以借此深入地了解对方，知道对方对什么最敏感，对什么最记恨，以及他（她）的心理承受能力。

允许对方偶尔生气。如果你明了彼此间爱慕的一对夫妻难免会有嫉妒、烦恼和生气的事情发生的话，那么当这些情绪来临时，你就不会惊慌失措，因为这并不意味着他或她已经"没有感情"了。也许你的配偶是因为上司的缘故而情绪低落，没有向你表示绵绵之情，但即使这暂时的不快不是你的过错，你也应该问："亲爱的，我做了什么事惹你生气了？"如果回答是否定的，你就再问："那么，我能为你分忧吗？"如果对方不需要，你就不必再打扰。要知道，这些问候是你给予他（她）的最好的安慰。

以冷对热。冷，就是冷处理；热，就是头脑发热。以冷对热的关键，就是你吵我听。在一方感情激动、控制不住自己的时候，任他（她）发火，任他（她）暴跳如雷，不去理睬他（她）。"一只碗不响，两只碗叮当"，一个人吵，吵不起来，等对方情绪平和以后，再和他（她）慢慢分说。

说话要有分寸。如果对方实在不像话，不得不顶他几句，这时难免发生争吵。但是即使争吵，说话也要掌握分寸，不能说绝情话，不能讥笑对方的某些缺陷或揭对方的"伤疤"，更不能在一时气愤之下破口大骂，不计后果。比如有的人吵架时不留余地："你是不是管得太多了？""我要你怎么干你就得怎么干！""如果你真的爱我……"，等等。这类话咄咄逼人，很容易引发更大的冲突。"利刀割体疮好合，恶语伤人恨不消"，如果说了绝情话，关系就很难平复。

以"我"开头。如果一方想表达自己某种强烈愿望，就直说"我想……"。比如妻子责怪丈夫好久未带自己上餐馆，她就不妨直说："我想明天到外面吃饭。"而不要说："看人家小王，每周至少带爱人上一次饭店，而你呢？"如果这样说，简单的事情往往就复杂化了。

轮流发言。如果双方都能克制一点，让对方把话说完，不抢白，那么大多数争吵就不会白热化，也就容易和解。

就事论事。为了哪件事吵，讲清这件事就行了，不要上纲上线，也不要无限扩大；不要随便给对方扣上什么"自私""品质恶劣""卑鄙无耻"等帽子，否则，就把事情搞得太严重了。另外，对事情也切忌扩大化，如果从这件事又提及以前的事，从对配偶不满又扯到他的父母兄弟姐妹身上去，就会把事情搞得越来越复杂。

绝不动手。"君子动口不动手"，就是说不论争吵时情绪多么激动，一不能摔东西，二不能动手打人。有的夫妻在争吵时，为表示愤怒，常常把锅碗瓢盆摔得稀里哗啦，这是很愚蠢的表现。物品何辜？摔坏了以后还要花钱买，何必呢？至于打人，就更不应该了，这不仅为法律所不允许，而且会使"战争"马上升级，弄得不可收拾。这是千万要警惕的，否则后果不堪设想。

不可离家出走。夫妻双方在激烈争吵以后，千万不要一走了之。一位女士说得好："我告诉他，我被气疯了，但我什么地方也不会去。因为夫妻吵架并不意味着婚姻将会破裂，我还是你的妻子，你还是我的丈夫，为什么我要离开自己的家呢？"

24小时内结束战斗。不少夫妻在争吵过程中，总有一种心理，就是都要以自己"有理"来压服对方，结果谁也不服谁，反而越说越有气。其实，夫妻之间的争吵一般没有什么原则性问题，许多是是非非缠在一起，也不易分清，特别是在头脑发热、情绪激动时更不易讲清。如果争吵了一定时间或一定程度，发现这样下去还不能解决问题，那么一方就要及时"刹车"，并提示对方该"休战"了。这并不是屈服、投降，而是表示冷静、理智。可以用幽默打破僵局，说声："我真的口渴了。要不要也给你沏杯茶？"或者一方出去，到户外转转。

做爱前后不吵架。你不满意爱人很晚了还坐在电视机前看个没够，想说他几句，但当他还在津津有味地欣赏时，比如足球队员正在射门的关键时刻，你最好别当即批评。有些明智的夫妻约定，在做爱前后不吵架，不许把争吵带到床上。这无疑是有效而合理的。

"外交关系"不中断。许多夫妻争吵以后心中十分不快，互不理睐，中断了"外交关系"。但是双方还是生活在一起，这是十分别扭的，同时也进一步伤害了感情。双方过两天就会感到后悔，想打破僵局，恢复"外交关系"，又难以主动开口，这就是"作茧自缚"。因此，不论争吵多么激烈，在"停火"以后，照常说话，夫妻还是夫妻，该怎么过还怎么过，这才是正常的。

要想爱得久，就得会说话
——在天愿作比翼鸟，在地愿为连理枝

【出处】

白居易《长恨歌》

【原文】

原诗过长，取其中两句。

七月七日长生殿，夜半无人私语时。

在天愿作比翼鸟，在地愿为连理枝。

【译文】

当年七月七日长生殿中，夜半无人，我们共同山盟海誓。在天愿为比翼双飞鸟，在地愿为并生连理枝。

【做人智慧】

要想爱得久，就得会说话

农历七月初七，是我国古代的"情人节"，传说牛郎和织女会在每年的那天晚上踏上鹊桥相会。唐明皇和杨贵妃就是在这样的夜晚，神情无限地发表了爱情宣言：我们百年以后，如果在天上但愿能成为一对比翼双飞的鸟儿，如果在地下但愿能成为连接在一起的枝条。也有人说"比翼鸟"是夫妻生活的一种姿态。

两个人天天相处，时时不离，你不想说也得说。恋爱的人心思敏感，并且由于爱人之间的特殊心理，如"心上人"心理、"自私"心理、"随意"心理等，使爱人之间的谈话成了最轻松同时又是最困难的谈话。也许一句很随意的话，就会在你们的感情世界里掀起风浪。所以，爱人之间要懂得怎么说话。许多夫妻不能像知己一般相处，他们总是用辱骂、奚落和批评来对待对方。用批评和谩骂来攻击对方是愚蠢的行为，你最好说"我真高兴你能用心听我说话"，而不说"你从来就不听我说"。婚姻专家建议，要留心那些关键的品质，如仁慈和责任心，而不要总是去挑剔对方的缺点。要分清什么是可以容忍的小缺点，什么是对婚姻至关重要的大问题。

狄斯累利在公职生活中最难缠的对手是威廉·尤尔特·格莱斯顿。这两位对每一件能够争辩的事物都相互冲突，但他们却有一个相同的地方：他们的私生活都充满幸福和欢乐。试想一下，这位英国最威严的首相格莱斯顿，轻握着夫人的玉手，和她在火炉边的地毯上跳着舞的场景是多么的幸福啊。在公开场合，格莱斯顿是一个可畏的敌人。但在家中，他永远不批评。当他到楼下吃早饭的时候，看到全家人还在睡觉，他就以和婉的方式来表示他的不满。他提高了声音，唱着不知其名的圣歌，声音充满整个屋子，以告诉其他家里的人，全英国最忙的人已经自己在楼下等着吃早饭了。他保持着外交家的风度，体谅别人的心意，并强烈地控制自己，不对家事有所批评。

从上面的例子我们可以看出，夫妻之间的相处要讲究艺术。夫妻沟通过程中，委婉是一种颇有奇效的黏合剂。委婉是一种以坦诚开放的沟通来对待对方的方式，同时，也尊重他人的感受，不作无谓的伤害。委婉意味着依赖他人，尊重他人的感受。当然，委婉并不意味着永远顺应对方的一切，特别是当对方的作为令人不能接受时。否则，就会导致不满和愤怒情绪的累积，那样，总有一天会爆发而严重挫伤双方的感情。

其实，夫妻对话也是大有学问的，同样的意思用不同的语气和方式表达出来，效果会大不相同。

（1）婉转表达。比如，妻子说："我不漂亮，你应该找个漂亮的女人。"丈夫如果直说："是的，我是应该找个比你漂亮的。"那么妻子一定很伤心。但是如果丈夫说："我如果真找了个漂亮的，就不一定能碰上你这么贤惠的。"这样说既不违心，又能使妻子得到安慰，是一种比较好的表达方法。

（2）把批评变成表扬。例如，妻子批评丈夫："你对孩子太不关心了。"这往往会使丈夫不能接受："我怎么不关心了？"如果换一种积极的说法："你对孩子比以前关心多了，如果再能多分点心，我就更显得年轻了。"这样的话，自然不会让丈夫反感。

（3）不要使人伤自尊。如果妻子这样说："你还能升职？除非太阳从西边出来！"这话太伤对方自尊心了。

（4）不要伤及无辜。有人这样指责对方："你怎么和你爸爸一样，一天到晚抽个没完，这屋里都是烟，你就不想想别人了？"光是谴责对方，这话说得就够重了，还要牵连到对方的爸爸，这就更不妥当了，不能不让对方反感。

（5）不要絮叨招人烦。有的人几次三番地重复同一句话，比如总是对爱人说："我爱你"怎样怎样。对方听多了，产生不了共鸣，反而会感到厌烦。俗话说："话多了不甜，胶多了不黏。"正是这个道理。

（6）幽默是最好的良药。比如对方生气了，另一方说："你看，你的嘴快能挂个瓶子了。"对方可能就会消除怒气，使气氛缓和过来。

（7）要征求对方的意见。夫妻之间对话，尽量不要说"你听我说""你懂吗？""必须听我的"这类没有协商色彩的话，而应该多说"你看呢？""这样行吗？"使双方产生相互平等、相互尊重的感觉。

（8）礼貌用语不可少。在家中也要使用"请""对不起""谢谢""再见"之类的语言。这样会使夫妻双方有"相敬如宾"的感觉，这也有助于养成文明礼貌的习惯。

浪漫表达你的爱

——一骑红尘妃子笑，无人知是荔枝来

【出处】

杜牧《过华清宫三首·其一》

【原文】

长安回望绣成堆，山顶千门次第开。

一骑红尘妃子笑，无人知是荔枝来。

【译文】

在长安回头远望骊山宛如一堆堆锦绣，山顶上华清宫的千重门依次打开。

一骑驰来烟尘滚滚妃子欢心一笑，无人知道是南方送了鲜果荔枝来。

【做人智慧】

浪漫表达你的爱

这首诗选取为贵妃飞骑送荔枝这件事，本意是揭露统治者为满足一己口腹之欲，竟不惜兴师动众，劳民伤财，有力鞭挞了唐玄宗和杨贵妃的骄奢淫逸。但就爱情本身的角度看，也不失为一个绝妙的浪漫爱情故事。

爱情是需要不断更新创造的。不更新，不创造，爱情之花同样会凋谢，温馨幸福的小家庭就会失去爱的光泽。不时地来点浪漫，滋润一下干渴的爱情，那么你的婚姻也能保鲜。

很多人认为，婚前要浪漫，结了婚就要实际点，要承担一份责任，面对现实社会的压力。这边孩子哭着，两人哪有心思去点着红蜡烛喝红酒；那边老人病着，哪有心情手牵着手去雨中漫步。生活是那么严酷无情，风花雪月毕竟不能当饭吃。但其实不然，浪漫是水，渗透到生活中每一处，一点一滴，汇成涓涓细流。

婚姻生活中，有时最能打动人心的爱情浪漫曲，只是简单的日常小

事。有些绝妙的爱情表露既不费时，又不费钱，却能让对方的情感得到满足。

　　"我能想到最浪漫的事，就是和你一起慢慢变老，直到老得哪儿也去不了，我依然是你手心里的宝。"浪漫就是如此平凡但却迷人。

　　如果丈夫为妻子做了一些表示我很重视你的建议、我很理解你的感觉、我知道你喜欢什么、为你做事我很高兴、有我在身边你并不孤独的小事，那么他就直接满足了妻子的浪漫需求，妻子就会深深地感到自己的确是被人所爱的。而妻子对丈夫的一个赞赏、一份满足，同样会使丈夫深切地感受到浪漫的温情。

　　在平淡的婚姻生活中，不妨常给对方一个惊喜，来一次浪漫，调节一下生活的气氛：一年一度的情人节是不够的，不仅应该在情人节向你的爱人表达感情，而且更应该在一年中的每一天都给爱人一份浪漫的爱。

　　纪念日不一定非要有个特别的理由才能成立，可以随时发挥你的想象力创造庆祝的理由。不管是雨天、摔跤日，还是好不容易排了两个小时买到的演唱会门票，都可以是一个浪漫一下的好理由。

　　最重要的结婚纪念日绝对不能遗忘，尤其是绅士们，在这一天要让彼此都回想起最初心跳的感觉，这是最好的浪漫方式。你还可以动手做一个倒数的日历，静静等待你们结婚周年的纪念日。

　　一个简单的拥抱有时会使所有的语言黯然失色，没有什么能比伸出双臂紧紧地拥抱更能表达真挚情感，轻轻的一个拥抱能够融化一颗层层防御的心。当你用他最喜欢的杯子为他斟上一杯香醇的咖啡时，别忘了加上一个体贴的拥抱。这可比糖更让他甜在心里呢！

　　拿出小学生写日记的劲头，就从她的这个生日开始，每天偷偷记录关于她的事情，到她的下一个生日时，捧到她的面前，分量重过千金，她能不感动？

　　大冬天的夜晚，钻冷被窝的感觉是最恐怖的。你早睡一会儿，躺在她的位置上给她暖被窝，这是最贴心的浪漫，就算那之前你们之间有过争吵，也势必转危为安了。

爱人晚归时，虽然可以不必等他一同入睡，但切记要留下一盏灯，照亮他回家的路。他从黑漆漆的楼道里摸索到家门口，看到这盏特意为他点亮的灯，那种"家"的感觉会特别真实和强烈，是最容易打动人心的浪漫。

安排一个别出心裁的约会来为你们的感情打打气。或者带着心爱的他，在热情的周末出走，找家悠闲的度假饭店，好好地浪漫一下；或者找个阳光明媚的假日，来次"只有情爱"的野餐。

当你急着出门时，不要忘了临别时的匆匆一吻。临别一吻能把你们彼此的心紧紧地连在一起，让你们一整天都沉浸在甜甜的亲密中，好像从没分开过似的。

偶尔为他煮顿丰盛的晚餐或是同他一起去他最喜欢的餐厅，精心地营造一室的浪漫，冰镇一瓶陈酿红酒，再点上带有香氲的蜡烛，随着飘来的音乐，给累了一天的心上人一个如临仙境的惊喜。

已婚夫妻的情话，并不在于过多地使用爱的字眼，但要处处流露出爱的信息，这是夫妻间互相关心、互相爱护、两情相悦的自然流露。试从以下三方面做起：向对方表示自己的爱慕之情，赞美对方的身体和服饰，夸奖对方的行为。"甜言蜜语"会使人得到情感上的满足，是恩爱夫妻的感情纽带。

调情不是热恋中的情侣专有的特权，婚姻中的爱人们拥有更多理直气壮的理由。你大可牵起他的手或是紧紧地搂着他，按摩他紧绷的肩膀，顺势在他颈后磨蹭，或是以视觉、听觉或香味抓住他的注意力，让他的双眼在你的身上多停留几秒。或者两人一起洗浴，就着烛光，用肥皂在浴室玻璃上写"我爱你"。浪漫，就从分享亲密时刻开始。

互有好感时要大胆开口

——身无彩凤双飞翼，心有灵犀一点通

【出处】

李商隐《无题》

【原文】

昨夜星辰昨夜风，画楼西畔桂堂东。

身无彩凤双飞翼，心有灵犀一点通。

隔座送钩春酒暖，分曹射覆蜡灯红。

嗟余听鼓应官去，走马兰台类转蓬。

【译文】

昨夜星光灿烂，夜半却有习习凉风；我们酒筵设在画楼西畔、桂堂之东。身上无彩凤的双翼，不能比翼齐飞；内心却像灵犀一样，感情息息相通。互相猜钩嬉戏，隔座对饮春酒暖心；分组来行酒令，决一胜负，烛光泛红。可叹啊，听到五更鼓应该上朝点卯；策马赶到兰台，像随风飘转的蓬蒿。

【做人智慧】

互有好感时要大胆开口

"身无彩凤双飞翼"写怀想之切、相思之苦：恨自己身上没有五彩凤凰一样的双翅，可以飞到爱人身边。"心有灵犀一点通"写相知之深：彼此的心意却像灵异的犀牛角一样，息息相通。"身无"与"心有"，一外一内，一悲一喜，矛盾而奇妙地统一在一体，痛苦中有甜蜜，寂寞中有期待，相思的苦恼与心心相印的欣慰融合在一起，将那种深深相爱而又不能长相厮守的恋人的复杂微妙的心态刻画得细致入微、惟妙惟肖。

现实中，许多男孩不敢尝试，担心遭到女孩的拒绝。的确，我们有时碰到一个人很想跟她聊天，但又不敢开口。可是许多人就有这种和陌

生人攀谈的本领，这种本领就是把实话虚说以探对方的动静。

张军一直暗恋着兰兰，他发现兰兰似乎对他也有点好感，但又把握不准。为了不动声色又避免尴尬地探清兰兰的真意，张军想了个办法。

一天下班后，张军悄悄走到兰兰身边，有点不大自在地说："你晚上有没有什么安排？"兰兰的心跳得快蹦出来了，她拼命掩饰着自己的慌乱："没，没什么事。""我请你吃饭怎么样？"张军像是下了很大决心才说出来。兰兰不自然地笑着点了点头。

他们找了一个远离公司的餐馆，怕熟人撞见说不清楚。张军说话磕磕巴巴，全没了平日里工作时的洒脱与干练。兰兰低着头，既不怎么吃东西也不怎么说话。张军努力找着话题，试图调节一下气氛。好几次，张军说："我请你出来，是想跟你说件事"。兰兰急忙把话堵了回去："先吃吧，吃完了再慢慢说。"她猜，张军已经知道她是怎么想的，她在等张军开口，可事到临头她又紧张得不敢听。

张军终于说到正题了："我觉得你是个挺不错的女孩，稳重、心细、让人信任。我有点事拿不定主意，咱们部门别的女孩都太小，就知道玩；男的吧，我这事又不太好跟他们说，说不定他们不但不能给我帮什么忙，反而再嘲笑我一阵。"兰兰脸红红的，把头低得很低。"是这样，我原来工作的那个公司有个女孩，她老跟我说'咱们结婚吧'，跟我说过好几次了，都是在没有别人的情况下说的。我不知道她是说着玩儿的还是当真，她每次说的时候都像是在开玩笑。你帮我分析分析，她是认真的吗？"

兰兰茫然地抬起了头，周围的一切仿佛都虚化了，连张军的脸都模糊不清。一时间，她忘记了自己在什么地方，是为什么来的，她也没明白张军在说什么。"你怎么了？"张军关切地问。兰兰回过神来："你说什么？你再说一遍行吗？我，我好像没太理解。"张军重复了一遍。兰兰用筷子在面前的盘子里空搅了一会儿，终于恢复了："我想她是认真的。一个女孩子，谁能老拿结婚的事跟别人开玩笑呢？""那她为什么每次都像是在说笑话，不像是在说正事？""人家是女孩啊，能一本正经地跟你说，'咱俩结婚好吗？'万一你拒绝了呢？她脸上装出一副开玩笑的样子，即使你拒绝了，她也能给自己一个台阶下。"张军长长地出了口气："原来是这么回事！我一直以为她是闹着玩的！她每次跟我说，我都绊了个跟头。"兰兰问："你自己是什么意思？""那女孩长得特别漂亮，我一直在犹豫。""这么说，你还是挺喜欢她的？""是。"张军不好意思地笑笑。

兰兰觉得心冷冰冰的，手也渐渐凉了下去。"咱们周末出去，都是没有朋友的人，你为什么也跟着呢？""你们不是老拿我当'领导'看待吗，我不能只跟大家'共苦'，也得'同乐'啊！"兰兰鼻子酸酸的："谁也不知道你和原来公司那女孩的事吗？"张军用一种理所当然的口吻回答："私人的事，也不一定非要让别人知道吧？"兰兰幽幽地说："你最好还是让部门里的女孩知道为好，万一有人喜欢上你了怎么办？"张军一副傻乎乎的模样："不会吧？就是有，也得先探探虚实啊！"兰兰笑了，笑得别提多伤心，她知道自己犯了战略上的错误。

而这一切失落茫然的表情，张军全看在眼里，明在心里，终于知道了兰兰对他怀有真情。

《红楼梦》中，贾宝玉与林黛玉一见钟情，彼此情投意合。但他们却在长期的交往中，关注、猜疑、想象对方的言谈举止所包含的意味。后来还是贾宝玉用西厢妙词来传情达意，惊动芳心。看似戏语，实是一种拐弯抹角的求爱：

黛玉把花具放下，接过《西厢记》来瞧，从头看去，越看越爱，一顿饭时，已看了好几出了。但觉词名警人，余香满口。一看，只管出神，心内还默默记诵。宝玉笑道："妹妹，你说好不好？"黛玉笑着点头儿。宝玉笑道："我就是那个'多愁多病'的身，你就是那个'倾国倾城的貌'。"黛玉听了不觉带腮连耳的通红了。登时竖起两道似蹙非蹙的眉，瞪了一双似睁非睁的眼，桃腮带怒，薄而含嗔，指着宝玉道："你这该死的，胡说了！……"

如果双方的文化素质与领悟能力比较强，可以不显山露水，把情感若隐若现地包含在彼此的谈话之中，就会倍觉爱情的神秘与甜蜜，很有情趣。

有个小伙子在单位的运动会上中了头奖，得了一套微波炉。小伙子高兴地告诉心上人这个消息，并提议说："我们搞个家宴，怎样？""对，应该祝贺你才对呀！"姑娘兴奋地说。"可我不会做菜，咋办？"小伙子显得困惑起来。"我可以试试呀。"姑娘毛遂自荐。"那太好了！如果我能经常吃到你做的菜，那该多好啊！""只要你不嫌弃我做得不好，我答应你就是了。"这位姑娘终于憋出了一句暗示性妙语。这样，一桩恋情在举手之间便搞定了。

如果不爱就大胆拒绝

——曾经沧海难为水，除却巫山不是云

【出处】

元稹《离思》

【原文】

曾经沧海难为水，除却巫山不是云。
取次花丛懒回顾，半缘修道半缘君。

【译文】

曾经到临过沧海，别处的水就不足为顾；除了巫山，别处的云便不称其为云。仓促地由花丛中走过，懒得回头顾盼；这缘由，一半是因为修道人的清心寡欲，一半是因为曾经拥有过的你。

如果不爱就大胆拒绝

后人引用"曾经沧海难为水，除却巫山不是云"这句诗，喻指对爱情的忠诚，说明非伊莫属、爱不另与。

爱情是个"双向选择"，男人选择女人的同时，女人也要选择男人。真正的爱情源于彼此发自内心的倾慕，建立在两情相悦的基础上。一旦一方没有选择另一方，爱情就不存在，任何挽留和努力都是多余。

可女人们天生多情又心软，面对一个疯狂爱恋自己的人总不忍心伤害，结果却往往让彼此伤得更深。

所以说，放弃该放弃的是无奈，不放弃该放弃的是无知。身为女人，不要对一个不爱的人留恋，更不能因为同情或寂寞而接纳他。虽然拒绝一个欣赏自己的人是件残忍的事，但无论如何，你一定要拒绝，这样是对彼此最好的交代。

如果你不喜欢他，无论他怎样刻意去追求，你都不要答应。可那个男人却对你说："放弃你我活不下去，我很爱你。"女人们听到这样的话，通常都会很感动，因为女人认为，一个肯为自己去死的男人是值得托付终身的。可实际上，这样的想法很可笑，现实生活中，谁没有了谁都能继续活下去，没有了谁地球都照样会转。

亚丽就曾碰到过一个宣称肯为自己去死的男人。那年亚丽才21岁，那个男人疯狂地追求亚丽，要亚丽成为他的女友。他对亚丽宣称，他爱亚丽，亚丽将是他一生的唯一，倘若亚丽不接受他，他将立即去死。

亚丽慌了，她为此害怕，甚至有些痛恨这个男人。为什么要以死相威胁？这样的追求怎能给她幸福？亚丽左思右想，明白这样的男人是极其自私的，他们在乎的只有自己的感受，从不会为对方着想。他所谓的爱，不过是他的一己私欲罢了。于是亚丽一次次勇敢而坚决地拒绝了他。

多年以后，亚丽在餐厅中偶遇了他。他已经结婚，看起来十分甜

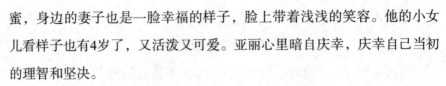

蜜，身边的妻子也是一脸幸福的样子，脸上带着浅浅的笑容。他的小女儿看样子也有4岁了，又活泼又可爱。亚丽心里暗自庆幸，庆幸自己当初的理智和坚决。

的确如此，那些发疯的男人不过是在钻牛角尖，女人们需要坚定一些，这样你们才能有各自追求幸福的可能，多给彼此一些机会，为了他，也为了你。

当然，这个世界上也有很多为情而死的男人，那是他自己真的不想活了，谁也挡不在他的去路。试想，一个男人肯轻易地放弃生命，你选择他又有何安全可言，有何幸福可言？他视生命为儿戏，动不动便以死相要挟，甚至能够勇敢执行，谁知他不会为了什么鸡毛蒜皮的小事而放弃生命？真正需要留下来承受痛苦的只有你，而不是那个"勇敢"死去的男人。

如果你是一个理智的女人，就不要以为有男人肯真正为你去死是件幸福的事情，那样的他只是一个懦夫，他爱的不是你，只是他自己。

不爱一个人就不要接受他，很多人都明白这个道理，但往往女人的心软，常常把她们自己推入遗憾的深渊。

雪是一个温柔浪漫的女孩，她已经26岁了。一年前，有个男人疯狂地迷恋上了她，便采取了一切攻势来追求雪。那是一个不错的男人，温柔而诚恳，但雪面对他的时候，从来没有怦然心动的感觉，没有一点点爱的激情和渴望，反倒有许多亲人的感觉。

该不该接受他？他和雪的一些做事风格、做事方法及爱好都不同，但是他们都能善良地对待他人，坦诚地对待彼此。可是在精神层面的要求却有差异。面对这样的选择，雪十分犹豫，但看着那个男人的执着和痴情，看着他为自己日渐消瘦的脸庞，雪心软了，答应了他的求婚。

雪以为时间会改变一切，但是，在对待事物的理解差异上，雪一次又一次地感到了孤单。

一年后，另一个男人走进了雪的视野，令雪怦然心动，让雪第一次体会到了爱情的愉悦。他们是如此相像，他们理解事物的感觉又是如此相同。雪知道，这才是爱情，这个男人才是她的真正所爱。雪想努力挣脱一切，和所爱的人生活在一起。但当她和丈夫和盘托出时，她的丈夫没有愤怒，竟然安静地接受了现实，似乎早就料到这一天的到来，只请求雪不要离开他。

在这个可怜的男人面前，雪再次屈服了。

爱情就这样溜走了，留下来的雪必须要在无爱的婚姻里，面对漫长的人生历程，虽然她那么孤独。

女人们，有时候心软是一种不幸。就算他用真诚打动了你，这样得到的感情未免有点勉强。时间长了，当你的爱情真正来临时，你往往只能错过，余下的人生历程还长，没有爱情的取暖，你要怎样熬过去？

所以，女人们，面对男人哀求的目光，你要奉行一条行事准则：该放弃的一定要放弃，这并不是很难做到的事。

偶尔小别胜新婚

——蜡烛有心还惜别，替人垂泪到天明

【出处】

杜牧《赠别》

【原文】

多情却似总无情，唯觉樽前笑不成。

蜡烛有心还惜别，替人垂泪到天明。

【译文】

聚首如胶似漆作别时却像无情，只觉得酒筵上要笑却笑不出声。案头蜡烛有心它还会依依惜别，你看它替我们流泪直到天明。

【做人智慧】

偶尔小别胜新婚

作者以蜡烛拟人，通过丰富的想象表现了情人离别时的无限伤感。

离别是令人伤感的，但偶尔离别一下也未必是坏事。莎士比亚说过这样一句耐人寻味的话："太甜的蜜糖，可以使味觉麻木；不太热烈的爱情，才能维持长久。"

过一段平静的夫妻生活后，有意识地离开对方一段时间，这样就能使夫妻双方思念的感情热浪交织成愉悦的重逢狂欢，把平静的夫妻感情推向一个新的高峰。

有这样一对夫妻，在同一单位工作，上班同行驶，下班同归，真可谓形影不离，久而久之，却常为一些鸡毛蒜皮的小事发生口角。于是，丈夫认为妻子多嘴，唠叨，失去了婚前的善解人意；而妻子也看不惯丈夫的横挑竖拣，已失去了恋爱时的洒脱风度。两人心存芥蒂，家庭矛盾日渐积淀，终于导致分道扬镳。

生活中，这种莫名其妙"感情破裂"的例子实在不在少数。

妻子天天厮守着丈夫，天天重复着同一套生活模式，再好的夫妻也会产生一些厌倦，有些人甚至会觉得婚姻成了一个累赘。所以，怎样才能让自己的闪光点永远吸引对方呢？

一位女友在这方面颇有高招：每隔一段时间找个借口外出一次，人为地制造一个思念的意境。她认为，短暂的小别乃是促进家庭亲密的最佳方式。画家只有在孤独时才能有所创作，小说家往往在孤独时才有灵感，而夫妻在分离时才更能体会到婚姻的可贵、家庭的温暖以及自身的价值。女友刚与丈夫结婚那几年，也有大多数妻子的那种体验——日子越过越心烦。丈夫身上那些以前被忽视的、不尽如人意的毛病，越来越让她难以忍受，而自己在丈夫的眼里也变得越来越平淡无奇。虽然还像以前那样做菜，丈夫却非说不如以前可口；虽然还像以前那样收拾房间，丈夫却非说不如以前打扫得干净……

有一次，她因公外出一个月。最初几天，她倒没觉得有什么异常感觉，反而感到既清静又轻松。可十天没过，她开始思念起丈夫来，而且思念得越来越强烈。说起来也奇怪，以前对丈夫的种种抱怨此时也被思念冲刷得烟消云散了。想起来的，都是丈夫那神奇的吸引力。她深深体会到了丈夫在自己生活中的价值和地位。

出差期满，她迫不及待地赶回家。出乎意料的是，丈夫看到她，竟像恋爱时那样，扑上来一把搂住，热烈拥抱亲吻她。丈夫热烈的吻，使她明显地感到，丈夫对她的思念决不亚于她对丈夫的思念。正应了那句老话："小别胜新婚"。妻子与丈夫分别了一段时间，夫妻间就如磁石的磁性被加强了一样，更有吸引力。在丈夫眼里，妻子变得更加温柔妩媚，做的菜也仿佛更加可口，收拾的房间也仿佛更加漂亮明净了。

成功的婚姻不仅要求夫妻双方相互尊重，保持精神上的独立，而且要求双方在感情上有一定的克制，甚至制造一些条件，使得双方保持一定空间距离和心灵距离。

妻子长期与丈夫厮守，相互间的新鲜感和神秘感会消失，爱情热度也会降低。聪明的配偶，为了让自己的爱人不断积蓄新的恩爱能量，可以让他（她）停饮几天"蜜糖"，喝上几天"白开水"，这样他（她）才会更珍惜"蜜糖"的甘甜。

第九章

读唐诗，学治家教子

懂得对父母感恩

——谁言寸草心，报得三春晖

【出处】

孟郊《游子吟》

【原文】

慈母手中线，游子身上衣。

临行密密缝，意恐迟迟归。

谁言寸草心，报得三春晖。

【译文】

慈母用手中的针线，为远行的儿子赶制身上的衣衫。临行前一针针密密地缝缀，怕的是儿子回来得晚衣服破损。有谁敢说，子女像小草那样微弱的孝心，能够报答得了像春晖普泽的慈母恩情呢?

【做人智慧】

懂得对父母感恩

"谁言寸草心，报得三春晖"比喻母爱的恩情，难报万一，这是对伟大无私的母爱的崇高赞美。

曾经的岁月里，多少个风雨交加的夜晚，多少个光辉灿烂的黎明，多少次艰难曲折的拼搏，多少次喜获成功的欣慰，我们怎能忘记给予我们生命的父亲、母亲，怎能忘记他们的养育之恩、关爱之情!

父母的岁数不应该不知道，我们因此可以庆祝寿辰，感到高兴，同时也因父母越来越老感到担忧。父母是我们的起源，父母就是道，爱父母就是爱道，就能得道。

绝大部分人都只记得自己的生日，记不得父母的生日，这是不对的、自私的。小孩子经常向大人吵闹："爸爸，妈妈，你们什么时候给我买生日蛋糕呀?"

父母就会告诉他（她）："等你过生日，爸爸妈妈就给你买。"

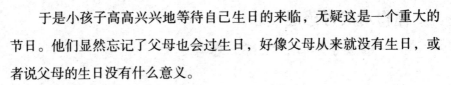

于是小孩子高高兴兴地等待自己生日的来临，无疑这是一个重大的节日。他们显然忘记了父母也会过生日，好像父母从来就没有生日，或者说父母的生日没有什么意义。

如果我们在一个人的生日晚会上突然问他（她）："请问你知道你父母的生日吗？"

情况一定会非常尴尬，因为这个在自己的生日晚会上高兴得要跳起来的人却不知道父母的生日。

这样的问法是不讨人喜欢、大煞风景的，主人家不喜欢这样的客人。但是对不起，想这样提问的恐怕大有人在，只是大家都没敢说出来，等到这一天终于有个冒失鬼把这个尖锐的问题提出来，将会得罪一片。

这个真实的普遍情况揭示了：

一、人是自私的。

二、人容易忘本。

三、人不希望别人来点醒他（她），否则会很不愉快。

这三个问题归于一点，都指向了人性恶的一面。

有人曾说过，孩子是最大的暴君，他（她）把父母的青春、精力与钱财全部榨光，从不手软，稍有怠慢就委屈得不得了，一旦长大就远走高飞，不顾父母生死。

我们都是从孩子长大的，仔细想一想，这话不无道理，很多人都是这样的，这在我们身上也或多或少有些。

哲人指出：人应该具有悲悯情怀，要像疼孩子一样疼父母。

曾子是孔子的弟子，他是一个学问、德行都非常出色的人，是继承孔子的学问而传于后世的伟人。曾子即将去世的时候，召集所有弟子说："现在我可以放下重担了。"弟子们都听不懂这话是什么意思，就问："老师，这句话是什么意思？"

于是，曾子说："自古以来有句话是'战战兢兢，如临深渊，如履薄冰'，我一生小心翼翼地活过来了，但是现在要面临死亡，终于可以放下重担了。"一说完，曾子就静静地闭上了眼睛。弟子们都低着头行了礼。

从这个故事中可以看到，曾子为了孝敬父母而一刻也没有放松过尊敬父母的孝心。

儒家认为，"孝"是伦理道德的起点。一个重孝道的人，必然是有爱心的、讲文明的人。重孝道的家庭，亲情浓郁、关系牢固；反之，必然是亲情淡薄、家庭结构脆弱、容易解体。而家庭是社会的基础，不重孝道将会影响到整个社会的稳定与和谐。正像李光耀指出的："孝道不受重视，生存的体系就会变得薄弱，而文明的生活方式也会因此而变得粗野。我们不能因为老人无用而把他们遗弃。如果为子女的这样对待他们的父母，就等于鼓励他们的子女将来也用同样的方式对待他们。"

孔子说："孝悌，人之本也。"这就把一个"孝"字放在了所有价值之上。做人的根本是做好自己的子女身份。

此言并非只是一句伦理说教，它具有深刻的哲学思考，关乎我们一生成败，不可不知。

人从哪里来？

人不是从天地宇宙这些空洞的地方来，而是从父母那里来。

父母是实实在在的人，是我们看得见的世界本原与起源。

父母就是我们的第一推动力。

父母就是我们的宇宙。

这样看来，父母的意义真的是大得不得了。他们先我们而存在，他们让我们看到我们出生前的情况，给我们呈现出了一个立体的多维宇宙，展示了生命长河的生生不息。

父母就是道。

我们的全部生命得之于父母，我们的欢乐与父母息息相关。

这并不是抽象意义的息息相关，而是实实在在的相关。

如果一个人有足够的孝心与爱心，那么他（她）就会在静下心来的

时候仔细看看父亲或母亲的脸。

这是一张怎样的脸啊！给人触动最深的就是他（她）的苍老。苍老表明老人家饱经沧桑，并且正在沧桑中老去。父母的死亡是无可避免的，这预示着我们的起源终将湮灭在时间的统治下。而父母在未死之前，他（她）的脸上便会向我们透露出一些或隐或显的生命信息。这不是别人的脸，这是生我们的本体宇宙的本来面目。这也就是我们的本来面目，父母的脸如此凝重，每时每刻都在给我们作明白的言说。

给人触动同样深刻的是我们惊奇地发现，我们长得与父母几乎一样。如果抹去岁月的痕迹，再消失性别特征与胖瘦这些细节，我们将发现两代人之间其实毫无差别。一个老祖母看她的儿子与看她的孙子是完全一样的，在她心中，这两个人是重叠又分开的图像。

我们都像我们的父母。这意味着什么？意味着一种铁的定律，永恒不变，它还意味着这个世界具有稳定的持续性，绝不会因突变与变异而丧失本原。这就为我们的人生提供了幸福的基础。

我们像父母，这说明两者之间有同一性。也就是说，我们只有对父母好，才能真正对自己好。因为我们生命的一部分就是父母，就这么简单。

孔子说："父母之年不可不知也，一则以喜，一则以忧。"又说："父母在，不远游，游必有方。"这些话都是至理名言。

人别在失去时才知道拥有。孔子生下来父亲就死了，十几岁时母亲又死了，对母亲的无限追恋，对父亲的无限渴望使他深刻体会了父母对人类成长的重要性，这是本源与本原，绝不可舍本逐末，绝不可本末倒置。

很多人离开家乡去外面打天下，有的成功了，有的没成功，都无一例外地蹉跎了岁月。他们或因成功而忙碌，"没有时间看父母"；或因一事无成而羞于见爹娘。这就出现了一个奇怪而又残酷无比的普遍现象：他们一去不回，等终于哪一天回到家中一看，父母老了，病了，甚至死了。这是多么惨痛的教训，这时才知道什么叫："一失足成千古恨，再回头是百年身。"

为了避免这种情况发生，我们做子女的就应该多爱父母，多想父母，多看父母，"父母之年不可不知也"！

一个"孝"字，将一个人的人品高下昭然揭示。

一个人如果坏透了，无恶不作，但知道孝敬父母，我们仍将他当人看。

一个人如果名声好得不得了，对谁都好，偏偏对父母不好；事业有成，偏偏忘了根本，那么这样的人不值得交往，应该把他驱逐出"人"的概念，让他在痛失所爱时知道什么是悔恨。

爱父母才能爱自己。在哲学家与科学家看来，每个人都与他的父母比想象的更接近。父母揭示我们的命运，因此对父母好不仅是回报，更是为了做好自己。

培养孩子的自信心

——宣父犹能畏后生，丈夫未可轻年少

【出处】

李白《上李邕》

【原文】

大鹏一日同风起，扶摇直上九万里。

假令风歇时下来，犹能簸却沧溟水。

世人见我恒殊调，闻余大言皆冷笑。

宣父犹能畏后生，丈夫未可轻年少。

【译文】

大鹏一日从风而起，扶摇直上九万里之高。即使在风歇时停下来，其力量之大犹能将沧海之水簸干。时人见我好发奇谈怪论，听了我的豪言皆冷笑不已。孔圣人还说后生可畏，大丈夫可不能轻视年轻人啊！

【做人智慧】

培养孩子的自信心

李白年轻的时候饮酒作乐、豪情万丈、意气风发，对别人的很多做法都不满意，于是就写下"丈夫未可轻年少"来抒发自己内心的不平。圣人孔子说过"后生可畏"的话，意思就是：你们这些老夫子实在不应该任意轻视少年，今天我失意沉默，怎知我日后就不飞黄腾达，大显身手呢？表现出高度自信。

人有两个最核心的不合理信念，一个是"我不可爱"，另一个是"我没有能力"，这两个不合理信念给人们带来种种发展限制。而这些信念的产生可以追溯到幼年时期，妈妈的态度、教师的态度、其他重要成人的态度，都是描述和刻画它们的根源。因此，这个时期，孩子所得到的一些评价会使他们对自己的看法产生极大的影响。

心理学家曾研究过认可、赏识对成人与孩子的影响。他把小学生分为两组，经常对第一组的孩子说"这件事情你肯定能做到""好好干""你真棒"等鼓励的话，而对第二组的孩子说"你怎么这么差"等批评的话。过了一段时间后发现，得到鼓励和赏识的孩子会比受到批评的孩子更出色。这对成人也有同样的影响力。这就证明，不管是成人还是孩子都想从对他有影响力的人那里得到认可和称赞，这些认可、赏识会使人们产生追求成就的热情。

妈妈的认可是孩子建立自信的首要源泉。发展心理学认为，儿童是通过成人的眼睛来看自己的。儿童的自信和自我认同来自妈妈或重要他人的评价。简单的一句："你是一个好孩子""你是个乖宝宝"，就能让一个孩子心满意足、充满快乐。而一句"你不是个好孩子""你不乖"，也能让一个孩子沮丧不已、痛哭流涕。

妈妈是孩子生命的主要依存者，妈妈的赏识是孩子建立自信的首要源泉。但是在我们的文化中，赏识是很让人担心的一件事。许多妈妈都会用心良苦地认为"表扬使人骄傲，骄傲使人落后"。为了避免孩子翘尾巴，她们尽量把赏识压缩、淡化。甚至，有些妈妈还会给赏识加上后缀："如果你……就更好了！"孩子是一个很差的理解者，他们不能辨别妈妈一些更深的用意。所以，从这样的吝惜赏识和谨慎表扬中，孩子很可能得到的是"我不够好"的结论。

我们是在一个谦卑、谨慎的文化背景下长大的，妈妈的自豪总是不敢坦率地表现出来，她们永远会说"继续努力，下次争取更好的成绩"这样的话，让孩子永远不能活在当下，享受当下的快乐。从孩子有了一定成绩之时，下一个更大挑战的压力就开始了，要保持赏识，就要保持优秀。这样的循环从一开始便注定了孩子一生的失意和不快乐。所以，要改变这种状况，当孩子取得一点进步时，当孩子表现出积极的一面时，要及时地予以赏识和认可。

有一次，妈妈带4岁的瑾瑾到公园玩。瑾瑾高兴地在公园的草地上跑来跑去，像一只脱缰的小马。一会儿，他跑累了，就躺在草地上打起滚来。突然，听到瑾瑾一声尖叫，妈妈赶快跑过去，只见他脸蛋都吓白了，一把抱住妈妈，惊恐地叫道："妈妈，我害怕！"妈妈走近那块草地，仔细找了半天，才看见一条几厘米长的绿色虫子。

妈妈把虫子捏起来，放在掌心，然后对儿子说："这条虫子没有什么可怕的，它不会咬人，是条草虫子。"

听到妈妈这么说，瑾瑾才敢凑过去，仔细地看着虫子。

"来，把虫子捏起来。"妈妈说。

瑾瑾一听，吓得后退了两步，一边摆手一边对妈妈说："我不敢，我不敢！"

"不用怕，你是个男子汉，还害怕一条小虫子？"妈妈鼓励瑾瑾。

瑾瑾听到妈妈的话，鼓起勇气走过去，小心翼翼地用手碰碰妈妈手心里的虫子，见它没什么反应，慢慢地捏了起来。

"瑾瑾真是好样的！"妈妈高兴地对瑾瑾说。这时，瑾瑾看着被自己捏在手中的虫子，也高兴地笑起来。

歌德曾经说过："人类最大的灾难就是瞧不起自己。"哀莫大于心死，父母对孩子的失望意味着教育的停止，而孩子对自己的失望更意味着进步的停止。自信心是孩子学习、生活成功的精神支柱，然而孩子的自信心不是天生的，而是在后天的生活实践与学习中培养起来的。

孩子是需要赞赏的

——平生不解藏人善，到处逢人说项斯

【出处】

杨敬之《赠项斯》

【原文】

几度见诗诗总好，及观标格过于诗。

平生不解藏人善，到处逢人说项斯。

【译文】

多次读到你的诗总是觉得很好，等到看见你的气度品格更高于诗。

我一生也不愿意藏匿人家的长处，无论到哪里见人就会推荐你项斯。

【做人智慧】

孩子是需要赞赏的

这首诗表现出作者乐于赞人美德的广阔胸怀，最后鲜明地刻画出作者奖掖后进、揄扬人善的美好品德。我们每个人都渴望别人的赞美和夸奖。林肯曾经说过："每个人都希望得到赞美。"著名心理学家威廉·詹姆斯发现："人类本性中最深刻的渴求就是赞美。"这是人类与生俱来的本能欲望。所以，能否获得称赞，以及获得称赞的程度，变成了衡量一个人社会价值的标尺。每个人都希望在称赞中实现自己的价值。

家庭教育中，很多家长都很重视孩子的修养，都希望孩子成为有修养的人。可是，很多家长却对修养的定义有所误解，常常误认为衣着光鲜、气派十足就是有修养，从而忽视了对孩子文明礼貌的培养。

由于现在很多孩子在家里都是独苗，备受父母和爷爷奶奶的宠爱，而这种不计后果的娇宠往往造成孩子自私、娇纵的性格。孩子在与人交往中，总是以自己为中心，从不考虑他人的感受。甚至有些孩子，长幼不分，言语粗俗，不懂礼貌，不懂得尊重他人；在公众场合，为所欲为，没有公德意识，不懂得约束自己的行为，使周围的人产生厌恶情绪，最终成为不受欢迎的人。

一些家长只关心孩子的学习问题，觉得只要孩子学习好就万事大吉，对于什么礼貌、修养之类的，都只是一些生活中的细枝末节，从不挂在心上；更有一些家长，由于对孩子的溺爱，什么都由着孩子的性情，即使孩子犯错、不尊重他人，也总认为"孩子还小，等长大了自然而然就懂得如何为人处世了。"这些家长的错误想法，往往会害了孩子。由于文明礼貌教育和修养的缺失，很可能会使孩子与周围的人关系紧张，从而导致孩子今后的发展受阻。

在我国古代，对礼仪有着明确的规定，把礼仪和礼貌看作人与人之间交往之本，礼仪和礼貌也是一个人修养的体现。古语说得好，"得民心者得天下"，一个尊重他人的人同样会得到他人的尊重。懂礼貌、尊重他人是一个人的基本修养，文明礼貌更是社会交际对个人的基本要求，也是人与人之间的社会公德之一。礼貌待人体现出对他人的尊重，也反映出人与人之间平等与友善，一个懂文明讲礼貌的孩子，将来必定会有卓越的成就。

不仅如此，家长还要注重培养孩子的礼仪。因为在交往中最能给人直观感受的就是礼仪，礼仪是家庭文化和家庭教育的直接表现。因此，家长要从小培养孩子良好的基本行为规范，使他成为一个懂礼貌、懂礼仪、有修养的人。

有一次，著名作家兼演说家弗洛伦丝·利陶尔女士突然被请去给儿童作演讲。起初，利陶尔真不知道该讲些什么好，突然，她机智地想到了《圣经》上的一段话，便决定以此为中心展开演讲。

《圣经》上的那句话是这样说的："不要让恶毒的话从你的嘴里说出来。要多说良善的话，多说赞美人的话，使听的人受宠若惊。"这段话对孩子来说有点深奥。利陶尔教孩子们念这段经文，解说了其中难懂的词。然后，她对孩子们说："我们的语言应该像是礼物，一份小小的礼物。有时候我们也许不能送给别人一些他们想要的东西，但我们可以把赞美这份小小的礼物送上，我们的话肯定会让他们觉得开心。"

利陶尔进一步解释道："从现在开始，我们在说话时不应该用坏的字眼，而应该用美好的词汇。我们的话语应该用来建设，而不是破坏。这些说出口的话，都应该像是送出去的礼物。"

她的话音刚落，一个小女孩站了起来，大声地说："我明白了，您的意思是，我们所说的话应该像一个结着蝴蝶结的漂亮的银色礼物盒。"

是的，赞美的话语就像我们送出去的"结着蝴蝶结的漂亮的银色礼物盒"，它让施者和受者都得到莫大的享受。

生活需要赞美。一句真诚的赞美，能让一个困顿中的人精神振奋，继续踏上坎坷的道路。同样，一句尖刻的批评，会使一个进取中的人心灰意冷，陷入绝望的境地。

很多妈妈知道孩子是需要赞赏的，也常常听到有人说："好孩子是夸出来的。"在我们的周围，也能听到一些妈妈对孩子毫不吝啬的夸奖："儿子，你真棒！""闺女，你太聪明了！""你真是好样的！"鼓励孩子，让他们更自信，更努力，本来无可厚非。但是与批评孩子需要艺术一样，赞赏孩子同样需要艺术。如果简单地把赞赏孩子看成是不管孩子做什么，也不管孩子做得怎么样，总是用"很棒""很乖""很好"之类的词语去赞赏孩子的话，其结果往往是"赞"而不"赏"，甚至会违背赞美孩子的初衷。

赞赏孩子是妈妈常用的教育手段。细细审视妈妈对孩子的赞赏，会发现许多赞赏激动人心、催人奋进。在这些赞赏的激励下好学上进、从自卑走向自信的孩子越来越多。

然而，许多妈妈或教师似乎不知道什么是赞美，在他们的嘴里，总是孩子的缺点和错误，似乎孩子一无是处。对待犯错误的孩子，他们总是数落一通，让孩子低头认错、检查反思。殊不知，没过两天，依然如故，或许更甚。这样的教育方式，不仅达不到目的，而且会严重损伤孩子的自尊。

卢悦活泼聪明，刚刚6岁，就会背100多首唐诗了。卢悦的数学、英语学得也很好，在学校经常得到老师的表扬。可是，令卢悦感到很不开心的是，他怎么也得不到妈妈的肯定，妈妈甚至还经常贬低他。记得有一次，卢悦在学校举行的英语演讲比赛中获得了二等奖的好成绩。当他兴冲冲地跑回家，把自己得到的二等奖奖杯拿给妈妈看时，妈妈却冷冷地说："你只得了二等奖，这有什么值得高兴的。你怎么不得一等奖呢？"妈妈的话就像给卢悦泼了一盆凉水，卢悦把奖杯塞到衣柜的底层，他再也不想看到那个奖杯了。

还有一次，卢悦的强项数学没有考好，他本想从妈妈那里得到些安慰。可是妈妈看了他的成绩单却对他说："你怎么这么笨啊，以前不是挺有能耐的吗？真是越学越退步，考得这么差，真是猪脑子！"听了妈妈的话，卢悦很伤心，他不明白为什么别人的妈妈都是那么慈爱，自己的妈妈却这样对待自己，想着想着，泪水就忍不住地流了下来。渐渐地，卢悦对学习就不感兴趣了，学什么都提不起精神来，经常在课堂上走神。

在现实生活中，也有很多像卢悦妈妈那样的妈妈，她们吝啬自己赞美、鼓励的语言，习惯于贬低自己的孩子。原因在于她们害怕赞美会产生"副作用"，让孩子滋生出骄傲、自满的情绪。于是，为了让孩子拥有谦虚、谨慎的学习态度，她们便不断地在孩子身上挑缺点、找毛病，她们甚至认为，优点不说出来还是优点，但缺点不指出来就是对孩子不

负责任。教育专家称，妈妈这么做不仅不会对孩子的成长产生积极作用，而且还会阻碍孩子的发展。

让孩子懂礼貌，有修养
——莫言闲话是闲话，往往事从闲话来

【出处】

卫准《无题》

【原文】

莫言闲话是闲话，往往事从闲话来。

何必剃头为弟子，无家便是出家人。

【译文】

不要说闲言碎语只是无关紧要的闲言碎语，世上很多是非之事都是因为这些闲话而产生的。为什么非要剃发之后才能成为佛门弟子呢？没有家就是出家人了吧。

【做人智慧】

让孩子懂礼貌，有修养

这首诗告诫世人不要纠缠于闲言碎语，因为那是风波的根源。闲话生事，不造闲话，不信闲话，不传闲话是一种懂礼貌、有修养的表现。

文明礼貌是我们中华民族的传统美德，从古至今源远流长。而《论语》中这句"不知礼，无以立"正体现了我们这个礼仪之邦的风范。正如这句话所说的，不懂得礼仪、礼貌，就很难有立身之处。在生活中，人与人的交往，更离不开文明礼貌，一个人的礼貌和修养程度，决定了这个人在社会中的地位和被别人的认可程度。

其实，所谓的礼貌就是你所表现出来的言谈举止。它不是一种表象，它是一种发自内心的真诚和善意，是基于对他人的重视和尊重。在

美育让孩子更"美"

——新松恨不高千尺，恶竹应须斩万竿

【出处】

杜甫《将赴成都草堂途中有作　先寄严郑公·其四》

【原文】

常苦沙崩损药栏，也从江槛落风湍。

新松恨不高千尺，恶竹应须斩万竿。

生理只凭黄阁老，衰颜欲付紫金丹。

三年奔走空皮骨，信有人间行路难。

【译文】

常常焦虑沙岸崩塌，药栏损坏，并随江槛一起落到湍急的水流中。恨不得小松树长到千尺高，到处乱生的恶竹也应该斩除！回去后我的生计只有依靠阁老您了，衰老的身体也想托付给丹药。这三年四处奔波，人瘦得只剩皮包骨头，才相信人生坎坷，行路艰难啊！

【做人智慧】

美育让孩子更"美"

"新松恨不高千尺，恶竹应须斩万竿"暗喻乱世之岁匡时济世之才难为世用，各种丑恶势力却大行其道，寄托了扶善疾恶之意。

蔡元培先生曾经说过："所谓健全的人格，内分四育，即体育、智育、德育、美育。""美育者，与智育相辅而行，以图德育之完成者也。"美育以陶冶孩子的情操为目的，它使我们具有美的理想、美的情操、美的品格、美的素养，且具有欣赏美和创造美的能力。

美育的直接功能就是"育美"，即审美观的确立。一些学者认为审美和创造美的能力的发展，可以促进德、智、体等。我国学者认为："美育的任务可以概括为树立正确的审美观，培养欣赏美和创造美的能力。"

在现代家庭中，美育教育十分重要，它的特殊意义不仅在于帮助孩子分辨善恶美丑，而且在于让孩子生活在美的环境中，让美时时伴。对孩子的审美观和审美能力的形成和发展，家庭起着决定性的作用。而作为孩子第一任老师的家长更有着言传身教的义务和责任。

如今，随着社会的不断发展和日益繁荣，社会上一些不良的事物越来越多地充斥和感染着孩子们幼小的心灵，大人们的审美倾向潜移默化地影响着孩子。由于孩子们辨别能力较低，缺乏正确的审美观念和能力，难免出现一些不健康的追求。教育实践证明，通过审美教育对孩子的道德观念、行为准则进行规范，用美育使孩子们的心灵得到净化，是中华民族优良的教育传统。因此，开展审美教育是一件刻不容缓的大事。

在审美教育中，许多家长对于美育的理解过于片面，往往把审美教育视同音乐、美术等艺术特长，认为请家教、送孩子上特长班，学习乐器的演奏和绘画技巧，就会自然形成美的修养，其实这是一种舍本逐末的做法。

人们的审美观念，往往受时代、民族、阶级、传统、习惯、文化教养的影响和制约。不同时代、不同民族、不同阶级和不同文化教养的人，审美观念也各不相同。而不同的审美观念体现在审美理想、审美趣味和审美判断上，也会各有高低、好坏、正误、健康和庸俗之分。因此，家长一定要让孩子正确区分什么是真、善、美，什么是假、恶、丑，从小培养孩子具有健康的审美情趣，逐步提高孩子的审美思想和正确的审美能力，培养孩子积极、开朗、朝气蓬勃、热爱生活的思想和性格，为孩子创造美的生活打下良好的基础。

美好的事物总是存在于我们的眼前，并以其特有的魅力吸引我们不断探索和追求。苏联著名教育实践家苏霍姆林斯基认为："美是道德纯洁、精神丰富和体魄健康的强大源泉。"审美教育可以借助引导孩子发现美、认识美、追求美从而达到修身养性、提高道德修养的培养目标。心理学研究认为，情感活动作为连接伦理结构的渠道和中介，从而使审美情感成为一种行为的动力。一方面，人的道德行为总是以道德认识为基础的；另一方面，并不是有了某一层面的道德认识就必然有相应的道德行为。只有当道德认识与相应的情感相结合而形成理想、信念，并作为一种动力推动道德认识、理想、信念向道德行为转化。

先教孩子做人　后教孩子做事

——居高声自远，非是藉秋风

【出处】

虞世南《蝉》

【原文】

垂绥饮清露，流响出疏桐。

居高声自远，非是藉秋风。

【译文】

蝉垂下像帽缨一样的触角吸吮着清澈甘甜的露水，声音从挺拔疏朗的梧桐树枝间传出。

蝉声远传是因为蝉在高树上，而不是依靠秋风。

【做人智慧】

先教孩子做人　后教孩子做事

这首诗托物寓意，借写蝉说明具有高尚品格的人，其名声自然能传到远方。"居高声自远，非是藉秋风"是指品格高洁的人并不需要凭借某种外在力量自能声名远播。

孔子认为，一个人的德行比他的才能更重要。一个人可以没有聪明的头脑、健全的身体，但是不能没有道德。道德是一种人们在社会交往中行为的标准，是社会发展的根基。一个人即使拥有高学历，高智商，却没有道德观念和优秀的品质，也将是社会的废品，也会受到社会和周围人的唾弃，所以，道德是一把通往成功的秘密钥匙。胡适先生就曾经说过，孔子的人生哲学注重养成道德的品行。无论做人做事都要以道德为基础，只有品德高尚的人才能获得真正的成功。

今年春节，勤勤又过了个"丰收年"，不仅收到了长辈们的祝福，而且收到了很多大大小小的红包。勤勤认真地打开每个红包，一遍遍精心地数着里面的钱。妈妈看着勤勤认真的样子，笑着称她是"小财迷"。

"勤勤，妈妈想知道，这些钱你到底想要怎么花呢？"妈妈微笑地看着女儿。

"我要买好多好吃的、玩具，还要买喜欢的漫画书，还有……"勤勤歪着头边说边想象着。

"嗯，这些主意都不错，但是妈妈觉得它们都没有什么创意，你再想想，能不能用这些钱做些有意义的事情？"妈妈的话让勤勤陷入了深思。

不一会儿，勤勤拿着这些压岁钱兴奋地走到妈妈身边说："妈妈，我知道了，这些钱应该存进银行，等我以后上大学用。"

妈妈把勤勤搂在怀里，笑着说："宝贝，这个主意非常不错。看来我女儿是个有理想的人。但是，"妈妈话锋一转，认真地说，"这些想法都有些自私，为什么不能和别人分享呢？"

"这些都是我的钱啊。"勤勤低着头小声嘟囔着。

"是的，这些的确是勤勤的钱，是爷爷奶奶、叔叔阿姨送给勤勤的一片心意。但是，勤勤为什么不能把这份爱分给其他小朋友一些呢？"妈妈认真地看着勤勤，"你看那些贫困山区的小朋友，没有钱上学，读书多困难啊！如果我们能帮助他们，献上我们的一片爱心，那就会有更多的小朋友可以有书读了，你说是吗？"

勤勤在妈妈炽热的目光下，仿佛领悟到了什么。她将自己手上的红包统统交到妈妈手里，"妈妈，你带我一起把这些钱都捐给贫困山区的

读唐诗 学做人

小朋友吧，我希望他们能和我一样上学。"

"勤勤真是个好孩子！"妈妈一把搂过女儿，心情异常兴奋和激动。

每到春节，很多孩子都会收到数量众多的红包，就像勤勤最初的想法一样，很多孩子都会把钱花在吃、穿、用上，但勤勤的妈妈却引导和鼓励孩子将钱捐给贫困山区的孩子，给孩子上了一堂生动的德育课。

无论是古今中外的学者还是诸多的成功事例，无不显示出道德的重要性。尤其是在物欲横流的当今，父母对孩子的道德教育更显得格外重要。但现在很多家长却总是把孩子的学习放在第一位，从而忽视了对孩子的品德教育，常常错误地认为只有学习好才算是有才干的人，才能在竞争中脱颖而出，走上成功的道路。其实不然，一个能力超强、智商非常高，但品质败坏、道德低下的人，不仅不能造福人类，还很有可能对社会造成极大的危害。

中华民族几千年来都流传着"修身、齐家、治国、平天下"的古训，"修身"就是使人品正，正则"品"端，直则"人"立。为此，"修身"被作为成功重要的前提。无论做任何事，如果不修身，没有道德做基础，一切都仿佛是空中楼阁。道德是调整人与人之间关系的一种行为规范，如果一个人缺少道德理念，无论他知识多么渊博、能力多么强大，都不会受到人们的喜爱和赞赏。这也正是孟子为什么舍鱼而取熊掌，圣人舍才而取德的道理，因为只有德才兼备的人才称得上是完美的人。

一个人的成功是从无数一点一滴的小事中汇集起来的，而每一件小事都透露出一个人的道德和修养。一个人的优秀道德品质往往会给他带来意想不到的收获。

"德"是我们唯一的财富，真正的智者都知道，只有道德修养才是人们最可靠的支柱。因此，作为家长，在努力抓孩子学习的同时，更要注重孩子的道德教育。俗语说得好，"做人要美，做事要精，立业先立德，做事先做人。"让孩子从小懂得无论做任何事都要先从做人开始，如果连人都做不好，何谈学习、事业与成功呢？

第十章

读唐诗，学家国情怀

饮水思源，富不忘本

——举头望明月，低头思故乡

【出处】

李白《静夜思》

【原文】

床前明月光，疑是地上霜。

举头望明月，低头思故乡。

【译文】

明亮的月光洒在床前的窗户纸上，好像地上泛起了一层白霜。我禁不住抬起头来，看那窗外天空中的一轮明月，不由得低头沉思，想起远方的家乡。

【做人智慧】

饮水思源，富不忘本

这首诗写的是寂静的月夜思念家乡的感受。"举头望明月，低头思故乡"是通过对动作神态的刻画，深化思乡之情。

广东人是在艰苦环境中创基立业，在激烈竞争中脱颖而出的。他们走出本地，闯荡大江南北，漂洋过海，打拼异国天地。他们落地生根，开枝散叶，凭超群胆略，以争先气魄，驰骋各界。广东人虽然奔走各地，但他们饮水思源，富不忘本，取得成就后回馈桑梓成了他们普遍的做法。这不仅为自己创下了基业，也为当地社会和家乡祖地做出了巨大贡献，由此赢得世人尊敬以及家乡人民的爱戴。

1979年，李嘉诚回到阔别40年的家乡。当日，在潮州市政府举行的茶话会上，李嘉诚说出一席感人肺腑的话："我是1939年潮州沦陷的时候，随家人离开家乡的，至今已有整整40年了。40年后的今天，我第一次踏上我思念已久的故乡的土地，虽然一路上我做了心理准备，我知道僻远的家乡与灯红酒绿的香港相比，肯定是有差距的，但是我没想到差距会这么大。就在我刚下车的时候，我看到站在道路两边欢迎我归来的、衣衫褴褛的父老乡亲们，我心里很不好受，我心痛得不想说话，也什么都说不出来，说真的，那一刻，我真想哭……"李嘉诚说到这里，已经泪水潸然。

回港后，李嘉诚与家乡飞鸿不断，他在信中恳切地说道："乡中若有何助于桑梓福利等，我甚愿尽其绵薄。原则上以领导同志意见为依归。倘有此需要，敬希详列计划示告。……月是故乡明。我爱祖国，思念故乡。能为国家为乡里尽点心力，我是引以为荣的。"

"本人捐赠绝不涉及名利，纯为稍尽个人绵力。"

1980年，李嘉诚捐资2200万港元，用于兴建潮安县医院和潮州市医院，大大改善了潮州的医疗条件。

其后，李嘉诚积极响应市政府发起的募捐兴建韩江大桥活动。李嘉诚捐款450万港元，名列榜首，庄静庵（其舅父、岳父）居其二，陈伟南（香港屏山集团主席，饲料大王）列第三。共集善款5950万元人民币。大桥于1985年奠基，1989年竣工。在大桥东侧笔架山上，有一座韩江大桥纪念馆，在捐资者中，李嘉诚的彩色大照位于正中。

李嘉诚还多次捐善款，资助家乡有关部门设立医疗、体育、教育的研究与奖励基金会，每笔金额10万～150万港元不等。

李嘉诚慷慨解囊，善举义行，在家乡广为流传。尤令人称道的是，他淡泊功名，保持低调。他不同意以他的名字为潮安、潮州两医院命名。

1983年元宵节，家乡政府举行包括潮安、潮州医院在内的多项工程落成与开幕剪彩仪式，李嘉诚均不愿参加剪彩活动。最后，在有关领导的多次劝说下，他才在开幕前的一分钟赶到医院剪彩。

1984年，他向中国残疾人基金会捐赠100万港元；1991年，他又捐出500万港元，并表示从1992年至1996年间，陆续捐赠6000万港元。

1987年，他向中国孔子基金会捐款50万港元，用于赞助儒学研究，该基金会在山东曲阜为李嘉诚树碑立传。

1988年，他给北京炎黄艺术馆捐款100万港元。同年，捐200万港元资助汕头市兴建潮汕体育馆。在广东省和广州市，李嘉诚先后有数千万港元的捐款。

独资兴办汕头大学，更是李嘉诚在祖国义举的一块丰碑，从1979年至今，他捐出的款额逾8亿港元。

李嘉诚在商业上的辉煌业绩，以及在公益事业上的慷慨之举，为他赢得无数的荣誉。中国领导人邓小平、江泽民、李鹏等多次接见他，高度赞扬他为祖国、为家乡做出的贡献。

1986年，香港大学校监、港督尤德爵士授予李嘉诚名誉博士称号。

1989年元旦，李嘉诚获英国女皇伊丽莎白颁发的CBE勋爵及勋章奖章。

抛开功利，善行义举显示了李嘉诚崇高的人格和品德。但谁又能否定，李嘉诚的高尚形象没有给他的商业带来效益？道理很简单，做生意谁不想找一个品格高尚、信誉卓著的商人做伙伴，谁愿意与奸商交朋友呢。

从商业角度看，李嘉诚的善举是他商业活动中的无形资产。从某种意义上来说，这个无形资产要比有形资产更昂贵、更具价值。

李嘉诚捐赠善款，不论款多款少，往往会对公众或传媒说一席爱国爱港、利国利民的话，感人肺腑。

平常多做一些小的善事，人们固然会感激涕零，但是当他们有难、处于生死存亡的境地时，如果你能伸出援手，这才是"善之大者"，也是一种为人处世的最高境界之一。

李嘉诚先生华东赈灾的义举，就属于这种行为，这使他再一次誉满神州。

据中国"国际减灾十年"委员会秘书长陈虹在1991年7月11日于北京召开的中外记者新闻发布会上介绍，1991年上半年，特别是五六月份以来，中国已有18个省、自治区、直辖市发生水灾，5个省、自治区发生严重旱灾。截至7月5日，全国因灾死亡1270人。

灾害最重、损失最大的是安徽和江苏两省。据初步统计，安徽全省受灾人口达4800多万人，约占全省总人口的70％，因灾死亡267人，农作物受灾面积430多万公顷，各项直接经济损失近70亿元人民币。江苏全省受灾人口达4200多万人，占全省总人口的62％，受灾死亡164人，农作物受灾面积300万公顷，各项直接经济损失90亿元人民币。

中国政府对这两省的救灾工作予以特别关注。但是，由于灾害造成的损失大、范围广，目前仍有200万人无家可归，并已有灾民患肠道疾病，大量的公路、桥梁等设施急需修复，完成上述救灾任务需要2亿多美元和各种物资器材。

陈虹代表中国政府，紧急呼吁联合国有关机构、各国政府、国际组织，以及国际社会各有关方面，向中国安徽、江苏两省灾区提供人道主义的救灾援助。

李嘉诚先生从报刊上读到关于"安徽、江苏地区遇上百年未见洪灾，灾情特别严重"的信息，心情很沉重，他密切关注着灾区的情况。

李嘉诚当即拨与长实、和黄、港灯、嘉宏四大公司的负责人联系并取得一致共识，带头捐款5000万港元，赈助华东灾区。

李嘉诚先生的爱国心赤子情，无愧是中华民族炎黄子孙的精英和代表。

李嘉诚一生追求财富不是为了自己享受，而是为了造福百姓，为了普天下人民的利益，这是他心胸宽大的表现，是他心地善良的表现，也是他能够成功的根本原因。

反哺家园，心系乡土
——独在异乡为异客，每逢佳节倍思亲

【出处】

王维《九月九日忆山东兄弟》

【原文】

独在异乡为异客，每逢佳节倍思亲。

遥知兄弟登高处，遍插茱萸少一人。

【译文】

独自远离家乡难免有一点凄凉，每到重阳佳节倍加思念远方的亲人。远远想到兄弟们身佩茱萸登上高处，也会因为少我一人而生遗憾之情。

【做人智慧】

反哺家园，心系乡土

这是一首思亲诗，"独在异乡为异客，每逢佳节倍思亲"可以说是表达游子思乡、佳节思亲的"绝唱"。

反哺家园，心系乡土，是粤商从古至今共有的情结。据不完全统计，广州的真正发展还是要靠当地经济的发展，要靠当地的广东人自己来建设。所以，在广州本土经营的粤商，他们反哺家乡的方式，除了像外地粤商那样捐助家乡公益事业外，经营好自己的企业，从而带动当地经济发展，提高就业率，本身也是一种回报家乡、回报社会的途径。而后者的意义，往往更甚于前者，因为它能切实解决当地的民生问题。他们是家乡建设的中坚力量。

广东威华集团董事长李建华说："随着企业的不断发展壮大，我不但做工程施工，还参与了公益事业建设，创造出被水利部专家誉为'梅州水利模式'的清凉山水利枢纽工程，给梅城30万群众带来甘泉，使林业产业化实现社会效益、企业效益和生态效益的有机统一，聊以自慰平

生。"这说的不正是一个企业家的社会责任吗？企业就是应该回报社会，服务民生。

"没有国哪有家，实业报国是每一个企业家人生价值的最高体现"，广东梅雁的杨钦欢如是说。他认为，对于企业家来说，最大的正事就是把企业搞好。如果企业经营不好，破产了，导致许多员工下岗，那企业家怎么去代表人民群众的根本利益。据我们了解，杨钦欢不但关爱自己的员工，而且他认为只有彻底改变在市场经济中下岗员工和一些贫困的弱势群体的经济地位，才是一个民营企业领导人、一个共产党员应负的社会责任。为此，他积极实施下岗职工再就业工程，几乎每年都会提供相当数量的就业岗位，解决部分失业人员、下岗人员的再就业问题。据统计，梅雁集团于2001年、2002年、2003年分别安排失业、下岗人员再就业167人、243人和394人。

杨钦欢还大力发展农村经济，相继投资8亿元分别兴建水电站、改造梅江河段、举办种植场，既充分利用山区水力资源，又保障了农村经济的发展，使1800户农户有了相对稳定的收入。他积极支持农村的精神文化建设，捐资100多万元改善农村办学条件，捐款100万元支持农村重见光明工程。"非典"期间，杨钦欢毅然决定无偿提供价值260万元的药品，为梅州抗击"非典"做出自己的贡献。比之于历史上或外地的客商，杨钦欢的反哺精神一点都不逊色。

大埔县西岩茶叶集团的魏顶国董事长是一位以实业带领当地农户发家致富的企业家。近几年，西岩茶叶集团积极响应国家号召，到农村创业，在农村求发展，带动和帮助更多当地农户走上富裕的道路，发挥了龙头企业的牵引、辐射、示范和带动作用，积极为广大茶农提供产前、产中、产后的系列优质服务。目前，公司已带动周边5600多户农户发展茶叶生产，并签订常年茶保价收购合同，使茶农每户平均增收3500元以上，解决了农户卖茶难的问题。通过实施产业扶贫，大力兴办带动贫困农户增收的特色茶叶生产基地，引导农民更好地走向市场，解决了小农户和大市场的矛盾。魏顶国以自己的企业引导了当地经济的发展，解决了当地农户致富难的实际难题。作为广东省农业龙头企业，雁南飞茶田也是充分发挥企业优势，创造了规模经济效益，并且有力带动了当地种植业的发展，与西岩茶叶集团的经营有异曲同工之妙。

社会是企业生存、成长、兴旺的土壤。企业在经营过程中，本应该承担其社会责任，回报社会。这一点，粤商显然可以说是问心无愧。当我们了解广州企业的文化时，发现其企业文化里大多包含着这种"创办企业，回报社会"的内容。如广东威华企业文化的核心宗旨便是"以人为本、追求卓越、发展威华、造福社会"；威华倡导的是"企业发展要与自然和谐共生、和社会发展共荣"的经营理念。李建华指出，威华的企业文化要建立的是一种以"爱祖国、爱家乡、爱企业"为主导的文化。一个公司的企业文化，往往有管理者的价值取向、精神品质的烙印。企业家文化是企业文化形成的源泉，对于企业的创始人则更是如此。所以，在粤商的企业文化中，总会包含着回报家乡、回报社会的内容。

当谈到一个企业家的人生价值观时，陈彩银的话朴实无华：人生一世，如果不珍惜时光，努力做点事，又有何意义呢？搞企业就要不断追求，这样的人生才充实。一个人财富的多少并不重要，重要的是通过创业解决一批人就业，并为地方经济发展尽绵薄之力。

"富国强民"是所有中国企业家的共同使命和目标，梦想伟大，道路艰辛。自改革开放以来，广州地区能够创造辉煌的经济成就，一个重要的原因就是：广东人在主观上几乎全体一致地怀有为自己、为国人生活得更加美好而创造财富的使命，客观上形成了一致朝向"富民强国"目标前进的动力。一个企业绝不能仅仅以赚钱为唯一目的而存在。除了赚钱之外，企业还应该服务社会、创造价值、提供就业机会、把高质量的产品和服务提供给消费者，这些都是企业应该具有的目标，也可以说是梦想和使命。

报效国家，不图功名

——小来思报国，不是爱封侯

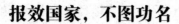

【出处】

岑参《送人赴安西》

【原文】

上马带吴钩，翩翩度陇头。

小来思报国，不是爱封侯。

万里乡为梦，三边月作愁。

早须清黠虏，无事莫经秋。

【译文】

你看那位壮士，手执胡钩跨上骏马，英姿勃勃地越过陇山头。他从小就立志报效国家，杀敌立功绝不是为了做官封侯。万里之外的故乡景象将会在你的梦中出现，边疆的月光常常会引起你的别离忧愁。你此去应该早日消灭那些胡族侵略者，不要优柔寡断将战事一拖经年。

【做人智慧】

报效国家，不图功名

诗人对友人英姿勃发、舍身报国、不计名利的行为极为赞赏，又进一步饶有兴趣地设想友人戍守边疆一定会产生思乡之念，最后祈盼早日荡平虏寇，还边境以安宁。全诗充满爱国主义豪情，"小来思报国，不是爱封侯"表达了报效国家、不图功名的豪迈志向和爱国情怀。

方液仙是上海著名的实业家，他独立创办的中国化学工业社，是上海日用化学工业品业之滥觞。他因为爱国而兴办实业，抵制洋货，也因为爱国而遭敌伪绑架，最后为敌所害。方液仙是爱国实业家的典范，也是上海人的骄傲。

方液仙，字传沆，1893年12月生于上海，是近代著名的镇海方氏子弟。方家世代为商，在上海、杭州、宁波等地经营钱庄、典当、银楼等，仅钱庄就设有二十多家。方液仙少年时就读于宁波斐迪中学和近代上海著名的教会学校中西书院，接受了良好的西学教育。他尤其喜爱研究化学，曾师从上海公共租界工部局化验师、德国人窦柏烈，其同学中还有后来著名的"味精大王"吴蕴初。他在家里设立简易的实验室，购阅有关制造日用化学品的书籍，苦心钻研，学会制造多种化工产品。

1910—1911年，上海发生钱庄倒闭风潮，方家多数钱庄亦未能幸免，仅存3家。方液仙之父方选青不擅经营，打算让方液仙继承家业，但他对经营钱庄并无半点兴趣，令父亲非常失望。鉴于当时外货化妆品，如欧美夏士莲雪花膏、劳氏白玉霜及日本金刚牌牙粉等充斥市场，方液仙决计自己研制化妆品。

1912年，19岁的方液仙开始筹设中国化学工业社（简称中化社），但遭到父亲的强烈反对。他并不气馁，多方奔走筹款，最终说服母亲方李氏，拿出私蓄1万元给他作启动资金。他在圆明园路安仁里家中设厂，购置一些简单设备，亲自率几个工人和学徒，生产三星牌雪花膏、白玉霜、生发油、花露水、牙粉等化妆品。当时因外货泛滥，中化社产品销量极微，连年亏损。家人、亲友见此情形，都力劝其停手，可他仍不改其志。他还和友人合伙开办了龙华制革厂、鼎丰搪瓷厂以及橡胶制品厂、硫酸厂等，多为国人首创的化轻工厂。在洋货大行其道的近代中国市场，本土产品几乎没有销路，最终都无奈停产了。

1915年，在1万元全部蚀本后，他又设法自筹3.5万元，并争取其舅父李云书投资1.5万元，在重庆路租了三间厂房，增加设备，聘请经理、推销员等，增加果子露、皮鞋油等产品。这时，中化社因大量资金注入，初具规模，但营业仍是年年亏损，不见起色。1919年年初，中化社又亏损殆尽，濒临倒闭。

1919年五四运动爆发，全国掀起了抵制洋货、提倡国货运动，中化社从而绝处逢生。中化社的产品质量并不亚于洋货，因此深受消费者欢迎，三星牌各类化妆品、日用品迅速打开销路，生产迅速发展，不久扭亏为盈，甚至一度出现供不应求的局面。1920年，方液仙请求上海钱业巨擘方季扬投资。方季扬同意入股，却有个条件：要求李云书撤资。方液仙左右为难，一位是舅父，一位是叔父，两位长辈都不好得罪。他权衡利弊，思虑再三，最终决定苦口婆心劝服舅父李云书退股。这样，中化社重组资金5万元，方液仙自认七成股份，方季扬认三成，中化社改组为无限公司，方季扬任董事长，方液仙任总经理。自从方季扬入股后，中化社得到金融界支持，有了稳固的后盾，在河南路设立总公司，采用新的管理方式，建立各项规章制度，扩大了生产规模。企业焕然一新，先后推出四大名牌产品。

1923年，方液仙的同学吴蕴初试制调味粉成功，由张崇新酱园老板出资投产。起初，方液仙见调味粉市场前景不错，打算投资参与，但张崇新老板坚持独资，因此方液仙决定中化社自己生产。他责成徒弟王修荫按照公开发表的制造方法试制，但生产环节繁多，整个生产过程需要两个月，而且质量也不稳定。方液仙遂携王修荫同赴日本，通过郭永康介绍，参观了日本"味の素"厂，并取回一些半成品，回国后经过进一步仔细分析研究，终于解决了生产技术问题，生产出观音粉和味生。观音粉质量不如天厨味精，销路不好，味生售价比天厨味精低30%，颇受欢迎。中化社调味料品的副产品酱油精、酱色的销路也不错。中化社与天厨味精厂作为同业有竞争，同时也有共同利益，在质量与价格方面形成互补，最终将日货"味の素"挤出了中国市场。

20世纪初，产自日本的"野猪"牌蚊香倾销中国，几乎独霸了上海及东南沿海市场。方液仙决计研制国产蚊香，与日货一较高下。经过钻研，他成功研制出蚊香。随即，他派职员赴日本学习用机器制造盘型蚊香的技术，拨款建厂房、置机器，进行机制蚊香试造，终于获得成功。产品取名为"福禄寿三星"蚊香，打破了日货垄断的局面。方液仙打出"国人爱国，请用国货三星蚊香"的广告语，通过报纸、招贴等形式广为宣传。在民众爱国热情的支持下，生意日渐兴隆，不仅畅销国内，而且远销南洋各埠。从此，市场上三星蚊香基本取代了野猪牌。

辛亥革命以前，日本生产的狮子牌金刚石牙粉在中国市场倾销。1912年，方液仙瞅准时机，开始生产牙粉，取名三星牌，为最早的国产洁齿剂。最初的几年，三星牌牙粉在国产牙粉市场上可谓独领风骚。但短短几年后，随着其他品牌牙粉相继出现，三星牌失去了昔日的辉煌，境况大不如前。这些新品牌各有所长，如无敌牌香味宜人，嫦娥牌包装精美，都是三星牙粉的劲敌，形成三足鼎立之势。在牙粉市场遭遇激烈竞争的情况下，方液仙思虑再三，最后决定与其苦苦支撑，不如另辟蹊径。

当时的国际市场，牙膏作为新生代，以其独特的优势成为牙粉的替代品。但在中国市场上，却只有洋货，最著名的是美国产的丝带牌牙膏。方液仙灵机一动，何不仿照丝带牌的配方和包装，试制牙膏呢？功夫不负有心人，牙膏研制成功了，但却遇到一个问题，牙膏管怎么办呢？几经周折，方液仙决定从薛路登洋行进口软管。终于，最早的国产牙膏于1923年诞生了，也叫三星牌。

当时，丝带牌牙膏每支卖7角5分钱，平民百姓都觉得是奢侈品。而三星牌最初定价2角5分，后降为2角，大家认为绝对是物美价廉，因此三星牌牙膏甫一问世，便风靡一时。很快，1925年五卅运动爆发，抵制洋货，三星牌牙膏更是供不应求，方液仙大大赚了一笔。

相对于蚊香来说，牙膏虽利润不高，但其优势在于产量大，不受季节限制，资金周转快。由于三星牌牙膏的先锋效应，一时之间，其他各种品牌的牙膏雨后春笋般冒了出来，比较著名的有黑人牙膏、留兰香牙膏等，但三星牌牙膏却一直遥遥领先，成为同业中的领头羊。

三星牌牙膏不仅在国内畅销，而且远销东南亚，甚至连非洲都有售。直至太平洋战事爆发，迫于无奈才停止了国外市场的销售。以后同业中纷纷继起生产牙膏，但中化社的三星、白玉牙膏一直处于领先地位。1949年后各种牙膏集中在中化社生产，改名为上海牙膏厂，当时品种有30多种，产量占全国牙膏生产的70%。

1931至1940年的十年间，是中化社的全盛时期。中化社从初创时的一个小作坊，20多年间发展成为业内首屈一指的综合性大型企业，是与方液仙知人善任、注重科技、严格管理分不开的。方液仙非常重视生产技术的改进，数度派人并亲自去日本、美国考察，学习外国的先进经验，引进先进设备。如中化社30年代引进的德国全套精炼甘油设备，就是当时世界上最先进的。方液仙深知建立严密的组织管理系统是实施科学管理的前提保证。1930年，他聘请留美归国的表弟李祖范为中化社经理，引入西方科学管理方法，规范管理制度，使中化社出现了前所未有的全盛局面。

方液仙不仅是有成就的实业家，也是一个具有强烈爱国意识的中国人。抗战时期，他为抵制日货、提倡国货、发展中国民族工商业做出很大贡献。由于方液仙在国货运动中的作用和影响，他被誉为"国货大王"。

多做利国利民之事

——丈夫贵兼济，岂独善一身

【出处】

白居易《新制布裘》

【原文】

桂布白似雪，吴绵软于云。

布重绵且厚，为裘有余温。

朝拥坐至暮，夜覆眠达晨。

谁知严冬月，支体暖如春。

中夕忽有念，抚裘起逡巡。

丈夫贵兼济，岂独善一身。

安得万里裘，盖裹周四垠。

稳暖皆如我，天下无寒人。

【译文】

洁白的桂布好似白雪，柔软的吴绵赛过轻云。

桂布多么结实，吴绵多么松厚，做一件袍子穿，身上有余温。

早晨披着坐，直至夜晚；夜晚盖着睡，又到早晨。

谁知道在这最冷的寒冬腊月，全身竟暖得如在阳春。

半夜里忽然有一些感想，抚摸着棉袍，起身逡巡。

啊，男子汉看重的是救济天下，怎么能仅仅照顾自身。

哪里有长达万里的大袍，把四方全都覆盖，无边无垠。

个个都像我一样安稳温暖，天下再没有受寒挨冻的人。

【做人智慧】

多做利国利民之事

诗歌由新制大衣讽喻社会，表达了作者兼济天下的胸怀。"丈夫贵兼济，岂独善一身"是全诗的警句，反映了白居易的思想：大丈夫贵在兼济天下，做利国利民之事，不能只顾独善一身。

"计利当计天下利，留名要留了世名。"我们知道传统文化特别是儒家讲究把修身齐家和治国平天下结合起来，"穷则独善其身，达则兼善天下。"儒家所提倡的对天下的责任和使命感，以及修身、齐家、治国、平天下的人生理想影响到每一个人，并逐步积淀为一种民族的心理定式。

山西商人乔致庸一生经商，一生都挂念民族荣辱，勇于承担社会责任。

乔致庸晚年，中国发生了一件大事：当时的山西巡抚与英商福公司秘密签订了由英国人包办山西平定、盂县、潞安、泽州、平阳的煤铁矿的开采合同。名为包办，实为出卖。

山西百姓认为这是一个丧权辱国、背叛民众的耻辱合同。平定州民首先起来反抗，接着省城士绅、学会集会反抗，群情激愤。在山西人民迅速觉醒，要求废止福公司合同，维护省民权利的同时，山西商人也积极行动起来，向清政府提出招商筹集股本，设立保晋矿务公司的意见。清政府迫于民众的压力终于同意撤销同英商福公司的合同，赎回自办。但福公司坚持要山西赔偿275万两银子的损失。

年迈的乔致庸听到这个消息后，积极响应，与其他商人共同出资，终于赎回英国人所据晋矿。山西保晋矿务公司的成立，挫败了帝国主义的阴谋，乔致庸等山西商人的名字也永载史册。

晋商热心于"大义"，绝不局限于捐款救灾之时，在近代救灾的大潮中，也留下了他们的身影。乔致庸急公好义，慷慨解囊，独自捐输3.6万两白银，在山西全省捐献最多。他还在乔家堡大街上设立粥棚，供应灾民。据说他每天都要亲自到粥棚检查米粥的稀稠，竹筷能插入粥中而不是浮在粥面上方算合格。

乔致庸的三子景俨"居恒俭素，却华糜"，曾出资主持修了溥溪河的永和渠，可溉田千余亩，对兴学建校等公益事业也热心相助。他本人还懂医术，经常为人免费诊治，施舍药物，因而很受乡里敬重。他所经手诊治的患者大都是穷人。他认为施舍药物也是一种花钱办好事的办法，花了钱可以消灾免难，比抽了大烟和赌博强得多。乔家大门口的拴马石上常年拴着三头牛，村子里谁家需用就牵去，傍晚还回来就是。邻里有困难者，如有病无钱就医，丧葬困难等，只要上门求助，总可以得到帮助。

乔映霞光绪元年出生，是乔致庸次子景仪的长子，深得祖父器重。一生竭力重振家风，整顿商务，兴建家宅。他思想开放，倾向推翻帝制的革命，在家乡开风气之先，带头剪辫子，动员妇女放脚，革除陋习，多有善举。留在乔家堡村人最深的记忆，是乔映霞持一把剪刀在村里追着人剪辫子的形象。可见他内心激荡奔放，对社会殷切的责任心，并没有被自家的深宅大院所围。他还在当地任过区长、禁烟委员会主任等职，带人奋力铲除鸦片烟苗，不惜发生争斗，引来祸端。

许多晋商形成了"爱国济民"的价值诉求，他们在商业活动中，不是单纯地谋求自己的一己之利，而总是力图对社会有所作为。他们不把个人利益看得高于一切，而是追求更高的超越性的国家之利。

心怀天下，忧国忧民
——安得广厦千万间，大庇天下寒士俱欢颜

【出处】

杜甫《茅屋为秋风所破歌》

【原文】

八月秋高风怒号，卷我屋上三重茅。茅飞渡江洒江郊，高者挂罥长林梢，下者飘转沉塘坳。

南村群童欺我老无力，忍能对面为盗贼。公然抱茅入竹去，唇焦口燥呼不得，归来倚杖自叹息。

俄顷风定云墨色，秋天漠漠向昏黑。布衾多年冷似铁，娇儿恶卧踏里裂。床头屋漏无干处，雨脚如麻未断绝。自经丧乱少睡眠，长夜沾湿何由彻！

安得广厦千万间，大庇天下寒士俱欢颜！风雨不动安如山。呜呼！何时眼前突兀见此屋，吾庐独破受冻死亦足！

【译文】

八月里深秋，狂风怒号，狂风卷走了我屋顶上好几层茅草。茅草乱飞，渡过浣花溪，散落在对岸江边。飞得高的茅草缠绕在高高的树梢上，飞得低的茅草飘飘洒洒落到池塘和洼地里。南村的一群儿童欺负我年老没力气，竟忍心这样当面做"贼"抢东西，毫无顾忌地抱着茅草跑

进竹林去了。我嘴唇干燥也喝止不住，回来后拄着拐杖，独自叹息。一会儿风停了，天空中乌云像墨一样黑，深秋的天空阴沉迷蒙，天渐渐黑下来了。布被盖了多年，又冷又硬，像铁板似的。孩子睡觉姿势不好，把被子蹬破了。一下雨屋顶漏水，屋内没有一点儿干燥的地方，房顶的雨水像麻线一样不停地往下漏。自从安史之乱后，我睡眠的时间很少，长夜漫漫，屋漏床湿，怎能挨到天亮！如何能得到千万间宽敞高大的房子，普遍地庇覆天下间贫寒的读书人，让他们开颜欢笑！安稳得像山一样。唉！什么时候眼前出现这样高耸的房屋，到那时即使我的茅屋被秋风吹破，我自己受冻而死也心甘情愿！

【做人智慧】

心怀天下，忧国忧民

作品表现了诗人博大的胸襟和崇高的理想。"安得广厦千万间，大庇天下寒士俱欢颜"写诗人渴望有广厦千万间作为天下贫寒之士的庇护之所，抒发了忧国忧民的炽热情感。

湘商余彭年被称为"中国最慷慨的慈善家"。1949年，余彭年离开故乡，只身一人闯荡上海滩。除了拉过黄包车外，他还摆过地摊，打过各种零工。1954年冬，余彭年遭遇人生的第一个重大挫折：因为被人诬告"有海外关系"，他于上海被抓，罪名为"逃亡地主"，积蓄化为乌有。

三年劳教届满之前的两个月，余彭年的"逃亡地主"罪名查证不实，立刻获释。时年30岁的余彭年并没有选择回湖南，而是在朋友的帮助下抛妻别子，1958年经澳门辗转至香港。

刚到香港的前几年，余彭年做过清洁工、勤杂工、建筑工，当时生活的艰辛，他至今记忆犹新："你不努力的话，你不能够生活不能够生存啊，不然香港遍地黄金你也捡不到的啦，还是要奋斗的。"

余彭年的诚实肯干得到了一位老板的赏识。二十世纪六十年代初，老板带他到台湾发展房地产，再后来老板以单独出资、利润双方平分的方式放手让余彭年自组公司进行经营，他就此起家。1967年，香港著名影星李小龙去世，留下一套1000平方米的豪宅。香港人普遍迷信，认为名气太大的人住过的房子不能住，所以没人敢买。余彭年当机立断，从银行贷款70万元，加上自己的30万元积蓄买下了这套房子，仅短短8年便靠租金还清了贷款。到1996年，这套房子增值了70倍。此后他在房地产界纵横捭阖，事业如日中天，成为香港知名富豪。

从孑然一身流落香港，到坐拥30亿元身家，余彭年用了30多年的时间。功成名就的他，似乎应该安享晚年了。然而，余彭年却没有坐享其成。正是因为经历过早年的艰辛，深切体验过贫穷所带来的痛苦，更知道雪中送炭的弥足珍贵。从1982年起，他便开始回报社会，将大量精力投入到慈善事业中。2004年，他辞去了深圳彭年酒店董事长的职务，成为一位专职慈善家，全身心致力于慈善事业。

余彭年自1981年起，向湖南捐资2500多万元，兴建社会慈善福利事业项目20多个。其中有在涟源市兴建的立珊学校、处理污水的立珊水坝、彭立珊救护中心；在长沙市捐建的五一广场地道工程、火车站的大型彩灯喷泉、彭立珊救护中心和彭立珊豪华公共汽车线路；在大庸市建彭立珊救护中心等。其义举受到社会各界的赞誉，他被长沙市人民政府评为十佳市民。为管理好他捐资兴建的项目，经湖南省人民政府同意，1988年6月成立了彭立珊长沙福利基金会。

1995年他当选为深圳市人大代表。他投资18个亿在深圳市罗湖商业中心区建造了57层的五星级酒店——彭年大厦，并许下诺言：酒店收益的纯利润全部永久捐献给社会福利和教育事业。他作为深圳市人大常委，已向市人大提出立法请求：百年之后，彭年大厦的产权不赠予，不继承，成立专门资产管理委员会负责经营管理，所得利润继续无偿永久捐献。2002年，他向深圳市人大打报告，要求立法"保护我要捐献的慈善财产的安全和合理使用"。但因没有先例，此事一度搁浅。2003年11月24日，余彭年在人民大会堂召开了一个隆重的签约仪式，这一天，他向外界承诺，要为西藏、内蒙古、甘肃、湖南等九个省、自治区的贫困

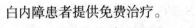
白内障患者提供免费治疗。

2003年，余彭年与中国工商银行深圳分行签署了一份慈善资产托管与监督合同。按照这份协议，银行将安全保管余彭年的慈善资产和监督慈善资产的使用。

"我的钱来之不易，但自己的财产不会留给儿孙。"2005年5月，余彭年委托工商银行公布了自己的财产数额估算，其中包括彭年酒店大楼及其在香港的房产，当时，总资产不超过30亿元。2005年余彭年捐款20万元。

在余彭年的慈善事业中，"彭年光明行动"是最重要而且规模最大的一个计划。"彭年光明行动"是余彭年在2003年为帮助白内障患者而启动的计划。在这项庞大的计划中，将用5年时间耗资5亿元人民币，对内蒙古、西藏、宁夏、甘肃、吉林、广东、湖南等9个省、自治区的贫困白内障患者提供免费治疗。而实际上，这个计划目前的实施，已经远远超出了他计划的范围，已使18个省、自治区的十余万患者重见光明。他说："我做好事的目的，在于扩大影响，如果海外侨胞、同胞，大家都来做好事，我就高兴了。"

2004年，余彭年辞去彭年酒店董事长职位，将全部精力放在了"光明行动"上。他坚持每天晚上都和"光明行动"进行联络，及时了解进展信息。只要精力许可，他都会不辞辛劳地亲临现场。回想起跟随医疗队下乡救治的情景，余彭年动情地说："看到他们重见光明宛如新生的欣喜，我觉得自己做了人生中最有意义的事。"

"故人不独亲其亲，不独子其子。使老有所终，壮有所用，幼有所长，鳏寡孤独废疾者皆有所养。"《礼记》中关于世界"大同"的梦想，也是余彭年一直的梦想。

余彭年几十年来一直深受世人瞩目，他的过人之处在于，他利用旗下的事业为中国的慈善做贡献，把慈善当作事业一样来经营。

以仁心赢得人心

——商女不知亡国恨，隔江犹唱后庭花

【出处】

杜牧《泊秦淮》

【原文】

烟笼寒水月笼沙，夜泊秦淮近酒家。

商女不知亡国恨，隔江犹唱《后庭花》。

【译文】

浩渺寒江之上弥漫着迷蒙的烟雾，皓月的清辉洒在白色沙渚之上。入夜，我将小舟泊在秦淮河畔，临近酒家。金陵歌女似乎不知何为亡国之恨、黍离之悲，竟依然在对岸吟唱着淫靡之曲《玉树后庭花》。

【做人智慧】

以仁心赢得人心

全诗后两句由一曲《后庭花》引发无限感慨，"不知"抒发了诗人对"商女"的愤慨，也间接讽刺不以国事为重，纸醉金迷的达官贵人。

古语云："得人心者得天下，失人心者失天下。"众所周知，人是社会的动物，每个人的成功只能来自于他所在的人群和所处的社会。也就是说，一个人只有在所处的社会中得到大家的认可，他才可能为自己事业上的成功开辟出宽广的大道。

中国儒家哲学的核心是做人的"仁"。"仁"字的原意是："仁，亲也，从人、二（即仁字）。"指人与人相互亲爱；"仁者"一词的意思是："仁者人也，亲亲为大。"孔子说的"仁"包含的内容很多，但以"己欲立而立人，己欲达而达人"和"己所不欲，勿施于人"为实行的方法。据查，"同仁"二字源于《易经》，意思是无论亲疏远近均一视同仁。这是儒家学说提倡的一种做人做事的哲学。同仁堂创始人乐显扬是在儒家学说的熏陶下成长的，起名同仁堂，鲜明地铭刻着儒家学说做人做事的哲学。

在我国的医学历史中，人们常把医术称为仁术，从事医药事业的人必须要有仁心、爱心。在同仁堂漫长的发展历史中，乐氏子弟们努力追求济人、济世的境界。从古至今，他们做过的善举数不胜数。

北京是国都，会试考场在北京。北京又是顺天府所在地，所以乡试也在北京举行。每届乡试和会试时，各地应试之人离乡背井，云集北京。同仁堂派人到各省会馆及应试人的住所，赠送些助消化、防伤风感冒、祛水土不服的平安小药。

冬天，数九严寒，滴水成冰，穷人身上衣裳单薄，肚中无食，饥寒交迫。同仁堂设粥场，舍棉衣，帮助穷人熬过严冬。盛夏，酷热难当，暑气逼人，同仁堂施暑药，帮助穷人消暑祛热，度过炎热的夏天。

在古代，人死之后，不兴火化，只兴土葬。不管是穷人还是富人，死时都要弄口棺材埋葬，入土为安。富人买口杉木或柏木棺材很容易，穷人弄口薄皮棺材都非常困难。同仁堂施舍棺材，只要有相关证明，有人介绍，就可以到同仁堂找到乐家管事的人，开个条子，到指定的棺材铺领一口薄皮棺材，让死者入土为安。

类似的善事，同仁堂做得很多。虽然要花费银子，却在所不惜。同仁堂得到的是口碑。

传说在一个月黑风高之夜，同仁堂采买药材的人于荒山野岭路遇强盗。换别的人，肯定没命了，而同仁堂采买药材的人安然无恙。强盗听说是同仁堂的人，没抢没杀，还给他们指了一条近道。因为同仁堂救济过那个强盗的老母亲。

人们购买其他物品大多是为了满足某个方面的欲望，其中大部分是与享乐有关的。买药却不同，仅仅是为了解除疾病和痛苦。这一特点，决定了医药行业具有特殊性。因而，在中国古代，医药行业被赋予济人、济世的色彩。追溯到远古，"医"与"巫"是连在一起的，而巫的职责之一，就是祈福禳灾，同仁堂深刻地理解这一点。同仁堂所做的一切，都被积累起来，沉淀下去，变成一种文化，深深地蕴含在同仁堂这三个家喻户晓的汉字里。

在20世纪90年代初，我国南方一些城市甲肝流行，许多人病倒了，有的工矿企业甚至因大面积流行甲肝而影响生产。甲肝流行导致人心惶惶，人们纷纷到药店去购买治疗甲肝有特效的板蓝根冲剂。由于大面积的需求，致使板蓝根冲剂供不应求，甚至严重脱销。

一些药厂、药店，看到赚钱的机会来了，趁机抬高板蓝根冲剂的价格。同仁堂却与那些见利忘义的企业截然不同。

各地同仁堂药店门前挤满了买药的顾客，许多人焦急地询问："板蓝根冲剂还有多少？"在别处抓不到药的人纷纷涌到北京大栅栏同仁堂药店，有时买药队伍一直延伸到大栅栏街口；一辆辆拉板蓝根冲剂的汽车也排成了长队，司机同志急切地盼望早点拿到药，以便尽快将药运回外地送到千家万户。运载板蓝根的汽车和购买板蓝根的人群在大栅栏形成两条形状不同的长龙，龙头在同仁堂，龙尾却还在延伸。面对市场的急需，同仁堂人感到了肩负的责任。以治病救人为天职的同仁堂人不推不怨，准备了充足的药源，从经理到职工，常常从清晨忙到深夜，直至送走最后一个购药者。

在这股混浊的潮流中，同仁堂承受了压力，甚至蒙受了不白之冤。社会上有人议论，说什么这下同仁堂可"发"了，赚大钱了。他们哪里知道，同仁堂是越加班越赔钱，因为生产板蓝根冲剂所必需的白糖没有了，只好高价购进。在同仁堂内部，也有人提出，当前板蓝根冲剂需求量太大，原辅料要高价收购才能满足生产，如果还按原价出厂显然不划算，应适当提高销售价格。板蓝根冲剂是否提价成了当时社会公众关注的一个焦点。但是，同仁堂"济世养生"的宗旨像茫茫大海中的一盏明灯，照耀着同仁堂破浪前进。同仁堂态度鲜明地表示："药品一律按原价出厂，我们不能乘人之危！"他们还专门派出一个由8辆大货车组成的车队，风尘仆仆，浩浩荡荡，把大批药品直接送到疫情最重的地区。同仁堂车队及其板蓝根冲剂不提价的信息，像春风温暖着患者的心。他们称赞同仁堂："在市场经济大潮中有一身正气！"

毛泽东曾经指出：人是要有一点精神的。企业是人的集合体，当然也是要有一点精神的。"同修仁德，济世养生"，这是儒家思想"仁"的核心，也是一种重义轻利、救死扶伤的人道主义精神。同仁堂的优势就是精神，就是文化，它与源远流长的中国哲学和文化紧紧相连，具有深厚的民族文化底蕴，因而在几百年的历史风浪中依然挺立。

北京大栅栏同仁堂药店的店堂里有这样一副对联："同气同声福民济世，仁心仁术医国医人。"300多年间，社会发生了翻天覆地的变化，然而同仁堂"济世养生"的精神却雷打不动。随着时代的变迁，同仁堂精神不但没有削弱，反而在风雨中得到弘扬和发展，使之更加璀璨。

让爱心传递下去
——心中为念农桑苦，耳里如闻饥冻声

【出处】

白居易《新制绫袄成感而有咏》

【原文】

水波文袄造新成，绫软绵匀温复轻。

晨兴好拥向阳坐，晚出宜披踏雪行。

鹤氅毳疏无实事，木棉花冷得虚名。

宴安往往叹侵夜，卧稳昏昏睡到明。

百姓多寒无可救，一身独暖亦何情！

心中为念农桑苦，耳里如闻饥冻声。

争得大裘长万丈，与君都盖洛阳城！

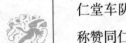

【译文】

表美如水波纹新袄刚做成，面料绵软匀细温暖又轻盈。

晴天晨起抱它倚墙晒太阳，夜间赏雪应当不忘披在身。

袍里夹绒不干吃苦的活儿，说木棉花儿冷是徒有其名。

宴罢友人叹息声中黑夜至，稳稳躺下一觉睡到大天明。

民众大多饥寒交迫无力救，一人独享荣华没啥好心情。

心里咋就难忘农民耕种苦，好像听到饥民受冻不绝声。

啥时能有万丈之长保暖衣，与您分享护住洛阳至更多。

【做人智慧】

让爱心传递下去

"心中为念农桑苦，耳里如闻饥冻声"，因为想着农民的艰难，致使他的耳旁经常响起贫民冻馁之声，这是诗人日夜为贫寒百姓思虑所致。

2009年2月22日，慈善中华行大型公益晚会暨2009颁奖盛典在北京隆重召开，大会表彰了18名慈善中华行杰出贡献人士。绵阳市三台县水务局普通公务员叶树元作为四川省唯一一位慈善爱心形象大使荣获"慈善中华行杰出贡献人士"称号。

叶树元，三台县水务局的一名普通公务员，出生在四川省三台县刘营镇一个叫龙沟村的小山村里，小时候几乎都是靠吃百家饭长大的，对于爱，有着深切的体会。

叶树元，三台县城里一个默默无闻的朴实汉子，但他却用18年的光阴踏遍了云南、四川凉山等地的贫穷山寨，默默无闻地依靠绵薄之力先后资助了傣族、傈僳族、纳西族和彝族等8个民族的50名贫困孩子上学。随后，他又发动众多国内外爱心人士组建了三台县爱心协会，陆续组织资助了230多个孩子。他被受助孩子称为最慈祥的"阿爸"。

作为一名普通的公务员，叶树元的收入并不高，为了给孩子们挣学费，叶树元拼命劳动，省吃俭用，艰难的实现着他心中的慈善梦想。工作上他从不耽搁，业余时间他发挥摄影专长，帮别人制作画册、台历挣些补助，他依靠种花、卖花、承包单位绿化等来增加收入，经常天不亮蹬着三轮出门，晚上10点以后才拖着疲惫的身子回家做饭吃。在节衣缩食仍无钱资助孩子们时，他把住房和家具卖了来筹集资助费用。如今，已经55岁的他仍然借房居住，房中连像样的家具都没有一件，但他毅然坚定地继续着他的慈善之路。

叶树元早已从工作岗位退居二线，将更多的时间投入他钟爱的慈善事业。为了资助更多的孩子，叶树元打算利用家乡的山地，种植经济型果木，创造价值。

不但要资助贫困孩子，还要把龙沟村打造成爱心扶贫基地，这是叶树元当前的目标。为此，叶树元毅然决定通过借款、政府扶持等方式筹集资金，搞起了村里的建设。

叶树元表示，爱心协会不久就可变"输血"为"造血"，让更多的贫困、残疾儿童受益。而他也用最朴实的方式，延续着自己对于基层慈善的梦想。有人说他傻，但他却用事实告诉大家，他不是纯粹的"傻蛋"。

"心有多大舞台就有多大"，叶树元为了心爱的慈善事业，不停奔波在需要他的地方。他始终坚信，老百姓距离慈善并不远。据统计，由他牵头自发组织的三台爱心协会自2006年5月20日成立以来，会员达到110人，加入协会的志愿者有450人，且来自不同的国家和地区。通过叶树元和三台爱心救助协会会员、志愿者进行救助的孩子已经达到了230人。

在他看来，一个良好的基层慈善组织，不仅要拥有庞大的成员队伍，更应具备专业的慈善素养。据悉，爱心协自会成立以来，所有成员都经过严格的筛选，每笔资助金流向都有记录。

每一笔爱心款邮寄出后，叶树元都要把回执单复印一份，然后再把复印件寄给出资的爱心人士，让这些人清楚每一笔善款的流向。叶树元和会员们还会不定期地回访受资助孩子，确保善款能够起到作用。当中途发现家长没有督促好孩子的学习，或者孩子品德出现问题，资助马上就被中断。

叶树元说："基层慈善更贴近百姓，也是老百姓最喜欢的。"他认为，基层慈善之路能走得更远。在面对现实中的种种困难时，叶树元依旧坚持自己的初衷，他相信基层慈善组织只要管理有序，处处务实，自然会得到百姓的认可，一帮十，十帮百，这个队伍不断壮大，受益的人也会更多。

2008年5月12日14时28分，大地震发生了。在地震发生后的最短时间内，叶树元主动来到三台县民政局请缨参战。根据任务要求，叶树元在半个小时后迅速组织了一支100多人的志愿者队伍，这样的集结速度让在广场上执勤的民警都感到惊讶。北川1600位灾民被转移到三台，叶树元和志愿者从早上一直忙到晚上10点过，搭建帐篷、搬运救灾物资，哪里需要志愿者，他们就出现在哪里。在地震后的二十多天时间里，从全国各地发来的救助衣物达到了80余万件，没地方放，叶树元就把自家的房子腾出来，整理衣物发给受灾的群众。

叶树元深感爱心救助协会也应该在国家遭遇巨大灾难面前做出应有的努力。从9月份开始，叶树元先后进入北川、平武等地了解地震中受灾孩子的情况，同时安排分散在各地的协会志愿者进入平武、青川等极重灾区进行调查，利用所有可行的办法报道灾区的情况。自2008年10月份开始，澳大利亚，香港，北京中关村一小学，深圳，汕头的众多爱心人士及中国在英国的留学生罗海岳、王樱璐，四川英杰电器董事长王军，绵阳明兴农业科技开发公司邹中友等，先后救助了地震造成的41名残疾孩子，并开始对他们的生活和学习进行长期资助。

从1992年开始到2009年，叶树元一人节衣缩食，先后资助了云南民族地区的傣族、哈尼族、傈僳族、汉族和凉山州的彝、藏、羌族等9个少数民族的50个贫困孩子上学。目前，在这群孩子中，4个在读小学，11

个读初中、7个读初中，读大学和研究生毕业已经参加工作的有28人。而通过叶树元和三台爱心救助协会会员、志愿者进行救助的孩子已经达到230人。

每当想起孩子们的这些进步，叶树元心中总是一阵激动。他常常对孩子们讲："我的命这辈子就给你们了，你们一定要认真学习，将来用学到的知识回报祖国和社会。"十多年来，为了筹措孩子们的读书费用，叶树元背上了20多万元的债务。

"曾经有很多人说我是傻子，其实我并不傻。"叶树元笑着说。18年让这个曾经拥有幸福家庭的中年男人，体会了家庭破碎的凄苦，但这个满头白发的男人却依然奋斗在他的理想征途上。

让叶树元欣慰的是，在他资助下长大成才的"儿女"们，也接过了爱心接力棒，开始用自己微薄的工资帮扶其他贫困孩子。他说，爱心真像奥运火炬传递，一旦点燃，就会一直传下去。